LE ROSIER
DE MADAME HUSSON
et
autres contes roses

LIRE ET VOIR LES CLASSIQUES

collection dirigée par Claude AZIZA

Guy de MAUPASSANT

LE ROSIER DE MADAME HUSSON

et autres contes roses

Préface et commentaires de
Pascaline MOURIER-CASILE

PRESSES POCKET

Le dossier iconographique a été réalisé par
Anne GAUTHIER et Matthieu KERROUX

© Pour la préface, les commentaires et le dossier iconographique, Presses Pocket, 1993.

ISBN 2-266-043227-7

PRÉFACE

Entre 1875 et 1891 où, devenu « incapable de travailler », il écrit à un ami : « C'est la mort imminente
et je suis fou [1] », entre *La Main d'écorché* [2] et *Les
Tombales* [3], Maupassant a publié quelque trois cents
récits, contes, nouvelles ou, pour reprendre la formule
désinvolte par laquelle il lui arrivait indifféremment de
les désigner, « petites histoires [4] ». Ce sont, pour la
plupart, des textes courts, d'une dizaine de pages, voire
nettement moins (à quelques — notables — exceptions
près, il est vrai [5]), dont la brièveté tient, semble-t-il,
bien souvent autant aux exigences et contraintes de la
production journalistique, à son immédiate rentabilité
médiatique et financière, ou à la vogue contemporaine
du « conte [6] » (sinon même, tout simplement, à la
futilité, au manque d'épaisseur de l'anecdote racon-
tée...) qu'à des choix esthétiques déterminés. Et, de

1. Lettre du 15 décembre 1891 au Dr Cazalis.
2. Publié en 1875 dans l'*Almanach lorrain de Pont-à-Mousson*,
jamais repris en recueil par Maupassant.
3. *Gil Blas*, 9 janvier 1891, repris la même année dans la réédi-
tion (augmentée) de *La Maison Tellier*.
4. À cet impressionnant bilan, il faut encore ajouter les six romans
publiés de 1883 *(Une vie)* à 1890 *(Notre Cœur)* ; *Bel-Ami*, 1885 ;
Mont-Oriol, 1887 ; *Pierre et Jean* et *Fort comme la mort*, 1889.
5. *La Maison Tellier, Mademoiselle Fifi, La Petite Roque, Les
Sœurs Rondoli*, par exemple, et bien entendu *Yvette*, véritable « petit
roman », excèdent, plus ou moins largement, ce module.
6. Cf. par exemple, le constat dressé par le critique Jules Lemaî-
tre : « Dans ces dernières années, le conte, assez longtemps négligé,
a eu comme une renaissance [...] Des journaux, l'ayant senti, se sont
avisés de donner des contes... »

fait, tout en se targuant d'avoir été le premier — sinon
le seul — à acclimater en France avec succès les formes brèves du récit, c'est bien du roman que Maupassant attendait la gloire. Au point d'envisager, dans les
dernières années, d'abandonner, pour s'y consacrer
entièrement, les « petites histoires » qui avaient fait sa
réputation.

Publiés, en effet, à un rythme soutenu, dans des quo-
tidiens et des revues [1] (où il signe aussi des chroniques,
des échos et des critiques), souvent sous pseudonymes,
puis rassemblés en recueils [2] (un — et le plus souvent
deux, ou même trois — par an depuis *La Maison Tellier* en 1881), ces récits empruntent leur inspiration aux
souvenirs et aux expériences, à l'imaginaire, aux goûts
et aux obsessions de leur auteur, mais aussi (journa-
lisme oblige...) à l'actualité, événementielle ou cultu-
relle, aux modes et à l'air du temps. Quand ce n'est
pas aux faits divers...

Les jeux du kaléidoscope

Ces trois cents textes constituent un vaste kaléidoscope
d'où l'on voit se dégager tour à tour, souriantes ou
sinistres, roses ou noires, les facettes contrastées d'un
conteur aux multiples visages.

Maupassant peintre apitoyé des prétendues « filles
de joie », témoin révolté des horreurs de la guerre, caricaturiste de la dérisoire médiocrité des fonctionnaires
et des petits-bourgeois... Maupassant chroniqueur
amusé ou cynique des travers de la vie paysanne et de
la comédie parisienne... Maupassant conteur fantastique que fascinent et angoissent les failles qui s'ouvrent
brusquement au cœur lisse de la réalité, les dérapages

1. Pour certains textes — rares, il est vrai, mais non des moindres — il n'y eut pas de prépublication dans la presse : *La Maison
Tellier, La Femme de Paul, Monsieur Parent, Le Horla*...
2. Quelque quatre-vingts textes publiés dans la presse n'ont jamais
été repris en recueil du vivant de Maupassant.

de la raison, le déchaînement des pulsions obscures et des incontrôlables violences meurtrières... Maupassant conteur régionaliste, déclinant sans se lasser les charmes (harmonie des paysages agrestes ou maritimes, chatoiement des lumières, des couleurs et des odeurs, plaisirs de la chasse ou de la vie de château) mais aussi les misères, les grotesques ou les vices (masures sordides, corps déformés par le travail, brutalité, exploitation des plus faibles, avarice et rapacité, finasseries et filouteries de rustres imbibés de fil en dix) de sa Normandie natale... Maupassant clinicien lucide — et, tout à la fois, patient terrifié — de l'irrésistible montée de la folie dans un sujet que méduse l'irruption en lui de l'Autre... Maupassant le Bel-Ami, le « taureau normand », amateur de chair fraîche (celle des « petites marquises », des canotières, des filles de ferme) ou faisandée (celle des putains et des cocottes), mais obsédé par les conséquences fatales, les fruits délétères — la maladie ou l'enfant, c'est tout un : l'angoisse est la même — des voluptés de hasard et des étreintes illégitimes...

À travers cette proliférante production, le lecteur peut bien aujourd'hui opérer des coupes transversales, relier à son gré d'un point de capiton des récits qui, de recueil en recueil, se font écho, mettant ainsi en évidence les récurrences, la permanence, mais aussi bien les modulations, les inflexions, d'une seule et même thématique : les filles, la guerre, la chasse, la Normandie, les petites marquises, l'adultère, la paternité incertaine, le fantastique, la folie, le double, l'eau...

À procéder ainsi, à immobiliser le kaléidoscope sur une seule position, on gagne de faire surgir, en en regroupant les fragments épars, telle figure assurément présente dans l'œuvre, voire privilégiée. Mais c'est en oubliant que celle-ci ne prend sans doute tout son sens que de se juxtaposer, jusqu'à s'y mêler parfois étroitement, à telle autre, tout aussi insistante.

Regroupant ses « petites histoires » en volume, Maupassant, lui, à vrai dire, ne s'est jamais soucié d'une telle continuité et cohérence de thème ni de registre.

Cette indifférence se manifeste d'entrée de jeu par le choix du titre. Dans la presque totalité des cas (douze sur quinze), les recueils portent le titre de leur récit inaugural et regroupent des textes de tonalités et de sujets extrêmement divers. Leur seul point commun est de proposer un échantillonnage jugé significatif — sans doute en raison de l'accueil du public lors de la prépublication dans la presse — de la production la plus récente de l'auteur. Et encore n'est-ce pas toujours le cas : *Le Rosier de Madame Husson*, par exemple, publié en 1888, sur un total de treize récits n'en compte que cinq publiés dans l'année 1887-1888. Trois recueils cependant semblent échapper à cette hasardeuse pratique de regroupement hétéroclite. Un titre spécifique désigne alors le recueil, affichant l'unité, la continuité thématique des textes rassemblés. Mais cette affiche déçoit. Trompeuse. Piégée. Et c'est bien ce que signale, dans la pirouette qui définit l'unité par la diversité, le titre oxymorique des *Contes du Jour et de la Nuit*. Seul peut-être *La Main gauche* répond à son enseigne, dont tous les récits, conformément au titre, traitent d'amours illégitimes [1]. Sur des registres, il est vrai, fort contrastés... « La Bécasse », qui introduit les seize *Contes de la Bécasse*, semble annoncer des histoires de chasse. Ou à tout le moins des récits de chasseurs : « Voici quelques-uns de ces récits »... Or la chasse n'y joue qu'un rôle minime et la fiction, instaurée par le texte de présentation, d'une circulation, d'un échange de récits entre les convives du dîner chez « le roi des chasseurs de sa province » est aussitôt oubliée [2]...

La diversité, la bigarrure des recueils composés par Maupassant déconcerte quelque peu la sensibilité littéraire des lecteurs — et des critiques — d'aujourd'hui, plus enclins sans doute à s'intéresser à la cohérence,

---

1. Il semble que Maupassant avait pensé intituler le recueil, de façon encore plus explicite, *Les Maîtresses*.
2. Cf. *Les Contes de la Bécasse et autres contes de Chasseurs*, n° 6096, dans la même collection, 1991, pp. 19-21.

à l'unité et l'unicité d'un univers imaginaire structuré par les constantes, les lignes de force (les récurrences donc), d'une subjectivité qu'à apprécier les trouvailles d'une imagination fertile ou la souplesse protéiforme d'un don d'observation apte à rendre compte des multiples et divergentes facettes de la réalité.

Mais il faut bien voir que cette diversité, cette capacité d'adaptation et de transformation caractérisaient précisément aux yeux des lecteurs du temps le talent de Maupassant. Et faisaient tout le charme de ses recueils. Il suffit pour s'en convaincre de lire les comptes rendus critiques qu'en donnait la presse. Ainsi, dans *Gil Blas*, en 1883, à propos de *Clair de lune* : « Et tout à coup, après ce poème quasi mystique, voici des histoires âpres, violentes, passionnées, d'une tonalité toute différente. » Dans la *Revue contemporaine*, à propos de *Monsieur Parent* (1885) : « Dans ses courts récits [...] il arrive à toucher à tous les sujets de la vie moderne, à la représenter sous ses aspects multiples, tantôt burlesque, tantôt tragique, tantôt odieuse ou misérable [...] Le ton de l'auteur change toujours... » Et en 1889 encore, à propos cette fois de *La Main gauche* : « Le livre est d'une grande variété, et à côté de la note mélancolique, contient des aventures alertes et gaies... » *(L'Intransigeant).*

Et, de fait, la plupart des recueils de Maupassant ménagent, de l'un à l'autre des textes qu'ils rassemblent, de constants décalages, des effets de contraste d'une brutalité telle qu'on ne peut que la croire préméditée. Ainsi — pour s'en tenir à quelques-uns des récits du présent volume — dans *Le Horla* [1], le souriant fait divers « Au bois » succédait à la sinistre anecdote guerrière des « Rois » (qui elle-même jouait avec efficacité du mélange, ou plutôt du dérapage des registres [2]) tandis que les roueries libertines de la moderne

---

1. Disponible dans la même collection, *Le Horla,* n° 6002.
2. Cf. dans la même collection, *Boule de Suif et autres récits de guerre,* n° 6055, 1991, p. 207.

Putiphar de « Joseph » précédaient les terreurs glacia-
les de « L'Auberge ». Ailleurs, la grotesque mésaven-
ture normande de « Maît'Belhomme » côtoyait le
sombre drame bourgeois de « Monsieur Parent », la
salace Mme Bascule des « Tribunaux comiques » joux-
tait le « monstrueux dément » d'« Un fou » *(Monsieur
Parent)*. Le plus « rose » des recueils, *Le Rosier de
Madame Husson*, n'en jouait pas moins des mêmes
contrastes, juxtaposant la farcesque « Vente » de « la
femme Brument » par son ivrogne de mari et le meurtre désespéré d'un époux bafoué (« L'Assassin »), faisant ressortir sur « le fond noir de la misère humaine »
dont porte témoignage « L'Odyssée d'une fille [1] » le
badinage grivois de « La Fenêtre ». L'ultime recueil
enfin, *L'Inutile Beauté*, s'achève en encadrant le farceur paillard et gaillard des « Vingt-cinq francs de la
Supérieure » entre le pathétique mutilé de guerre de
« L'Infirme » (la mise en résonance grinçante des jambes gaillardement cassées de l'incurable clown paysan
et des « pieds fauchés de l'affreux débris humain » ne
doit sans doute rien au hasard !) et les délirants hallu-
cinés d'« Un divorce » et de « Qui sait ? » [2]… Il peut
même arriver à Maupassant de publier indifféremment
(à un an, à quelques mois de distance, ce qui semble
exclure l'hypothèse d'un involontaire oubli ; ou alors,
s'il s'agit d'un lapsus, il est diablement significatif !)
sous un même titre, « La Confession », trois récits,
dont l'un, celui qui figure dans ce volume (p. 149) est
un amusant badinage sur l'infidélité et la rouerie féminines, et dont les deux autres relatent l'aveu par un criminel, sur son lit de mort, d'un meurtre particulièrement odieux [3].

1. Cf. dans la même collection : *La Maison Tellier et autres histoires de femmes galantes*, n° 6067, 1991, p. 99.
2. Cf. dans la même collection : *Le Horla et autres récits fantastiques*, p. 157.
3. *Le Gaulois*, 21 octobre 1883, repris dans les *Contes du Jour
et de la Nuit*, 1885 ; *Le Figaro*, 1er novembre 1884, repris dans *Toine*,
1885.

Du rose au noir et vice versa... Le kaléidoscope mau-passantien n'hésite pas à marier — sinon toujours à parfaitement harmoniser... — les extrêmes. Ou peut-être serait-il plus juste de dire que Maupassant avait du rose et du noir, de la comédie et du drame une conception toute personnelle. Le prière d'insérer, rédigé par l'auteur, d'un de ses plus sombres recueils, *Les Contes de la Bécasse*, présentait le volume en ces termes : « Ce qui distingue particulièrement ce dernier ouvrage [...], c'est la gaieté, l'ironie amusante. » Pré-façant en 1979 le même recueil, Hubert Juin devait en proposer une tout autre lecture : « Le sexe, la mort, la guerre, la veulerie humaine, et d'inquiétantes ima-ges venues du profond, commençant, aux yeux de qui sait lire, à avouer l'inavouable, voilà le matériau dressé sur fond de pessimisme. »

« *Contes roses* »...

Le critère de sélection et de regroupement des textes ici retenus n'est pas, comme dans d'autres volumes de la même collection, leur unité thématique [1], mais leur appartenance à un même registre. Aventures gro-tesques, comiques ou plaisantes ; anecdotes piquantes ou croustillantes ; histoires salaces, grivoises ou badi-nes ; farces faites ou subies, réussies ou ratées : tous ces textes visent à susciter le rire ou, à tout le moins, le sourire.

Pour y parvenir, le conteur déploie tout l'arsenal des procédés éprouvés du comique, de la grosse ficelle à la finesse subtile. Au comique de situation, mis en œuvre dans la plupart des récits, s'ajoutent ici ou là les quiproquos (« Le Crime au père Boniface », « La Fenêtre » « Bombard », « Une soirée », « Les Bijoux »), les mimiques et gesticulations clownesques (« La Bête à Maît'Belhomme », « Toine », « Les vingt-

---

1. Cf. note 1, p. 9, notes 1 et 2, p. 10.

cinq francs de la Supérieure »). Le comique du langage
fait feu de tout bois : pittoresque patoisant, cuirs et
pataquès (« Une vente », « Le cas de Madame
Luneau »), jeux de mots : « Les vingt-cinq francs de
la Supérieure » ne semble avoir été écrit que pour mener
le paillard père Pavilly de la paille de sa première chute
à la « paillasse » de la seconde... L'ironie souriante et
la satire allègre égratignent les habituelles têtes de Turc
de Maupassant : notables, rentiers ou militaires, curés,
dévots et dévotes, cocus obtus, bien-pensants de tout
poil... Clins d'œil égrillards, allusions transparentes,
demi-mot et double entente, font l'essentiel du charme (?) de « La Confession », « La Serre », « La Fenêtre », « Le Gâteau », « Une soirée » ou « Le Moyen
de Roger ».

On rit d'ailleurs beaucoup dans ces histoires, ouvertement ou sous cape. Au moins — à défaut des protagonistes, dont la situation est souvent inconfortable —
ceux qui racontent l'anecdote et leurs auditeurs, ou les
témoins de l'aventure. Le caractère d'oralisation très
marquée de la plupart de ces textes contribue en effet
fortement, par la vivacité et la familiarité du discours,
à leur tonalité plaisante. Treize seulement d'entre eux
sont à proprement parler des *récits* : les dialogues y sont
subordonnés à la narration et aux commentaires d'un
narrateur impersonnel, qui demeure extérieur à
l'action. Sept sont, dans leur totalité ou de façon plus
fragmentaire, fortement théâtralisés, qu'il s'agisse
d'une *scène* — didascalies comprises — d'interrogatoire
ou de procès (« Au bois », « Le Cas de Madame
Luneau », « Une vente » « Tribunaux rustiques ») ou
d'une saynète dialoguée (« Les Épingles », « La Confidence », « Joseph »). Huit enfin mettent en scène un
personnage de conteur (et, par contrecoup, de façon
discrète ou massive, son auditoire) qui peut être selon
les cas acteur ou témoin de l'aventure. Dans « La Fenêtre », « Mon oncle Sosthène », « La Farce », « La
Question du latin », un *je* raconte directement sa propre
histoire, prenant parfois à partie son narrataire (*Mon-*

sieur dans « Mon oncle Sosthène », *vous* ou *Madame*
dans « La Fenêtre ») ou convoquant implicitement le
lecteur (« La Farce » ou « La Question du latin »). De
leur côté, « Le Moyen de Roger », « Le Remplaçant »,
« Le Rosier de Madame Husson », « Le Voleur » sont
des *récits à cadre* qui actualisent la situation de com-
munication (promenade ou conversation d'après-dîner),
mettant en place un ou plusieurs relais de narration et
prenant en compte les réactions du public.

Si les « petites histoires » ici rassemblées ont en commun d'appartenir à un même registre dominant, leurs
thématiques en revanche sont multiples, ce dont témoi-
gne leur classement sous quatre rubriques. *Histoires
normandes* : la Normandie (ses bourgs et ses villages,
ses champs, ses fermes opulentes et ses chaumières déla-
brées) en est l'unique décor [1]. Les Normands en sont
les protagonistes : notables (médecins, juges, maires,
bourgeois gourmés, bourgeoises confites en dévotion),
paysans (riches fermiers, ouvriers agricoles, maraudeurs
et bergers ; forts gaillards, brutes avinées, plaisantins
patentés) et paysannes (puissantes maritornes au geste
tranchant et au verbe autoritaire, maigres haridelles
desséchées par la lésine, « dames de campagne » sur
le retour aux sens encore exigeants, belles filles à la chair
fraîche et drue). On y retrouve, mais sur le registre
plaisant, drolatique ou farcesque, toutes les compo-
santes du « normandisme » de Maupassant (toujours
sans complaisance ni concessions) qui dans tant
d'autres récits sont carrément poussées au noir : le
jargon patoisant, l'avarice et l'appât du gain, l'ivro-
gnerie, la sexualité brutale, le goût des grosses plaisanteries bien grasses, la naïveté et l'ignorance crasse, mais
aussi la filouterie sournoise et la malice retorse dès qu'il
s'agit de gagner ou d'épargner quelques sous... *Histoires grivoises* : leur sensualité, satisfaite ou frustrée,

---

1. La Normandie sert aussi de décor — au moins partiel — à
d'autres récits, mais sans y jouer un rôle déterminant : « Bombard »,
« La Fenêtre », « Les Épingles », « Joseph »...

y place les personnages dans des situations plus ou moins scabreuses et les expose à des mésaventures sans gravité, simples prétextes à des coups d'œil salaces et à des commentaires égrillards. *Adultères mondains ou bourgeois* : dans l'univers feutré des petites marquises et des jolies baronnes, où tout est prétexte à rire, comme dans la quotidienneté confortable des rentiers ou la médiocrité sans horizon des petits fonctionnaires, les cornes plus ou moins élégamment plantées au front buté des maris et la proverbiale légèreté des femmes sont traditionnellement des ressorts comiques d'un effet assuré. *Farces et farceurs*, enfin, puisque aussi bien, ainsi que le proclame le farceur émérite dont les « mémoires » proposent une véritable « défense et illustration » de la farce, « Quoi de plus amusant et de plus drôle que la farce ? Quoi de plus amusant que de mystifier les âmes crédules, que de bafouer les niais, de duper les plus malins, de faire tomber les plus retors en des pièges inoffensifs et comiques ? Quoi de plus délicieux que de se moquer des gens avec talent... » (« La Farce », p. 187).

À vrai dire, les frontières entre les rubriques ainsi arbitrairement distinguées sont souvent poreuses. « Le Crime au père Boniface », « Tribunaux rustiques », « Le Remplaçant » auraient aussi bien pu figurer dans les « histoires grivoises » ; mais le normandisme affiché du décor et/ou des personnages en constitue le ressort comique essentiel. Inversement, « Les vingt-cinq francs de la Supérieure », « Toine », « L'Ivrogne » sont *aussi* des « histoires normandes » ; mais l'accent y est fortement mis sur la dimension farcesque ou sur le personnage du farceur. Par ailleurs, certains textes, ici classés dans telle ou telle rubrique, pourraient, regroupés, constituer un sous-thème cohérent : ainsi « Le Remplaçant », « Tribunaux rustiques », « Le Gâteau », « Au bois » ou « La Serre » constituent, dans des contextes différents, autant de variations plaisantes sur la mélancolique constatation que le désir, surtout féminin, n'a pas d'âge ; « Bombard », « La

Fenêtre », « Mon oncle Sosthène », « Les Épingles »
illustrent, sur un ton plus ou moins badin, l'adage :
« Tel est pris qui croyait prendre ».

Du rose au noir en passant par le gris...

« Roses », à tout bien considérer, ces contes le sont-
ils vraiment ? La plupart d'entre eux assurément, au
moins par quelque biais. La bluette érotico-sentimen-
tale de « Au bois » ; le *happy end* souriant de « La
Serre » et de « La Question du latin » ; le badinage
fripon de « La Fenêtre » ; la complicité féminine des
maîtresses du « grand serin » des « Épingles » ; les procès comiques des dames Luneau et Bascule ; le gros rire
paysan de « La Bête à Maît'Belhomme » ou du
« Lapin » ; l'empirique démonstration du principe
d'Archimède par les deux ivrognes d'« Une vente » ;
le « crime » pour rire du « Père Boniface » et les clow-
neries paillardes de compère Pavilly ; les tourlourous-
gigolos du « Remplaçant » ; le cocuage bien mérité de
Monsieur Sacrement enfin « décoré » ou de l'insupportable et grotesque marquis de Rennedou (« La
Confidence ») ; l'inextinguible gaieté de « Mlle Laurine » recevant « la confession » embarrassée de son
benêt de mari ; l'Anglaise pince-sans-rire rendant la
monnaie de sa pièce à l'avantageux Bombard ; « le
moyen », à double détente, de « Roger » ; la décep-
tion de la vertueuse « Madame Husson » devant les
frasques de son « rosier » ; la débandade de ces messieurs de l'Académie devant la brioche hier encore ten-
tatrice mais désormais sans charmes de l'ex-« belle
Mme Anserre » ; les précautions inutiles du farceur (lit-
téralement) échaudé et la stupéfaction de la « vieille
chipie » devant son pot de chambre fumant et pétara-
dant... Tout ceci, à l'évidence, prête à sourire ou à rire.
Et pourtant, bien souvent, le sourire tourne à la grimace, le rire se fige en rictus, le rose se détache sur fond
de grisaille. En dépit de leur dénouement heureux « Au
bois » et « La Serre » disent-ils autre chose que les

mélancolies et les amertumes du vieillissement ? Tout
comme la fin désabusée du « Moyen de Roger »
(« Mais hélas ! voilà dix ans de cela et aujourd'hui... »)
dont, en outre, la drôlerie prend appui sur l'angoisse
de l'impuissance. Comme, enfin, « Le Gâteau » qui
s'achève sur la vengeance mesquine et brutale d'un mari
longtemps complaisant et la solitude désolée d'une
séductrice qui découvre l'irréversible usure de ses charmes : « Et personne depuis ce jour ne coupa plus jamais
la brioche de Mme Anserre. » La chute finale qui vient
refermer un récit jusque-là souriant ouvre des perspectives somme toute bien peu réjouissantes... La « femme
Brument » aurait pu mourir de la rapacité avinée des
deux compères qui escomptaient le bénéfice de sa
« Vente ». « Les Bijoux » s'ouvre sous le signe du deuil
et la naïveté de l'inconsolable M. Lantin a beau susciter la gaieté railleuse du bijoutier et de ses commis, la
souffrance du veuf cocu n'en est pas moins réelle. Et
la morale qui tombe comme un couperet à la fin de son
histoire en accentue encore l'amertume : « Six mois
plus tard il se remariait. Sa seconde femme était très
honnête mais d'un caractère difficile. Elle le fit beaucoup souffrir » (p. 184).

Somme toute, même lorsqu'il s'amuse à faire rire ou
sourire, Maupassant conserve bien la même vision sombre de l'humanité et de la vie. Celle qui lui faisait écrire
en avril 1884 à la jeune Marie Bashkirtseff : « Tout
m'est à peu près égal dans la vie, hommes, femmes
et événements [...] Tout se divise en ennui, farce et
misère. » Derrière ces anecdotes plaisantes, ces saynè-
tes comiques ou badines, continue de se faire entendre
« la voix de ce qui passe, de ce qui fuit, de ce qui
trompe, de ce qui disparaît, de ce que nous n'attein-
drons jamais, la maigre petite voix qui crie l'avorte-
ment de la vie, l'inutilité de l'effort, l'impuissance de
l'esprit et la faiblesse de la chair [1] ».

---

1. *Sur l'eau*, 1888.

« *C'est très farce* [1]... »

Cette voix insidieuse et sinistre se fait le plus fortement entendre dans les récits consacrés à la farce et aux
farceurs. Là, le rose vire, inexorablement, non plus au
mélancolique camaïeu du gris, mais bien à l'angoissante
opacité du noir.

Deux seulement de ces récits farcesques relèvent plei-
nement du registre plaisant. « La Question du latin »,
puisque la farce, pourtant de son propre aveu « perfide », du facétieux potache tourne court — à son corps
défendant, il est vrai — et puisque « le pauvre bonhomme » de pion qui en devait être la victime en
devient l'heureux bénéficiaire. Et « Les vingt-cinq
francs de la Supérieure », où la rechute qui casse l'autre
jambe du farceur a pour conséquence de lui assurer une
prolongation de la vie de coq en pâte que lui offrent
les crédules et hospitalières bonnes sœurs. Peut-être
aussi les deux inoffensives anecdotes de « Mémoires
d'un farceur » ? Si elles n'étaient introduites par un
préambule pour le moins ambigu et quelque peu inquiétant. Le conteur, en effet, après avoir célébré lyrique-
ment les joies « saine[s] » et « simple[s] » de la farce
(lesquelles consistent à « duper », « bafouer », « mystifier », « se venger »...), projette sur ces plaisirs pré-
tendument innocents un assez morbide éclairage :
« Oui, j'en ai fait, de désopilantes et de terribles. Une
de mes victimes est morte des suites. Ce ne fut une perte
pour personne [...]. Tous les témoins pleurent encore
de rire à ce souvenir, bien que le mystifié en soit mort.
Paix à son âme ! » (p. 187). De là à conclure que, pour
être *désopilante*, une farce doit être *terrible* et que le
rire qu'elle provoque est d'autant plus fort — ou
fou ? — qu'il prend tout son relief sur fond de mort...

Bien sûr, l'histoire de Toine le joyeux farceur est plutôt comique et le spectacle du gros cabaretier bon vivant

---

1. Formule familière à Maupassant qui, depuis son adolescence,
pratiquait avec maestria farces et canulars.

de Tournevent mué en poule couveuse, ses énormes
« bras soulevés comme des ailes », est en lui-même déjà
assez *désopilant*, pour ses visiteurs comme pour le
lecteur. Mais pour que la farce soit complète, il faut
compter avec « la mé Toine », fielleuse et rapace, avec
son refrain de mauvais augure : « Espère, espère un
brin [...] Ça crèvera comme un sac à grain », qui pré-
dit avec jubilation la mort du pécheur. Toine, bien sûr,
ne meurt pas. Il est seulement paralysé. C'est-à-dire
livré pieds et poings liés aux tracasseries de « la vieille »
qui peut enfin prendre sa revanche. Et ne s'en prive
guère, profitant de la moindre occasion pour martyri-
ser son homme réduit à l'impuissance. Elle ne désarme
jamais, même lors du « triomphe » final de Toine
auquel, impitoyable et satisfaite, elle arrache son dernier poussin « sans écouter [ses] supplications ».

La mort, enfin, est présente au cœur des trois autres
histoires de farceurs ici retenues. La mort prévisible,
attendue sinon programmée, de « l'oncle Sosthène »
est l'occasion et le prétexte de la farce que lui fait son
neveu ; et si, en fin de compte, celle-ci se retourne
contre le farceur, ce n'est que justice : l'agonie d'un
vieil homme, fût-il franc-maçon militant, est un assez
malséant sujet de plaisanterie... Les exploits éthyliques
des joyeux peintres du « Voleur » finissent bien, et les
auditeurs du récit du « vieil artiste » nostalgique de
l'heureux temps de sa jeunesse (où l'on savait apprécier à leur juste valeur les délices de la farce) peuvent
bien « rire franchement autour du conteur ». Il n'en
reste pas moins que la mise à mort absurde du « vieux
bandit » n'a été évitée que de justesse, par hasard en
quelque sorte. Et, surtout, que le désir de meurtre a
émergé avec une urgence et une brutalité inquiétantes
de la soûlographie de ces paisibles rapins... Comme si
l'ivresse avait mis à nu, les dégageant de toute censure,
les ressorts profonds qui font agir les farceurs... Le goût
de la farce comme euphémisation du désir de meurtre...

« L'Ivrogne » commence bien en farce (les clins d'œil
qu'échangent Mathurin et le cabaretier, le dialogue à

double entente dont fait les frais Jérémie sont là pour
en témoigner) et aurait pu n'être qu'une plaisante histoire de mari trompé. Mathurin retient Jérémie au café
de Paumelle en lui offrant tournée sur tournée. Ce qui
laisse le champ libre au frère de Mathurin pour coucher avec la femme de Jérémie... Tout aurait pu bien
se passer : un cocu de plus au village, inépuisable sujet
de plaisanteries après boire... Mais Mathurin a mal cal-
culé son heure et Jérémie rentre chez lui trop tôt. Mais
l'ivresse donne à Jérémie une lucidité inattendue, et il
comprend que Mathurin a pris plaisir à le berner. Mais,
dès le début du récit, le conteur avait brossé un décor
de catastrophe. Le déchaînement des éléments « en
furie » (*ouragan, tempête, trombes, bourrasques* et
autres *coups de vent* : le texte accumule les indices...),
« la colère du ciel et de l'eau », situent l'action dans
un cadre de violence irrésistible et destructrice. Dès lors,
la « colère foudroyante », la « furie exaspérée » de
l'ivrogne, qui éclate dans le second volet du récit, était
en quelque sorte programmée au cœur même de la
farce. La bonne plaisanterie de Mathurin tourne à la
tragédie. Une fois apaisée la double crise de violence,
celle de la nature et celle de l'homme qu'elle préfigu-
rait, la plaisante histoire de cocuage prend fin sur une
vision d'horreur, que sa glaciale brièveté rend proprement insoutenable : « Quand le jour parut, un voisin,
voyant sa porte ouverte, entra. Il aperçut Jérémie qui
ronflait sur le sol, où gisaient les débris d'une chaise,
et, dans le lit, une bouillie de chair et de sang »...
(p. 241).

[HISTOIRES NORMANDES] [1]

1. Les crochets signalent que le titre n'est pas de Maupassant.

LE ROSIER DE MADAME HUSSON

Nous venions de passer Gisors, où je m'étais réveillé en entendant le nom de la ville crié par les employés, et j'allais m'assoupir de nouveau, quand une secousse épouvantable me jeta sur la grosse dame qui me faisait vis-à-vis.

Une roue s'était brisée à la machine qui gisait en travers de la voie. Le tender et le wagon de bagages, déraillés aussi, s'étaient couchés à côté de cette mourante qui râlait, geignait, sifflait, soufflait, crachait, ressemblait à ces chevaux tombés dans la rue, dont le flanc bat, dont la poitrine palpite, dont les naseaux fument et dont tout le corps frissonne, mais qui ne paraissent plus capables du moindre effort pour se relever et se remettre à marcher.

Il n'y avait ni morts ni blessés, quelques contusionnés seulement, car le train n'avait pas encore repris son élan, et nous regardions, désolés, la grosse bête de fer estropiée, qui ne pourrait plus nous traîner et qui barrait la route pour longtemps peut-être, car il faudrait sans doute faire venir de Paris un train de secours.

Il était alors dix heures du matin, et je me décidai tout de suite à regagner Gisors pour y déjeuner.

Tout en marchant sur la voie, je me disais : « Gisors, Gisors, mais je connais quelqu'un ici. Qui donc ? Gisors ? Voyons, j'ai un ami dans cette ville. » Un nom soudain jaillit dans mon souvenir : « Albert Marambot. » C'était un ancien camarade de collège, que je n'avais pas vu depuis douze ans au moins, et qui exerçait à Gisors la profession de médecin. Souvent il m'avait écrit pour m'inviter ; j'avais toujours promis, sans tenir. Cette fois enfin je profiterais de l'occasion.

Je demandai au premier passant : « Savez-vous où demeure M. le docteur Marambot ? »

Il répondit sans hésiter, avec l'accent traînard des Normands : « Rue Dauphine. » J'aperçus en effet, sur la porte de la maison indiquée, une grande plaque de cuivre où était gravé le nom de mon ancien camarade. Je sonnai ; mais la servante, une fille à cheveux jaunes, aux gestes lents, répétait d'un air stupide : « I y est paas, i y est paas. »

J'entendais un bruit de fourchettes et de verres, et je criai : « Hé ! Marambot. » Une porte s'ouvrit, et un gros homme à favoris parut, l'air mécontent, une serviette à la main.

Certes, je ne l'aurais pas reconnu. On lui aurait donné quarante-cinq ans au moins, et, en une seconde, toute la vie de province m'apparut, qui alourdit, épaissit et vieillit. Dans un seul élan de ma pensée, plus rapide que mon geste pour lui tendre la main, je connus son existence, sa manière d'être, son genre d'esprit et ses théories sur le monde. Je devinai les longs repas qui avaient arrondi son ventre, les somnolences après dîner, dans la torpeur d'une lourde digestion arrosée de cognac, et les vagues regards jetés sur les malades avec la pensée de la poule rôtie qui tourne devant le feu. Ses conversations sur la cuisine, sur le cidre, l'eau-de-vie et le vin, sur la manière de cuire certains plats et de bien lier certaines sauces me furent révélées, rien qu'en apercevant l'empâtement rouge de ses joues, la lourdeur de ses lèvres, l'éclat morne de ses yeux.

Je lui dis : « Tu ne me reconnais pas. Je suis Raoul Aubertin. »

Il ouvrit les bras et faillit m'étouffer, et sa première phrase fut celle-ci : « Tu n'as pas déjeuné, au moins? »

— Non.

— Quelle chance ! je me mets à table et j'ai une excellente truite. »

Cinq minutes plus tard je déjeunais en face de lui. Je lui demandai :

« Tu es resté garçon !

— Parbleu !

— Et tu t'amuses ici ?

— Je ne m'ennuie pas, je m'occupe. J'ai des malades, des amis. Je mange bien, je me porte bien, j'aime à rire et chasser. Ça va.

— La vie n'est pas trop monotone dans cette petite ville ?

— Non, mon cher, quand on sait s'occuper. Une petite ville, en somme, c'est comme une grande. Les événements et les plaisirs y sont moins variés, mais on leur prête plus d'importance ; les relations y sont moins nombreuses, mais on se rencontre plus souvent. Quand on connaît toutes les fenêtres d'une rue, chacune d'elles vous occupe et vous intrigue davantage qu'une rue entière de Paris.

« C'est très amusant, une petite ville, tu sais, très amusant, très amusant. Tiens, celle-ci, Gisors, je la connais sur le bout du doigt depuis son origine jusqu'à aujourd'hui. Tu n'as pas idée comme son histoire est drôle.

— Tu es de Gisors ?

— Moi ? Non. Je suis de Gournay, sa voisine et sa rivale. Gournay est à Gisors ce que Lucullus était à Cicéron[1]. Ici, tout est pour la gloire, on dit : ''les orgueilleux de Gisors''. À Gournay, tout est pour le ventre, on dit : ''les mâqueux[2] de Gournay''. Gisors méprise Gournay, mais Gournay rit de Gisors. C'est très comique, ce pays-ci. »

Je m'aperçus que je mangeais quelque chose de vraiment exquis, des œufs mollets enveloppés dans un fourreau de gelée de viande aromatisée aux herbes et légèrement saisie dans la glace.

---

1. Lucullus : général romain (106-56 av. J.-C.), connu pour son goût excessif du luxe. Les « festins de Lucullus » sont restés proverbiaux. — Cicéron : homme d'État et penseur romain (106-43 av. J.-C.), auteur célèbre de traités de philosophie, de rhétorique et de philosophie politique d'une grande élévation morale.

2. Normandisme, de *mâquer* : mâcher, manger ; ici : gourmands, goinfres.

Je dis en claquant la langue pour flatter Marambot :
« Bon, ceci. »

Il sourit : « Deux choses nécessaires, de la bonne
gelée, difficile à obtenir, et de bons œufs. Oh ! les bons
œufs, que c'est rare, avec le jaune un peu rouge, bien
savoureux ! Moi, j'ai deux basses-cours, une pour
l'œuf, l'autre pour la volaille. Je nourris mes pondeu-
ses d'une manière spéciale. J'ai mes idées. Dans l'œuf
comme dans la chair du poulet, du bœuf ou du mouton, dans le lait, dans tout, on retrouve et on doit goûter
le suc, la quintessence des nourritures antérieures de
la bête. Comme on pourrait mieux manger si on
s'occupait davantage de cela ! »

Je riais.

« Tu es donc gourmand ?

— Parbleu ! Il n'y a que les imbéciles qui ne soient
pas gourmands. On est gourmand comme on est artiste,
comme on est instruit, comme on est poète. Le goût,
mon cher, c'est un organe délicat, perfectible et respectable comme l'œil et l'oreille. Manquer de goût,
c'est être privé d'une faculté exquise, de la faculté de
discerner la qualité des aliments, comme on peut être
privé de celle de discerner les qualités d'un livre ou
d'une œuvre d'art ; c'est être privé d'un sens essentiel,
d'une partie de la supériorité humaine ; c'est appartenir à une des innombrables classes d'infirmes, de dis-
graciés et de sots dont se compose notre race ; c'est
avoir la bouche bête, en un mot, comme on a l'esprit
bête. Un homme qui ne distingue pas une langouste
d'un homard, un hareng, cet admirable poisson qui
porte en lui toutes les saveurs, tous les arômes de la
mer, d'un maquereau ou d'un merlan, et une poire
crassane d'une duchesse, est comparable à celui qui
confondrait Balzac avec Eugène Sue [1], une symphonie
de Beethoven avec une marche militaire d'un chef de

_____

1. Romancier populaire (1804-1857), auteur de romans-feuilletons
à grand succès et gros tirages : *Les Mystères de Paris* (1842-1843),
Le Juif errant (1844-1845).

musique de régiment, et l'Apollon du Belvédère [1] avec
la statue du général de Blanmont !

— Qu'est-ce donc que le général de Blanmont ?

— Ah ! c'est vrai, tu ne sais pas. On voit bien que
tu n'es point de Gisors ? Mon cher, je t'ai dit tout à
l'heure qu'on appelait les habitants de cette ville les
''orgueilleux de Gisors'' et jamais épithète ne fut mieux
méritée. Mais déjeunons d'abord, et je te parlerai de
notre ville en te la faisant visiter. »

Il cessait de parler de temps en temps pour boire lentement un demi-verre de vin qu'il regardait avec tendresse en le reposant sur la table.

Une serviette nouée au col, les pommettes rouges,
l'œil excité, les favoris épanouis autour de sa bouche
en travail, il était amusant à voir.

Il me fit manger jusqu'à la suffocation. Puis, comme
je voulais regagner la gare, il me saisit le bras et
m'entraîna par les rues. La ville, d'un joli caractère provincial, dominée par sa forteresse, le plus curieux
monument de l'architecture militaire du XIIe siècle qui
soit en France, domine à son tour une longue et verte
vallée où les lourdes vaches de Normandie broutent et
ruminent dans les pâturages.

Le docteur me dit : « Gisors, ville de 4 000 habitants,
aux confins de l'Eure, mentionnée déjà dans les *Commentaires* de Jules César [2] : Cæsaris ostium, puis
Cæsartium, Cæsortium, Gisortium, Gisors. Je ne te
mènerai pas visiter le campement de l'armée romaine
dont les traces sont encore très visibles. »

Je riais et je répondis : « Mon cher, il me semble que
tu es atteint d'une maladie spéciale que tu devrais étudier, toi médecin, et qu'on appelle l'esprit de clocher. »

1. Célèbre statue, attribuée au sculpteur grec Léocharès, du dieu
grec Apollon, dont une copie romaine en marbre figure au musée
du Vatican. Elle représente l'idéal de la beauté antique.
2. Général et homme d'État romain (101-44 av. J.-C.), conqué-
rant et « pacificateur » de la Gaule. Il a écrit le récit de ses campagnes militaires : *Commentaires de la guerre des Gaules.*

Il s'arrêta net : « L'esprit de clocher, mon ami, n'est pas autre chose que le patriotisme naturel. J'aime ma maison, ma ville et ma province par extension, parce que j'y trouve encore les habitudes de mon village ; mais si j'aime la frontière, si je la défends, si je me fâche quand le voisin y met le pied, c'est parce que je me sens déjà menacé dans ma maison, parce que la frontière que je ne connais pas est le chemin de ma province. Ainsi moi, je suis Normand, un vrai Normand ; eh bien, malgré ma rancune contre l'Allemand et mon désir de vengeance, je ne le déteste pas, je ne le hais pas d'instinct comme je hais l'Anglais, l'ennemi véritable, l'ennemi héréditaire, l'ennemi naturel du Normand, parce que l'Anglais a passé sur ce sol habité par mes aïeux, l'a pillé et ravagé vingt fois, et que l'aversion de ce peuple perfide m'a été transmise avec la vie par mon père... Tiens, voici la statue du général.

— Quel général ?

— Le général de Blanmont ! Il nous fallait une statue. Nous ne sommes pas pour rien les orgueilleux de Gisors ! Alors nous avons découvert le général de Blanmont. Regarde donc la vitrine de ce libraire. »

Il m'entraîna vers la devanture d'un libraire où une quinzaine de volumes jaunes, rouges ou bleus attiraient l'œil.

En lisant les titres, un rire fou me saisit ; c'étaient : *Gisors, ses origines, son avenir*, par M. X..., membre de plusieurs sociétés savantes ;

Histoire de Gisors, par l'abbé A... ;

Gisors, de César à nos jours, par M. B..., propriétaire ;

Gisors et ses environs, par le docteur C. D.... ;

Les Gloires de Gisors, par un chercheur.

— Mon cher, reprit Marambot, il ne se passe pas une année, pas une année, tu entends bien, sans que paraisse ici une nouvelle histoire de Gisors ; nous en avons vingt-trois.

— Et les gloires de Gisors ? demandai-je.

— Oh ! je ne te les dirai pas toutes, je te parlerai

seulement des principales. Nous avons eu d'abord le général de Blanmont, puis le baron Davillier, le célèbre céramiste qui fut l'explorateur de l'Espagne et des Baléares et révéla aux collectionneurs les admirables faïences hispano-arabes. Dans les lettres, un journaliste de grand mérite, mort aujourd'hui, Charles Brainne [1], et parmi les bien vivants le très éminent directeur du *Nouvelliste de Rouen*, Charles Lapierre [2]... et encore beaucoup d'autres, beaucoup d'autres...

Nous suivions une longue rue, légèrement en pente, chauffée d'un bout à l'autre par le soleil de juin, qui avait fait rentrer chez eux les habitants.

Tout à coup, à l'autre bout de cette voie, un homme apparut, un ivrogne qui titubait.

Il arrivait, la tête en avant, les bras ballants, les jambes molles, par périodes de trois, six ou dix pas rapides, que suivait toujours un repos. Quand son élan énergique et court l'avait porté au milieu de la rue, il s'arrêtait net et se balançait sur ses pieds, hésitant entre la chute et une nouvelle crise d'énergie. Puis il repartait brusquement dans une direction quelconque. Il venait alors heurter une maison sur laquelle il semblait se coller, comme s'il voulait entrer dedans, à travers le mur. Puis il se retournait d'une secousse et regardait devant lui, la bouche ouverte, les yeux clignotants sous le soleil, puis d'un coup de reins, détachant son dos de la muraille, il se remettait en route.

Un petit chien jaune, un roquet famélique, le suivait en aboyant, s'arrêtant quand il s'arrêtait, repartant quand il repartait.

« Tiens, dit Marambot, voilà le rosier de Mme Husson. »

---

1. Journaliste connu (1825-1864), père de Henry Brainne, ami de jeunesse de Maupassant, qui figure sous le nom de *Tomahawk* dans *Mouche* (Cf. *La Maison Tellier et autres histoires de femmes galantes*, Presses Pocket, « Lire et voir les classiques », n° 6067, 1991).
2. Journaliste (1828-1893), beau-frère du précédent.

Je fus très surpris et je demandai : « Le rosier de
Mme Husson, qu'est-ce que tu veux dire par là ? »

Le médecin se mit à rire.

« Oh ! c'est une manière d'appeler les ivrognes que
nous avons ici. Cela vient d'une vieille histoire passée
maintenant à l'état de légende, bien qu'elle soit vraie
en tous points.

— Est-elle drôle, ton histoire ?

— Très drôle.

— Alors, raconte-la.

— Très volontiers. Il y avait autrefois dans cette ville
une vieille dame, très vertueuse et protectrice de la
vertu, qui s'appelait Mme Husson. Tu sais, je te dis les
noms véritables et pas des noms de fantaisie. Mme Husson s'occupait particulièrement des bonnes œuvres, de
secourir les pauvres et d'encourager les méritants.
Petite, trottant court, ornée d'une perruque de soie
noire, cérémonieuse, polie, en fort bons termes avec
le bon Dieu représenté par l'abbé Malou, elle avait une
horreur profonde, une horreur native du vice, et surtout du vice que l'Église appelle luxure. Les grossesses
avant mariage la mettaient hors d'elle, l'exaspéraient
jusqu'à la faire sortir de son caractère.

Or c'était l'époque où l'on couronnait des rosières
aux environs de Paris, et l'idée vint à Mme Husson
d'avoir une rosière à Gisors.

Elle s'en ouvrit à l'abbé Malou, qui dressa aussitôt
une liste de candidates.

Mais Mme Husson était servie par une bonne, par
une vieille bonne nommée Françoise, aussi intraitable
que sa patronne.

Dès que le prêtre fut parti, la maîtresse appela sa servante et lui dit :

« Tiens, Françoise, voici les filles que me propose
M. le curé pour le prix de vertu ; tâche de savoir ce
qu'on pense d'elles dans le pays. »

Et Françoise se mit en campagne. Elle recueillit tous
les potins, toutes les histoires, tous les propos, tous les
soupçons. Pour ne rien oublier, elle écrivait cela avec

la dépense, sur son livre de cuisine et le remettait chaque matin à Mme Husson, qui pouvait lire, après avoir ajusté ses lunettes sur son nez mince :

Pain	quatre sous
Lait	deux sous
Beurre	huit sous

Malvina Levesque s'a dérangé l'an dernier avec Mathurin Poilu.

Un gigot	vingt-cinq sous
Sel	un sou

Rosalie Vatinel qu'a été rencontrée dan le boi Riboudet avec Césaire Piénoir par Mme Onésime repasseuse, le vingt juillet à la brune.

Radis	un sou
Vinaigre	deux sous
Sel d'oseille	deux sous

Joséphine Durdent qu'on ne croit pas qu'al a fauté non-obstant qu'al est en correspondance avec le fil Oportun qu'est en service à Rouen et qui lui a envoyé un bonet en cado par la diligence.

Pas une ne sortit intacte de cette enquête scrupuleuse. Françoise interrogeait tout le monde, les voisins, les fournisseurs, l'instituteur, les sœurs de l'école et recueillait les moindres bruits.

Comme il n'est pas une fille dans l'univers sur qui les commères n'aient jasé, il ne se trouva pas dans le pays une seule jeune personne à l'abri d'une médisance.

Or Mme Husson voulait que la rosière de Gisors, comme la femme de César, ne fût même pas soupçonnée, et elle demeurait désolée, désespérée, devant le livre de cuisine de sa bonne.

On élargit alors le cercle des perquisitions jusqu'aux villages environnants ; on ne trouva rien.

Le maire fut consulté. Ses protégées échouèrent. Celles du Dr Barbesol n'eurent pas plus de succès, malgré la précision de ses garanties scientifiques.

Or, un matin, Françoise, qui rentrait d'une course, dit à sa maîtresse :

« Voyez-vous, madame, si vous voulez couronner quelqu'un, n'y a qu'Isidore dans la contrée. »

Mᵐᵉ Husson resta rêveuse.

Elle le connaissait bien, Isidore, le fils de Virginie la fruitière. Sa chasteté proverbiale faisait la joie de Gisors depuis plusieurs années déjà, servait de thème plaisant aux conversations de la ville et d'amusement pour les filles qui s'égayaient à le taquiner. Âgé de vingt ans passés, grand, gauche, lent et craintif, il aidait sa mère dans son commerce et passait ses jours à éplucher des fruits ou des légumes, assis sur une chaise devant la porte.

Il avait une peur maladive des jupons qui lui faisait baisser les yeux dès qu'une cliente le regardait en souriant, et cette timidité bien connue le rendait le jouet de tous les espiègles du pays.

Les mots hardis, les gauloiseries, les allusions graveleuses le faisaient rougir si vite que le Dʳ Barbesol l'avait surnommé le thermomètre de la pudeur. Savait-il ou ne savait-il pas ? se demandaient les voisins, les malins. Était-ce le simple pressentiment de mystères ignorés et honteux, ou bien l'indignation pour les vils contacts ordonnés par l'amour qui semblait émouvoir si fort le fils de la fruitière Virginie ? Les galopins du pays, en courant devant sa boutique, hurlaient des ordures à pleine bouche afin de le voir baisser les yeux ; les filles s'amusaient à passer et repasser devant lui en chuchotant des polissonneries qui le faisaient rentrer dans la maison. Les plus hardies le provoquaient ouvertement, pour rire, pour s'amuser, lui donnaient des rendez-vous, lui proposaient un tas de choses abominables.

Donc Mᵐᵉ Husson était devenue rêveuse.

Certes, Isidore était un cas de vertu exceptionnel, notoire, inattaquable. Personne, parmi les plus sceptiques, parmi les plus incrédules, n'aurait pu, n'aurait osé soupçonner Isidore de la plus légère infraction à une loi quelconque de la morale. On ne l'avait jamais vu non plus dans un café, jamais rencontré le soir dans les rues. Il se couchait à huit heures et se levait à quatre. C'était une perfection, une perle.

Cependant Mme Husson hésitait encore. L'idée de substituer un rosier à une rosière la troublait, l'inquiétait un peu, et elle se résolut à consulter l'abbé Malou.

L'abbé Malou répondit : « Qu'est-ce que vous désirez récompenser, madame ? C'est la vertu, n'est-ce pas, et rien que la vertu.

« Que vous importe, alors, qu'elle soit mâle ou femelle ! La vertu est éternelle, elle n'a pas de patrie et pas de sexe : elle est *la Vertu*. »

Encouragée ainsi, Mme Husson alla trouver le maire.

Il approuva tout à fait. « Nous ferons une belle cérémonie, dit-il. Et une autre année, si nous trouvons une femme aussi digne qu'Isidore nous couronnerons une femme. C'est même là un bel exemple que nous donnerons à Nanterre. Ne soyons pas exclusifs, accueillons tous les mérites. »

Isidore, prévenu, rougit très fort et sembla content.

Le couronnement fut donc fixé au 15 août, fête de la Vierge Marie et de l'empereur Napoléon.

La municipalité avait décidé de donner un grand éclat à cette solennité et on avait disposé l'estrade sur les Couronneaux, charmant prolongement des remparts de la vieille forteresse où je te mènerai tout à l'heure.

Par une naturelle révolution de l'esprit public, la vertu d'Isidore, bafouée jusqu'à ce jour, était devenue soudain respectable et enviée depuis qu'elle devait lui rapporter cinq cents francs, plus un livret de caisse d'épargne, une montagne de considération et de la gloire à revendre. Les filles maintenant regrettaient leur légèreté, leurs rires, leurs allures libres ; et Isidore, bien que toujours modeste et timide, avait pris un petit air satisfait qui disait sa joie intérieure.

Dès la veille du 15 août, toute la rue Dauphine était pavoisée de drapeaux. Ah ! j'ai oublié de te dire à la suite de quel événement cette voie avait été appelée rue Dauphine.

Il paraîtrait que la Dauphine, une dauphine, je ne

sais plus laquelle, visitant Gisors, avait été tenue si longtemps en représentation par les autorités, que, au milieu
d'une promenade triomphale à travers la ville, elle
arrêta le cortège devant une des maisons de cette rue
et s'écria : « Oh ! la jolie habitation, comme je voudrais la visiter ! À qui donc appartient-elle ? » On lui
nomma le propriétaire, qui fut cherché, trouvé et
amené, confus et glorieux, devant la princesse.

Elle descendit de voiture, entra dans la maison, pré-
tendit la connaître du haut en bas et resta même enfermée quelques instants seule dans une chambre.

Quand elle ressortit, le peuple, flatté de l'honneur
fait à un citoyen de Gisors, hurla : « Vive la Dauphine ! » Mais une chansonnette fut rimée par un farceur, et la rue garda le nom de l'altesse royale, car :

> *La princesse très pressée,*
> *Sans cloche, prêtre ou bedeau,*
> *L'avait, avec un peu d'eau,*
> *Baptisée.*

Mais je reviens à Isidore.

On avait jeté des fleurs tout le long du parcours du
cortège, comme on fait aux processions de la Fête-Dieu,
et la garde nationale était sur pied, sous les ordres de
son chef, le commandant Desbarres, un vieux solide
de la Grande Armée qui montrait avec orgueil, à côté
du cadre contenant la croix d'honneur donnée par
l'Empereur lui-même, la barbe d'un cosaque cueillie
d'un seul coup de sabre au menton de son propriétaire
par le commandant, pendant la retraite de Russie.

Le corps qu'il commandait était d'ailleurs un corps
d'élite célèbre dans toute la province, et la compagnie
des grenadiers de Gisors se voyait appelée à toutes les
fêtes mémorables dans un rayon de quinze à vingt
lieues. On raconte que le roi Louis-Philippe, passant
en revue les milices de l'Eure, s'arrêta émerveillé devant
la compagnie de Gisors, et s'écria : « Oh ! quels sont
ces beaux grenadiers ?

— Ceux de Gisors, répondit le général.

— J'aurais dû m'en douter », murmura le roi.

Le commandant Desbarres s'en vint donc avec ses hommes, musique en tête, chercher Isidore dans la boutique de sa mère.

Après un petit air joué sous ses fenêtres, le Rosier lui-même apparut sur le seuil.

Il était vêtu de coutil blanc des pieds à la tête, et coiffé d'un chapeau de paille qui portait, comme cocarde, un petit bouquet de fleurs d'oranger.

Cette question du costume avait beaucoup inquiété Mᵐᵉ Husson, qui hésita longtemps entre la veste noire des premiers communiants et le complet tout à fait blanc. Mais Françoise, sa conseillère, la décida pour le complet blanc en faisant voir que le Rosier aurait l'air d'un cygne.

Derrière lui parut sa protectrice, sa marraine, Mᵐᵉ Husson triomphante. Elle prit son bras pour sortir, et le maire se plaça de l'autre côté du Rosier. Les tambours battaient. Le commandant Desbarres commanda : « Présentez armes ! » Le cortège se remit en marche vers l'église, au milieu d'un immense concours de peuple venu de toutes les communes voisines.

Après une courte messe et une allocution touchante de l'abbé Malou, on repartit vers les Couronneaux où le banquet était servi sous une tente.

Avant de se mettre à table, le maire prit la parole. Voici son discours textuel. Je l'ai appris par cœur, car il est beau :

« Jeune homme, une femme de bien, aimée des pauvres et respectée des riches, Mᵐᵉ Husson, que le pays tout entier remercie ici, par ma voix, a eu la pensée, l'heureuse et bienfaisante pensée, de fonder en cette ville un prix de vertu qui serait un précieux encouragement offert aux habitants de cette belle contrée.

« Vous êtes, jeune homme, le premier élu, le premier couronné de cette dynastie de la sagesse et de la chasteté. Votre nom restera en tête de cette liste des plus méritants ; et il faudra que votre vie, comprenez-le bien, que votre vie tout entière réponde à cet heureux commencement. Aujourd'hui, en face de cette noble femme qui récompense votre conduite, en face de ces soldats-citoyens qui ont pris les armes en votre honneur, en face de cette population émue, réunie pour vous accla-mer, ou plutôt pour acclamer en vous la vertu, vous contractez l'engagement solennel envers la ville, envers nous tous, de donner jusqu'à votre mort l'excellent exemple de votre jeunesse.

« Ne l'oubliez point, jeune homme. Vous êtes la pre-mière graine jetée dans ce champ de l'espérance, donnez-nous les fruits que nous attendons de vous. »

Le maire fit trois pas, ouvrit les bras et serra contre son cœur Isidore qui sanglotait.

Il sanglotait, le Rosier, sans savoir pourquoi, d'émo-tion confuse, d'orgueil, d'attendrissement vague et joyeux.

Puis le maire lui mit dans une main une bourse de soie où sonnait de l'or, cinq cents francs en or !... et dans l'autre un livret de caisse d'épargne. Et il prononça d'une voix solennelle : « Hommage, gloire et richesse à la vertu. »

Le commandant Desbarres hurlait : « Bravo ! » Les grenadiers vociféraient, le peuple applaudit.

À son tour Mme Husson s'essuya les yeux.

Puis on prit place autour de la table où le banquet était servi.

Il fut interminable et magnifique. Les plats suivaient les plats ; le cidre jaune et le vin rouge fraternisaient dans les verres voisins et se mêlaient dans les estomacs. Les chocs d'assiettes, les voix et la musique qui jouait en sourdine faisaient une rumeur continue, profonde, s'éparpillant dans le ciel clair où volaient les hirondelles. Mme Husson rajustait par moments sa perruque de soie noire chavirée sur une oreille et causait avec l'abbé Malou. Le maire, excité, parlait politique avec le com-mandant Desbarres, et Isidore mangeait, Isidore buvait, comme il n'avait jamais bu et mangé ! Il prenait et reprenait de tout, s'apercevant pour la première fois qu'il est doux de sentir son ventre s'emplir de bonnes

choses qui font plaisir d'abord en passant dans la
bouche. Il avait desserré adroitement la boucle de son
pantalon qui le serrait sous la pression croissante de
son bedon, et silencieux, un peu inquiété cependant par
une tache de vin tombée sur son veston de coutil, il cessait de mâcher pour porter son verre à sa bouche, et
l'y garder le plus possible, car il goûtait avec lenteur.

L'heure des toasts sonna. Ils furent nombreux et très
applaudis. Le soir venait ; on était à table depuis midi.
Déjà flottaient dans la vallée les vapeurs fines et laiteuses, léger vêtement de nuit des ruisseaux et des prairies ; le soleil touchait à l'horizon ; les vaches beuglaient
au loin dans les brumes des pâturages. C'était fini : on
redescendait vers Gisors. Le cortège, rompu maintenant, marchait en débandade. Mme Husson avait pris
le bras d'Isidore et lui faisait des recommandations
nombreuses, pressantes, excellentes.

Ils s'arrêtèrent devant la porte de la fruitière, et le
Rosier fut laissé chez sa mère.

Elle n'était point rentrée. Invitée par sa famille à célé-
brer aussi le triomphe de son fils, elle avait déjeuné chez
sa sœur, après avoir suivi le cortège jusqu'à la tente
du banquet.

Donc Isidore resta seul dans la boutique où pénétrait
la nuit.

Il s'assit sur une chaise, agité par le vin et par
l'orgueil, et regarda autour de lui. Les carottes, les
choux, les oignons répandaient dans la pièce fermée leur
forte senteur de légumes, leurs arômes jardiniers et
rudes, auxquels se mêlaient une douce et pénétrante
odeur de fraises et le parfum léger, le parfum fuyant
d'une corbeille de pêches.

Le Rosier en prit une et la mangea à pleines dents,
bien qu'il eût le ventre rond comme une citrouille. Puis
tout à coup, affolé de joie, il se mit à danser ; et quelque chose sonna dans sa veste.

Il fut surpris, enfonça ses mains en ses poches et
ramena la bourse aux cinq cents francs qu'il avait
oubliée dans son ivresse ! Cinq cents francs ! quelle

fortune ! Il versa les louis sur le comptoir et les étala
d'une lente caresse de sa main grande ouverte pour les
voir tous en même temps. Il y en avait vingt-cinq, vingt-
cinq pièces rondes, en or ! toutes en or ! Elles brillaient
sur le bois dans l'ombre épaissie, et il les comptait et
les recomptait, posant le doigt sur chacune et murmurant : « Une, deux, trois, quatre, cinq, — cent ; — six,
sept, huit, neuf, dix, — deux cents » ; puis il les remit
dans la bourse qu'il cacha de nouveau dans sa poche.

Qui saura et qui pourra dire le combat terrible livré
dans l'âme du Rosier entre le mal et le bien, l'attaque
tumultueuse de Satan, ses ruses, les tentations qu'il jeta
en ce cœur timide et vierge ? Quelles suggestions, quelles images, quelles convoitises inventa le Malin pour
émouvoir et perdre cet élu ? Il saisit son chapeau, l'élu
de Mme Husson, son chapeau qui portait encore le
petit bouquet de fleurs d'oranger, et, sortant par la
ruelle derrière la maison, il disparut dans la nuit.

. . . .

La fruitière Virginie, prévenue que son fils était
rentré, revint presque aussitôt et trouva la maison vide.
Elle attendit, sans s'étonner d'abord ; puis, au bout
d'un quart d'heure, elle s'informa. Les voisins de la
rue Dauphine avaient vu entrer Isidore et ne l'avaient
point vu ressortir. Donc on le chercha : on ne le découvrit point. La fruitière, inquiète, courut à la mairie :
le maire ne savait rien, sinon qu'il avait laissé le Rosier
devant sa porte. Mme Husson venait de se coucher
quand on l'avertit que son protégé avait disparu. Elle
remit aussitôt sa perruque, se leva et vint elle-même
chez Virginie. Virginie, dont l'âme populaire avait
l'émotion rapide, pleurait toutes ses larmes au milieu
de ses choux, de ses carottes et de ses oignons.

On craignait un accident. Lequel ? Le commandant
Desbarres prévint la gendarmerie qui fit une ronde
autour de la ville ; et on trouva, sur la route de Pon-
toise, le petit bouquet de fleurs d'oranger. Il fut placé
sur une table autour de laquelle délibéraient les autorités. Le Rosier avait dû être victime d'une ruse, d'une

machination, d'une jalousie ; mais comment ? Quel moyen avait-on employé pour enlever cet innocent, et dans quel but ?

Las de chercher sans trouver, les autorités se couchèrent. Virginie seule veilla dans les larmes.

Or, le lendemain soir, quand passa, à son retour, la diligence de Paris, Gisors apprit avec stupeur que son Rosier avait arrêté la voiture à deux cents mètres du pays, était monté, avait payé sa place en donnant un louis dont on lui remit la monnaie, et qu'il était descendu tranquillement dans le cœur de la grande ville.

L'émotion devint considérable dans le pays. Des lettres furent échangées entre le maire et le chef de la police parisienne, mais n'amenèrent aucune découverte.

Les jours suivaient les jours, la semaine s'écoula.

Or, un matin, le Dr Barbesol, sorti de bonne heure, aperçut, assis sur le seuil d'une porte, un homme vêtu de toile grise, et qui dormait la tête contre le mur. Il s'approcha et reconnut Isidore. Voulant le réveiller, il n'y put parvenir. L'ex-Rosier dormait d'un sommeil profond, invincible, inquiétant, et le médecin, surpris, alla requérir de l'aide afin de porter le jeune homme à la pharmacie Boncheval. Lorsqu'on le souleva, une bouteille vide apparut, cachée sous lui, et, l'ayant flairée, le docteur déclara qu'elle avait contenu de l'eau-de-vie. C'était un indice qui servit pour les soins à donner. Ils réussirent. Isidore était ivre, ivre et abruti par huit jours de soûlerie, ivre et dégoûtant à n'être pas touché par un chiffonnier. Son beau costume de coutil blanc était devenu une loque grise, jaune, graisseuse, fangeuse, déchiquetée, ignoble ; et sa personne sentait toutes sortes d'odeurs d'égout, de ruisseau et de vice.

Il fut lavé, sermonné, enfermé, et pendant quatre jours ne sortit point. Il semblait honteux et repentant. On n'avait retrouvé sur lui ni la bourse aux cinq cents francs, ni le livret de caisse d'épargne, ni même sa montre d'argent, héritage sacré laissé par son père le fruitier.

Le cinquième jour, il se risqua dans la rue Dauphine. Les regards curieux le suivaient et il allait le long des maisons la tête basse, les yeux fuyants. On le perdit de vue à la sortie du pays vers la vallée ; mais deux heures plus tard il reparut, ricanant et se heurtant aux murs. Il était ivre, complètement ivre.

Rien ne le corrigea.

Chassé par sa mère, il devint charretier et conduisit les voitures de charbon de la maison Pougrisel, qui existe encore aujourd'hui.

Sa réputation d'ivrogne devint si grande, s'étendit si loin, qu'à Évreux même on parlait du Rosier de Mme Husson, et les pochards du pays ont conservé ce surnom.

Un bienfait n'est jamais perdu. »

Le Dr Marambot se frottait les mains en terminant son histoire. Je lui demandai :

— As-tu connu le Rosier, toi ?

— Oui, j'ai eu l'honneur de lui fermer les yeux.

— De quoi est-il mort ?

— Dans une crise de *delirium tremens* [1], naturellement.

Nous étions arrivés près de la vieille forteresse, amas de murailles ruinées que dominent l'énorme tour Saint-Thomas-de-Cantorbéry et la tour dite du Prisonnier.

Marambot me conta l'histoire de ce prisonnier qui, au moyen d'un clou, couvrit de sculptures les murs de son cachot, en suivant les mouvements du soleil à travers la fente étroite d'une meurtrière.

Puis j'appris que Clotaire II avait donné le patrimoine de Gisors à son cousin saint Romain, évêque de Rouen, que Gisors cessa d'être la capitale de tout le Vexin après le traité de Saint-Clair-sur-Epte, que la ville est le premier point stratégique de toute cette partie de la France et qu'elle fut, par suite de cet avantage, prise et reprise un nombre infini de fois. Sur l'ordre de

---

1. Latin : *délire tremblant*. Manifestation aiguë des stades ultimes de l'alcoolisme : délire et hallucinations accompagnés d'agitation et de tremblements.

Guillaume le Roux, le célèbre ingénieur Robert de
Bellesme y construisit une puissante forteresse attaquée
plus tard par Louis le Gros, puis par les barons normands, défendue par Robert de Candos, cédée enfin
à Louis le Gros par Geoffroy Plantagenêt, reprise par
les Anglais à la suite d'une trahison des Templiers, dis-
putée entre Philippe Auguste et Richard Cœur de Lion,
brûlée par Edouard III d'Angleterre qui ne put prendre
le château, enlevée de nouveau par les Anglais en 1419,
rendue plus tard à Charles VII par Richard de Mar-
bury, prise par le duc de Calabre, occupée par la Ligue,
habitée par Henri IV, etc., etc.

Et Marambot, convaincu, presque éloquent, répétait :

— Quels gueux, ces Anglais !!! Et quels pochards,
mon cher ; tous Rosiers, ces hypocrites-là.

Puis après un silence, tendant son bras vers la mince
rivière qui brillait dans la prairie :

— Savais-tu qu'Henry Monnier[1] fut un des
pêcheurs les plus assidus des bords de l'Epte ?

— Non, je ne savais pas.

— Et Bouffé, mon cher, Bouffé a été ici peintre
vitrier.

— Allons donc !

— Mais oui. Comment peux-tu ignorer ces choses-
là !

(1887)

---

1. Écrivain, satiriste et caricaturiste (1799-1877). Créateur du personnage de Joseph Prudhomme, type de bourgeois solennel et
grotesque.

LA BÊTE À MAÎT' BELHOMME

La diligence du Havre allait quitter Criquetot ; et tous les voyageurs attendaient l'appel de leur nom dans la cour de l'hôtel du Commerce tenu par Malandain fils.

C'était une voiture jaune, montée sur des roues jaunes aussi autrefois, mais rendues presque grises par l'accumulation des boues. Celles de devant étaient toutes petites ; celles de derrière, hautes et frêles, portaient le coffre difforme et enflé comme un ventre de bête. Trois rosses blanches, dont on remarquait, au premier coup d'œil, les têtes énormes et les gros genoux ronds, attelées en arbalète [1], devaient traîner cette carriole qui avait du monstre dans sa structure et son allure. Les chevaux semblaient endormis déjà devant l'étrange véhicule.

Le cocher Césaire Horlaville, un petit homme à gros ventre, souple cependant, par suite de l'habitude constante de grimper sur ses roues et d'escalader l'impériale, la face rougie par le grand air des champs, les pluies, les bourrasques et les petits verres, les yeux devenus clignotants sous les coups de vent et de grêle, apparut sur la porte de l'hôtel en s'essuyant la bouche d'un revers de main. De larges paniers ronds, pleins de volailles effarées, attendaient devant les paysannes immobiles. Césaire Horlaville les prit l'un après l'autre et les posa sur le toit de sa voiture ; puis il y plaça plus doucement ceux qui contenaient des œufs ; il y jeta

1. Dans l'attelage en arbalète, un des chevaux est « attelé seul en avant des deux du timon de la voiture » (Littré).

ensuite, d'en bas, quelques petits sacs de grain, de menus paquets enveloppés de mouchoirs, de bouts de toile ou de papier. Puis il ouvrit la porte de derrière et, tirant une liste de sa poche, il lut en appelant :

— Monsieur le curé de Gorgeville.

Le prêtre s'avança, un grand homme puissant, large, gros, violacé et d'air aimable. Il retroussa sa soutane pour lever le pied, comme les femmes retroussent leurs jupes, et grimpa dans la guimbarde.

— L'instituteur de Rollebosc-les-Grinets.

L'homme se hâta, long, timide, enredingoté jusqu'aux genoux ; et il disparut à son tour dans la porte ouverte.

— Maît' Poiret, deux places.

Poiret s'en vint, haut et tortu, courbé par la charrue, maigri par l'abstinence, osseux, la peau séchée par l'oubli des lavages. Sa femme le suivait, petite et maigre, pareille à une bique fatiguée, portant à deux mains un immense parapluie vert.

— Maît' Rabot, deux places.

Rabot hésita, étant de nature perplexe. Il demanda :

— C'est ben mé qu't'appelles ?

Le cocher, qu'on avait surnommé « dégourdi », allait répondre une facétie, quand Rabot piqua une tête vers la portière, lancé en avant par une poussée de sa femme, une gaillarde haute et carrée dont le ventre était vaste et rond comme une futaille, les mains larges comme des battoirs.

Et Rabot fila dans la voiture à la façon d'un rat qui rentre dans son trou.

— Maît' Caniveau.

Un gros paysan, plus lourd qu'un bœuf, fit plier les ressorts et s'engouffra à son tour dans l'intérieur du coffre jaune.

— Maît' Belhomme.

Belhomme, un grand maigre, s'approcha, le cou de travers, la face dolente, un mouchoir appliqué sur l'oreille, comme s'il souffrait d'un fort mal de dents.

Tous portaient la blouse bleue par-dessus d'antiques et singulières vestes de drap noir ou verdâtre, vêtements

de cérémonie qu'ils découvriraient dans les rues du
Havre ; et leurs chefs étaient coiffés de casquettes de
soie, hautes comme des tours, suprême élégance dans
la campagne normande.

Césaire Horlaville referma la portière de sa boîte,
puis monta sur son siège et fit claquer son fouet.

Les trois chevaux parurent se réveiller et, remuant
le cou, firent entendre un vague murmure de grelots.

Le cocher, alors, hurlant : « Hue ! » de toute sa poitrine, fouailla les bêtes à tour de bras. Elles s'agitèrent,
firent un effort, et se mirent en route d'un petit trot
boiteux et lent. Et derrière elles, la voiture, secouant
ses carreaux branlants et toute la ferraille de ses ressorts, faisait un bruit surprenant de ferblanterie et de
verrerie, tandis que chaque ligne de voyageurs, ballot-
tée et balancée par les secousses, avait des reflux de flots
à tous les remous des cahots.

On se tut d'abord, par respect pour le curé, qui gênait
les épanchements. Il se mit à parler le premier, étant
d'un caractère loquace et familier.

— Eh bien, maît' Caniveau, dit-il, ça va-t-il comme
vous voulez ?

L'énorme campagnard, qu'une sympathie de taille,
d'encolure et de ventre liait avec l'ecclésiastique, répondit en souriant :

— Tout d'même, m'sieu l'curé, tout d'même, et
d'vote part ?

— Oh ! d'ma part, ça va toujours.

— Et vous, maît' Poiret ? demanda l'abbé.

— Oh ! mé, ça irait, n'étaient les cossards (colzas)
qui n'donneront guère c't'année ; et, vu les affaires,
c'est là-dessus qu'on s'rattrape.

— Que voulez-vous, les temps sont durs.

— Que oui, qu'i sont durs, affirma d'une voix de
gendarme la grande femme de maît' Rabot.

Comme elle était d'un village voisin, le curé ne la
connaissait que de nom.

— C'est vous, la Blondel ? dit-il.

— Oui, c'est mé, qu'a épousé Rabot.

Rabot, fluet, timide et satisfait, salua en souriant ;
il salua d'une grande inclinaison de tête en avant,
comme pour dire : « C'est bien moi Rabot, qu'a épousé
la Blondel. »

Soudain maît' Belhomme, qui tenait toujours son
mouchoir sur son oreille, se mit à gémir d'une façon
lamentable. Il faisait « gniau... gniau... gniau » en
tapant du pied pour exprimer son affreuse souffrance.

— Vous avez donc bien mal aux dents ? demanda
le curé.

Le paysan cessa un instant de geindre pour répondre :

— Non point... m'sieu le curé... C'est point des
dents... c'est d'l'oreille, du fond d'l'oreille.

— Qu'est-ce que vous avez donc dans l'oreille. Un
dépôt ?

— J'sais point si c'est un dépôt, mais j'sais ben
qu'c'est eune bête, un' grosse bête, qui m'a entré
d'dans, vu que j'dormais su l'foin dans l'grenier.

— Un' bête ! Vous êtes sûr ?

— Si j'en suis sûr ? Comme du Paradis, m'sieu le
curé, vu qu'a m'grignote l'fond d'l'oreille. À m'mange
la tête, pour sûr ! a m'mange la tête ! Oh ! gniau...
gniau... gniau... Et il se remit à taper du pied.

Un grand intérêt s'était éveillé dans l'assistance. Chacun donnait son avis. Poiret voulait que ce fût une araignée, l'instituteur que ce fût une chenille. Il avait vu
ça une fois déjà à Campemuret, dans l'Orne, où il était
resté six ans ; même la chenille était entrée dans la tête
et sortie par le nez. Mais l'homme était demeuré sourd
de cette oreille-là, puisqu'il avait le tympan crevé.

— C'est plutôt un ver, déclara le curé.

Maît' Belhomme, la tête renversée de côté et appuyée
contre la portière, car il était monté le dernier, gémissait toujours.

— Oh ! gniau... gniau... gniau... j'crairais bien qu'
c'est eune frémi [1], eune grosse frémi tant qu'a mord...

1. Normandisme (?) : fourmi.

T'nez, m'sieu le curé... a galope... a galope... Oh !
gniau... gniau... gniau... qué misère !!...

— T'as point vu l'médecin ? demanda Caniveau.

— Pour sûr, non.

— D'où vient ça ?

La peur du médecin sembla guérir Belhomme.

Il se redressa, sans toutefois lâcher son mouchoir.

— D'où vient ça ! T'as des sous pour eusse, té, pour
ces fainéants-là ? Y s'rait v'nu eune fois, deux fois,
trois fois, quat' fois, cinq fois ! Ça fait, deusse écus
de cent sous, deusse écus, pour sûr... Et qu'est-ce qu'il
aurait fait, dis, çu fainéant, dis, qu'est-ce qu'il aurait
fait ? Sais-tu, té ?

Caniveau riait.

— Non, j'sais point ? Ousquè tu vas, comme ça ?

— J' vas t' au Havre vé Chambrelan.

— Qué Chambrelan ?

— L'guérisseux, donc.

— Qué guérisseux ?

— L'guérisseux qu'a guéri mon pé.

— Ton pé ?

— Oui, mon pé, dans l'temps.

— Qué qu'il avait, ton pé ?

— Un vent dans l'dos, qui n'en pouvait pu r'muer
pied ni gambe.

— Qué qui li a fait ton Chambrelan ?

— Il y a manié l'dos comm' pou' fé du pain, avec
les deux mains donc ! Et ça y a passé en une couple
d'heures !

Belhomme pensait bien aussi que Chambrelan avait
prononcé des paroles, mais il n'osait pas dire ça devant
le curé.

Caniveau reprit en riant :

— C'est-il point quéque lapin qu'tas dans l'oreille.
Il aura pris çu trou-là pour son terrier, vu la ronce.
Attends, j'vas l'fé sauver.

Et Caniveau, formant un porte-voix de ses mains,
commença à imiter les aboiements des chiens courants
en chasse. Il jappait, hurlait, piaulait, aboyait. Et tout

le monde se mit à rire dans la voiture, même l'instituteur qui ne riait jamais.

Cependant, comme Belhomme paraissait fâché
qu'on se moquât de lui, le curé détourna la conversation et, s'adressant à la grande femme de Rabot :

— Est-ce que vous n'avez pas une nombreuse famille ?

— Que oui, m'sieu le curé... Que c'est dur à élever !

Rabot opina de la tête, comme pour dire : « Oh !
oui, c'est dur à élever. »

— Combien d'enfants ?

Elle déclara avec autorité, d'une voix forte et sûre :

— Seize enfants, m'sieu l' curé ! Quinze de mon
homme !

Et Rabot se mit à sourire plus fort, en saluant du
front. Il en avait fait quinze, lui, lui tout seul, Rabot !
Sa femme l'avouait ! Donc, on n'en pouvait point douter. Il en était fier, parbleu !

De qui le seizième ? Elle ne le dit pas. C'était le premier, sans doute ? On le savait peut-être, car on ne
s'étonna point. Caniveau lui-même demeura impassible.

Mais Belhomme se mit à gémir :

— Oh ! gniau... gniau... gniau... a me trifouille dans
l'fond... Oh ! misère !...

La voiture s'arrêtait au café Polyte. Le curé dit :

— Si on vous coulait un peu d'eau dans l'oreille, on
la ferait peut-être sortir. Voulez-vous essayer ?

— Pour sûr ! J'veux ben.

Et tout le monde descendit pour assister à l'opération.

Le prêtre demanda une cuvette, une serviette et un
verre d'eau ; et il chargea l'instituteur de tenir bien incli-
née la tête du patient ; puis, dès que le liquide aurait
pénétré dans le canal, de la renverser brusquement.

Mais Caniveau, qui regardait déjà dans l'oreille de
Belhomme pour voir s'il ne découvrirait pas la bête à
l'œil nu, s'écria :

— Cré nom d'un nom, qué marmelade ! Faut débou-
cher ça, mon vieux. Jamais ton lapin sortira dans c'te
confiture-là. Il s'y collerait les quat' pattes.

Le curé examina à son tour le passage et le reconnut trop étroit et trop embourbé pour tenter l'expulsion de la bête. Ce fut l'instituteur qui débarrassa cette voie au moyen d'une allumette et d'une loque. Alors, au milieu de l'anxiété générale, le prêtre versa, dans ce conduit nettoyé, un demi-verre d'eau qui coula sur le visage, dans les cheveux et dans le cou de Belhomme. Puis l'instituteur retourna vivement la tête sur la cuvette, comme s'il eût voulu la dévisser. Quelques gouttes retombèrent dans le vase blanc. Tous les voyageurs se précipitèrent. Aucune bête n'était sortie.

Cependant Belhomme déclarant :

— Je sens pu rien,

le curé, triomphant, s'écria :

— Certainement elle est noyée.

Tout le monde était content. On remonta dans la voiture.

Mais à peine se fut-elle remise en route que Belhomme poussa des cris terribles. La bête s'était réveillée et était devenue furieuse. Il affirmait même qu'elle était entrée dans la tête maintenant, qu'elle lui dévorait la cervelle. Il hurlait avec de telles contorsions que la femme de Poiret, le croyant possédé du diable, se mit à pleurer en faisant le signe de la croix. Puis, la douleur se calmant un peu, le malade raconta qu'ELLE faisait le tour de son oreille. Il imitait avec son doigt les mouvements de la bête, semblait la voir, la suivre du regard :

— Tenez, v'la qu'a r'monte... gniau... gniau... gniau... qué misère !

Caniveau s'impatientait.

— C'est l'iau qui la rend enragée, c'te bête. All est p't-être ben accoutumée au vin.

On se remit à rire. Il reprit :

— Quand j'allons arriver au café Bourbeux, donne-li du fil en six et all' n'bougera pu, j'te le jure.

Mais Belhomme n'y tenait plus de douleur. Il se mit à crier comme si on lui arrachait l'âme. Le curé fut

obligé de lui soutenir la tête. On pria Césaire Horlaville d'arrêter à la première maison rencontrée.

C'était une ferme en bordure sur la route. Belhomme
y fut transporté ; puis on le coucha sur la table de cuisine pour recommencer l'opération. Caniveau conseil-
lait toujours de mêler de l'eau-de-vie à l'eau, afin de
griser et d'endormir la bête, de la tuer peut-être. Mais
le curé préféra du vinaigre.

On fit couler le mélange goutte à goutte, cette fois,
afin qu'il pénétrât jusqu'au fond, puis on le laissa quelques minutes dans l'organe habité.

Une cuvette ayant été de nouveau apportée, Belhomme fut retourné tout d'une pièce par le curé et
Caniveau, ces deux colosses, tandis que l'instituteur
tapait avec ses doigts sur l'oreille saine, afin de bien
vider l'autre.

Césaire Horlaville, lui-même, était entré pour voir,
son fouet à la main.

Et soudain, on aperçut au fond de la cuvette un petit
point brun, pas plus gros qu'un grain d'oignon. Cela
remuait pourtant. C'était une puce ! Des cris d'étonnement s'élevèrent, puis des rires éclatants. Une puce !
Ah ! elle était bien bonne, bien bonne ! Caniveau se
tapait sur la cuisse, Césaire Horlaville fit claquer son
fouet ; le curé s'esclaffait à la façon des ânes qui
braient, l'instituteur riait comme on éternue, et les deux
femmes poussaient de petits cris de gaieté pareils au
gloussement des poules.

Belhomme s'était assis sur la table, et ayant pris sur
ses genoux la cuvette, il contemplait avec une attention
grave et une colère joyeuse dans l'œil la bestiole vaincue
qui tournait dans sa goutte d'eau.

Il grogna : « Te v'là, charogne », et cracha dessus.

Le cocher, fou de gaieté, répétait :

— Eune puce, eune puce, ah ! te v'la, sacré puçot,
sacré puçot, sacré puçot !

Puis, s'étant un peu calmé, il cria :

— Allons, en route ! V'là assez de temps perdu.

Et les voyageurs, riant toujours, s'en allèrent vers la voiture.

Cependant Belhomme, venu le dernier, déclara :

— Mé, j' m'en r'tourne à Criquetot. J'ai pu que fé au Havre à cette heure.

Le cocher lui dit :

— N'importe, paye ta place !

— Je t'en dé que la moitié pisque j'ai point passé mi-chemin.

— Tu dois tout pisque t'as r'tenu jusqu'au bout.

Et une dispute commença qui devint bientôt une querelle furieuse : Belhomme jurait qu'il ne donnerait que vingt sous, Césaire Horlaville affirmait qu'il en recevrait quarante.

Et ils criaient, nez contre nez, les yeux dans les yeux.

Caniveau redescendit.

— D'abord, tu dés quarante sous au curé, t'entends, et pi une tournée à tout le monde, ça fait chinquante-chinq, et pi t'en donneras vingt à Césaire. Ça va-t-il, dégourdi ?

Le cocher, enchanté de voir Belhomme débourser trois francs soixante et quinze, répondit :

— Ça va !

— Allons, paye.

— J'payerai point. L'curé n'est pas médecin d'abord.

— Si tu n'payes point, j' te r'mets dans la voiture à Césaire et j' t'emporte au Havre.

Et le colosse, ayant saisi Belhomme par les reins, l'enleva comme un enfant.

L'autre vit bien qu'il faudrait céder. Il tira sa bourse, et paya.

Puis la voiture se remit en marche vers Le Havre, tandis que Belhomme retournait à Criquetot, et tous les voyageurs, muets à présent, regardaient sur la route blanche la blouse bleue du paysan, balancée sur ses longues jambes.

(1885)

UNE VENTE

Les nommés Brument (Césaire-Isidore) et Cornu (Prosper-Napoléon) comparaissaient devant la cour d'assises de la Seine-Inférieure sous l'inculpation de tentative d'assassinat, par immersion, sur la femme Brument, épouse légitime du premier des prévenus.

Les deux accusés sont assis côte à côte sur le banc traditionnel. Ce sont deux paysans. Le premier est petit, gros, avec des bras courts, des jambes courtes et une tête ronde, rouge, bourgeonnante, plantée directement sur le torse, rond aussi, court aussi, sans une apparence de cou. Il est éleveur de porcs et demeure à Cacheville-la-Goupil, canton de Criquetot.

Cornu (Prosper-Napoléon) est maigre, de taille moyenne, avec des bras démesurés. Il a la tête de travers, la mâchoire torse et il louche. Une blouse bleue, longue comme une chemise, lui tombe aux genoux, et ses cheveux jaunes, rares et collés sur le crâne, donnent à sa figure un air usé, un air sale, un air abîmé tout à fait affreux. On l'a surnommé « le curé » parce qu'il sait imiter dans la perfection les chants d'église et même le bruit du serpent [1]. Ce talent attire en son café, car il est cabaretier à Criquetot, un grand nombre de clients qui préfèrent la « messe à Cornu » à la messe au bon Dieu.

Mme Brument, assise au banc des témoins, est une maigre paysanne qui semble toujours endormie. Elle demeure immobile, les mains croisées sur ses genoux, le regard fixe, l'air stupide.

---

1. Ancien instrument à vent de forme contournée, qui remplaçait l'orgue dans les petites églises de campagne.

Le président continue l'interrogatoire :

— Ainsi donc, femme Brument, ils sont entrés dans votre maison et ils vous ont jetée dans un baril plein d'eau. Dites-nous les faits par le détail. Levez-vous.

Elle se lève. Elle semble haute comme un mât avec son bonnet qui la coiffe d'une calotte blanche. Elle s'explique d'une voix traînante :

— J'écossais d'z'haricots. V'là qu'ils entrent. Je m' dis « qué qu'ils ont. Ils sont pas naturels, ils sont malicieux[1] ». Ils me guettaient comme ça, de travers, surtout Cornu, vu qu'il louche. J'aime point à les voir ensemble, car c'est deux pas grand-chose en société. J' leur dis : « Qué qu' vous m' voulez ? » Ils répondent point. J'avais quasiment une méfiance...

Le prévenu Brument interrompt avec vivacité la déposition et déclare :

— J'étais bu.

Alors Cornu, se tournant vers son complice, prononce d'une voix profonde comme une note d'orgue :

— Dis qu' j'étions bus tous deux et tu n' mentiras point.

LE PRÉSIDENT, avec sévérité. — Vous voulez dire que vous étiez ivres ?

BRUMENT. — Ça n' se demande pas.

CORNU. — Ça peut arriver à tout l' monde.

LE PRÉSIDENT, à la victime. — Continuez votre déposition, femme Brument.

— Donc, v'là Brument qui m' dit : « Veux-tu gagner cent sous ? » Oui, que j'dis, vu qu' cent sous, ça s' trouve point dans l' pas d'un cheval. Alors i m' dit : « Ouvre l'œil et fais comme mé », et le v'là qui s'en va quérir l' grand baril défoncé qu'est sous la gouttière du coin ; et pi qu'il le renverse, et pi qu'il l'apporte dans ma cuisine, et pi qu'il le plante droit au milieu,

---

1. Au sens étymologique (du latin *malitiosus* : méchant) : capable de jouer de méchants tours.

et pi qu'il me dit : « Va quérir d'l'iau jusqu'à tant qu'il sera plein. »

Donc me v'là que j'vas à la mare avec deux siaux et qu' j'apporte de l'iau, et pi encore de l'iau pendant ben une heure, vu que çu baril il était grand comme une cuve, sauf vot' respect, m'sieu l' président.

Pendant çu temps-là, Brument et Cornu ils buvaient un coup, et pi encore un coup, et pi encore un coup. Ils se complétaient de compagnie que je leur dis : « C'est vous qu'êtes pleins, pu pleins qu' çu baril. » Et v'là Brument qui m' répond : « Ne te tracasse point, va ton train, ton tour viendra, chacun son comptant. » Mé je m'occupe point d' son propos, vu qu'il était bu.

Quand l' baril fut empli rasibus [1], j' dis :

— V'là, c'est fait.

Et v'là Cornu qui m' donne cent sous. Pas Brument, Cornu ; c'est Cornu qui m' les a donnés. Et Brument m' dit :

— Veux-tu gagner encore cent sous ?

— Oui, que j'dis, vu que j' suis pas accoutumée à des étrennes comme ça.

Alors il me dit :

— Débille-té.

— Que j' me débille [2] ?

— Oui, qu'il m' dit.

— Jusqu'où qu' tu veux que j' me débille ?

Il me dit :

— Si ça te dérange, garde ta chemise, ça ne nous oppose point [3].

Cent sous, c'est cent sous, v'là que je m' débille, mais qu' ça ne m'allait point de m' débiller d'vant ces deux propre-à-rien. J'ôte ma coiffe, et pi mon caraco [4], et

1. Populaire (latin de cuisine...) : à ras bords.
2. Normandisme, pour déshabiller.
3. Normandisme (?) : « Nous ne nous y opposons pas, cela ne nous dérange pas. »
4. Corsage, blouse ample, porté par les femmes du peuple et les paysannes.

pi ma jupe, et pi mes sabots. Brument m' dit : « Garde
tes bas itou ; j' sommes bons enfants. »

Et Cornu qui réplique : « J' sommes bons enfants. »

Donc me v'là quasiment comme not' mère Ève. Et
qu'ils se lèvent, qu'ils ne tenaient pu debout, tant ils
étaient bus, sauf vot' respect, m'sieu l' président.

Je m' dis : « Qué qui manigancent ? »

Et Brument dit : « Ça y est ? »

Cornu dit : « Ça y est ! »

Et v'là qu'ils me prennent, Brument par la tête et
Cornu par les pieds, comme on prendrait, comme qui
dirait un drap de lessive. Mé, v'là que j' gueule.

Et Brument m' dit : « Tais-té, misère. »

Et qu'ils me lèvent au-dessus d' leurs bras, et qu'ils
me piquent dans le baril qu'était plein d'iau, que je n'ai
eu une révolution des sangs, une glaçure jusqu'aux
boyaux.

Et Brument dit :

— Rien que ça ?

Cornu dit :

— Rien de pu.

Brument dit :

— La tête y est point, ça compte.

Cornu dit :

— Mets-y la tête.

Et v'là Brument qui m' pousse la tête quasiment pour
me néyer, que l'iau me faufilait dans l' nez, que j' véyais
déjà l' Paradis. Et v'là qu'il pousse. Et j' disparais.

Et pi qu'il aura eu eune peurance[1]. Il me tire de là
et il me dit : « Va vite te sécher, carcasse. »

Mé, je m'ensauve, et j' m'en vas courant chez m'sieu
l' curé qui m'prête une jupe d' sa servante, vu qu' j'étais
en naturel, et i va quérir maît' Chicot l' garde champêtre qui s'en va ta Criquetot quérir les gendarmes qui
vont ta la maison m'accompagnant.

V'là que j'trouvons Brument et Cornu qui s' tapaient
comme deux béliers.

1. Normandisme (?) : peur.

Brument gueulait : « Pas vrai, j' te dis qu'y en a t'au moins un mètre cube. C'est l' moyen qu'est pas bon. »

Cornu gueulait : « Quatre siaux, ça fait pas quasiment un demi-mètre cube. T'as pas ta répliquer, ça y est. »

Le brigadier leur y met la main sur le poil. J'ai pu rien.

Elle s'assit. Le public riait. Les jurés stupéfaits se regardaient. Le président prononça :

— Prévenu Cornu, vous paraissez être l'instigateur de cette infâme machination. Expliquez-vous !

Et Cornu, à son tour, se leva :

— Mon président, j'étions bus.

Le président répliqua gravement :

— Je le sais. Continuez !

— J'y vas. Donc, Brument vint à mon établissement vers les neuf heures, et il se fit servir deux fil-en-dix[1], et il me dit : « Y en a pour toi, Cornu. » Et je m'assieds vis-à-vis, et je bois, et par politesse, j'en offre un autre. Alors, il a réitéré, et moi aussi, si bien que de fil en fil, vers midi, nous étions toisés[2].

Alors Brument se met à pleurer ; ça m'attendrit. Je lui demande ce qu'il a. Il me dit : « Il me faut mille francs pour jeudi. » Là-dessus, je deviens froid, vous comprenez. Et il me propose à brûle tout le foin[3] : « J' te vends ma femme. »

J'étais bu, et j' suis veuf. Vous comprenez, ça me remue. Je ne la connaissais point, sa femme ; mais une femme, c'est une femme, n'est-ce pas ? Je lui demande : « Combien ça que tu me la vends ? »

Il réfléchit ou bien il fait semblant. Quand on est bu, on n'est pas clair, et il me répond : « Je te la vends au mètre cube. »

1. Populaire : eau-de-vie extrêmement forte. Cf. aussi : fil en quatre, en six...
2. Normandisme (?) : ivres.
3. Déformation de « à brûle-pourpoint ».

Moi, ça n' m'étonne pas, vu que j'étais autant bu que lui, et que le mètre cube ça me connaît dans mon métier. Ça fait mille litres, ça m'allait.

Seulement, le prix restait à débattre. Tout dépend de la qualité. Je lui dis : « Combien ça, le mètre cube ? »

Il me répond :

— Deux mille francs.

Je fais un saut comme un lapin, et puis je réfléchis qu'une femme ça ne doit pas mesurer plus de trois cents litres. J' dis tout de même : « C'est trop cher. »

Il répond :

— J' peux pas à moins. J'y perdrais.

Vous comprenez : on n'est pas marchand de cochons pour rien. On connaît son métier. Mais s'il est ficelle [1], le vendeux de lard, moi je suis fil, vu que j'en vends. Ah ! ah ! ah ! Donc je lui dis : « Si elle était neuve, j' dis pas ; mais a t'a servi, pas vrai, donc c'est du r'tour. J' t'en donne quinze cents francs l' mètre cube, pas un sou de plus. Ça va-t-il ? »

Il répond :

— Ça va. Tope là !

J' tope et nous v'là partis, bras dessus, bras dessous. Faut bien qu'on s'entraide dans la vie.

Mais eune peur me vint : « Comment qu' tu vas la litrer à moins d' la mettre en liquide ? »

Alors i m'explique son idée, pas sans peine, vu qu'il était bu. Il me dit : « J' prends un baril, j' l'emplis d'eau *rasibus*. Je la mets d'dans. Tout ce qui sortira d'eau, je l' mesurerons, ça fait l' compte. »

Je lui dis :

— C'est vu, c'est compris. Mais c' t'eau qui sortira, a coulera ; comment que tu feras pour la reprendre ?

Alors i me traite d'andouille, et il m'explique qu'il n'y aura qu'à remplir le baril du déficit une fois qu' sa femme en sera partie. Tout ce qu'on remettra d'eau,

1. Populaire : malin, retors.

ça f'ra la mesure. Je suppose dix seaux : ça donne un mètre cube. Il n'est pas bête tout de même quand il est bu, c'te rosse-là !

Bref, nous v'là chez lui, et j' contemple la particulière. Pour une belle femme, c'est pas une belle femme. Tout le monde peut le voir, vu que la v'là. Je me dis : « J' suis r'fait, n'importe, ça compte ; belle ou laide, ça fait pas moins le même usage, pas vrai, monsieur le président ? Et pi je constate qu'elle est maigre comme une gaule. Je me dis : « Y en a pas quatre cents litres. » Je m'y connais, étant dans les liquides.

L'opération, elle vous l'a dite. J'y avons même laissé les bas et la chemise à mon détriment.

Quand ça fut fait, v'là qu'elle se sauve.

Je dis : « Attention ! Brument, elle s'écape. »

Il réplique : « As pas peur, j' la rattraperons toujours. Faudra bien qu'elle revienne gîter[1]. J'allons mesurer l' déficit. »

J' mesurons. Pas quatre seaux. Ah ! ah ! ah ! ah !

Le prévenu se met à rire avec tant de persistance qu'un gendarme est obligé de lui taper dans le dos. S'étant calmé, il reprend :

Bref Brument déclare : « Rien de fait, c'est pas assez. » Moi je gueule, il gueule, je surgueule, il tape, je cogne. Ça dure autant que le jugement dernier, vu que j'étions bus.

V'là les gendarmes ! Ils nous sacréandent[2], ils nous carottent[3]. En prison. Je demande des dommages.

Il s'assit.

Brument déclara vrais en tous points les aveux de son complice. Le jury, consterné, se retira pour délibérer.

---

1. En Normandie, cela exprime le fait de rentrer à la maison, comme la lapine à son terrier.
2. Déformation de appréhendent.
3. Populaire : arrêter.

Il revint au bout d'une heure et acquitta les prévenus avec des considérants sévères appuyés sur la majesté
du mariage, et établissant la délimitation précise des
transactions commerciales.

Brument s'achemina en compagnie de son épouse
vers le domicile conjugal.

Cornu retourna à son commerce.

(1884)

LE LAPIN

Maître Lecacheur apparut sur la porte de sa maison, à l'heure ordinaire, entre cinq heures et cinq heures un quart du matin, pour surveiller ses gens qui se mettaient au travail.

Rouge, mal éveillé, l'œil droit ouvert, l'œil gauche presque fermé, il boutonnait avec peine ses bretelles sur son gros ventre, tout en surveillant, d'un regard entendu et circulaire, tous les coins connus de sa ferme. Le soleil coulait ses rayons obliques à travers les hêtres du fossé et les pommiers ronds de la cour, faisait chanter les coqs sur le fumier et roucouler les pigeons sur le toit. La senteur de l'étable s'envolait par la porte ouverte et se mêlait, dans l'air frais du matin, à l'odeur âcre de l'écurie où hennissaient les chevaux, la tête tournée vers la lumière.

Dès que son pantalon fut soutenu solidement, maître Lecacheur se mit en route, allant d'abord vers le poulailler, pour compter les œufs du matin, car il craignait des maraudes depuis quelque temps.

Mais la fille de ferme accourut vers lui en levant les bras et criant :

— Maît' Cacheux, maît' Cacheux, on a volé un lapin, c'te nuit.

— Un lapin ?

— Oui, maît' Cacheux, l'gros gris, celui de la cage à draite.

Le fermier ouvrit tout à fait l'œil gauche et dit simplement :

— Faut vé ça.

Et il alla voir.

La cage avait été brisée, et le lapin était parti.

Alors l'homme devint soucieux, referma son œil droit et se gratta le nez. Puis, après avoir réfléchi, il ordonna à la servante effarée, qui demeurait stupide devant son maître :

— Va quéri les gendarmes. Dis que j'les attends sur l'heure.

Maître Lecacheur était maire de sa commune, Pavigny-le-Gras, et commandait en maître, vu son argent et sa position.

Dès que la bonne eut disparu, en courant vers le village, distant d'un demi-kilomètre, le paysan rentra chez lui, pour boire son café et causer de la chose avec sa femme.

Il la trouva soufflant le feu avec sa bouche, à genoux devant le foyer.

Il dit dès la porte :

— V'là qu'on a volé un lapin, l'gros gris.

Elle se retourna si vite qu'elle se trouva assise par terre, et regardant son mari avec des yeux désolés :

— Qué qu' tu dis, Cacheux ! qu'on a volé un lapin ?

— L'gros gris.

— L'gros gris ?

Elle soupira.

— Qué misère ! qué qu'a pu l'vôlé, çu lapin ?

C'était une petite femme maigre et vive, propre, entendue à tous les soins de l'exploitation.

Lecacheur avait son idée.

— Ça doit être çu gars de Polyte.

La fermière se leva brusquement, et d'une voix furieuse :

— C'est li ! c'est li ! faut pas en trâcher [1] d'autre. C'est li ! Tu l'as dit, Cacheux !

Sur sa maigre figure irritée, toute sa fureur paysanne, toute son avarice, toute sa rage de femme économe contre le valet toujours soupçonné, contre la servante

1. Normandisme : chercher.

toujours suspectée, apparaissaient dans la contraction de la bouche, dans les rides des joues et du front.

— Et qué que t'as fait ? demanda-t-elle.

— J'ai envéyé quéri les gendarmes.

Ce Polyte était un homme de peine employé pendant quelques jours dans la ferme et congédié par Lecacheur après une réponse insolente. Ancien soldat, il passait pour avoir gardé de ses campagnes en Afrique des habitudes de maraude et de libertinage. Il faisait, pour vivre, tous les métiers. Maçon, terrassier, charretier, faucheur, casseur de pierres, ébrancheur, il était surtout fainéant ; aussi ne le gardait-on nulle part et devait-il par moments changer de canton pour trouver encore du travail.

Dès le premier jour de son entrée à la ferme, la femme de Lecacheur l'avait détesté ; et maintenant elle était sûre que le vol avait été commis par lui.

Au bout d'une demi-heure environ, les deux gendarmes arrivèrent. Le brigadier Sénateur était très haut et maigre, le gendarme Lenient, gros et court.

Lecacheur les fit asseoir, et leur raconta la chose. Puis on alla voir le lieu du méfait afin de constater le bris de la cabine et de recueillir toutes les preuves. Lorsqu'on fut rentré dans la cuisine, la maîtresse apporta du vin, emplit les verres et demanda avec un défi dans l'œil :

— L'prendrez-vous, c'ti-là ?

Le brigadier, son sabre entre les jambes, semblait soucieux. Certes, il était sûr de le prendre si on voulait bien le lui désigner. Dans le cas contraire, il ne répondait point de le découvrir lui-même. Après avoir longtemps réfléchi, il posa cette simple question :

— Le connaissez-vous, le voleur ?

Un pli de malice normande rida la grosse bouche de Lecacheur qui répondit :

— Pour l'connaître, non, je l'connais point, vu que j'l'ai pas vu vôler. Si j'l'avais vu, j'y aurais fait manger tout cru, poil et chair, sans un coup d'cidre pour l'faire passer. Pour lors, pour dire qui c'est, je l'dirai point, nonobstant, que j'crais qu' c'est çu propre à rien de Polyte.

Alors il expliqua longuement ses histoires avec Polyte, le départ de ce valet, son mauvais regard, des propos rapportés, accumulant des preuves insignifiantes et minutieuses.

Le brigadier, qui avait écouté avec grande attention tout en vidant son verre de vin et en le remplissant ensuite, d'un geste indifférent, se tourna vers son gendarme :

— Faudra voir chez la femme au berqué [1] Severin, dit-il.

Le gendarme sourit et répondit par trois signes de tête.

Alors Mme Lecacheur se rapprocha, et tout doucement, avec des ruses de paysanne, interrogea à son tour le brigadier. Ce berger Severin, un simple, une sorte de brute, élevé dans un parc à moutons, ayant grandi sur les côtes au milieu de ses bêtes trottantes et bêlantes, ne connaissant guère qu'elles au monde, avait cependant conservé au fond de l'âme l'instinct d'épargne du paysan. Certes, il avait dû cacher, pendant des années et des années, dans des creux d'arbre ou des trous de rocher tout ce qu'il gagnait d'argent, soit en gardant les troupeaux, soit en guérissant, par des attouchements et des paroles, les entorses des animaux (car le secret des rebouteux lui avait été transmis par un vieux berger qu'il avait remplacé). Or, un jour, il acheta, en vente publique, un petit bien, masure et champ, d'une valeur de trois mille francs.

Quelques mois plus tard, on apprit qu'il se mariait. Il épousait une servante connue pour ses mauvaises mœurs, la bonne du cabaretier. Les gars racontaient que cette fille, le sachant aisé, l'avait été trouver chaque nuit, dans sa hutte, et l'avait pris, l'avait conquis, l'avait conduit au mariage, peu à peu, de soir en soir.

---

1. Normandisme : berger.

Puis, ayant passé par la mairie et par l'église, elle
habitait maintenant la maison achetée par son homme,
tandis qu'il continuait à garder ses troupeaux, nuit et
jour, à travers les plaines.

Et le brigadier ajouta :

— V'là trois semaines que Polyte couche avec elle,
vu qu'il n'a pas d'abri, ce maraudeur.

Le gendarme se permit un mot :

— Il prend la couverture au berger.

Mme Lecacheur, saisie d'une rage nouvelle, d'une
rage accrue par une colère de femme mariée contre le
dévergondage, s'écria :

— C'est elle, j'en suis sûre. Allez-y. Ah ! les bou-
gres de voleux !

Mais le brigadier ne s'émut pas :

— Minute, dit-il. Attendons midi, vu qu'il y vient
dîner chaque jour. Je les pincerai le nez dessus.

Et le gendarme souriait, séduit par l'idée de son
chef ; et Lecacheur aussi souriait maintenant, car
l'aventure du berger lui semblait comique, les maris
trompés étant toujours plaisants.

Midi venait de sonner, quand le brigadier Sénateur,
suivi de son homme, frappa trois coups légers à la porte
d'une petite maison isolée, plantée au coin d'un bois,
à cinq cents mètres du village.

Ils s'étaient collés contre le mur afin de n'être pas
vus du dedans ; et ils attendirent. Au bout d'une minute
ou deux, comme personne ne répondait, le brigadier
frappa de nouveau. Le logis semblait inhabité tant il
était silencieux, mais le gendarme Lenient, qui avait
l'oreille fine, annonça qu'on remuait à l'intérieur.

Alors Sénateur se fâcha. Il n'admettait point qu'on
résistât une seconde à l'autorité et, heurtant le mur du
pommeau de son sabre, il cria :

— Ouvrez, au nom de la loi !

Cet ordre demeurant toujours inutile, il hurla :

— Si vous n'obéissez pas, je fais sauter la serrure.

Je suis le brigadier de gendarmerie, nom de Dieu !
Attention, Lenient.

Il n'avait point fini de parler que la porte était
ouverte, et Sénateur avait devant lui une grosse fille très
rouge, joufflue, dépoitraillée, ventrue, large des hanches, une sorte de femelle sanguine et bestiale, la femme
du berger Severin.

Il entra.

— Je viens vous rendre visite, rapport à une petite
enquête, dit-il.

Et il regardait autour de lui. Sur la table, une assiette,
un pot à cidre, un verre à moitié plein annonçaient un
repas commencé. Deux couteaux traînaient côte à côte.
Et le gendarme malin cligna de l'œil à son chef.

— Ça sent bon, dit celui-ci.

— On jurerait du lapin sauté, ajouta Lenient très gai.

— Voulez-vous un verre de fine ? demanda la paysanne.

— Non, merci. Je voudrais seulement la peau du
lapin que vous mangez.

Elle fit l'idiote ; mais elle tremblait.

— Qué lapin ?

Le brigadier s'était assis et s'essuyait le front avec
sérénité.

— Allons, allons, la patronne, vous ne nous ferez
pas accroire que vous vous nourrissiez de chiendent.
Que mangiez-vous, là, toute seule, pour votre dîner ?

— Mé, rien de rien, j'vous jure. Un p'tieu[1]
d'beurre su l'pain.

— Mazette, la bourgeoise, un p'tieu d'beurre su
l'pain… vous faites erreur. C'est un p'tieu d'beurre sur
le lapin qu'il faut dire. Bougre ! il sent bon vot'beurre,
nom de Dieu ! c'est du beurre de choix, du beurre
d'extra, du beurre de noce, du beurre à poil, pour sûr,
c'est pas du beurre de ménage, çu beurre-là !

Le gendarme se tordait et répétait :

1. Normandisme : un petit peu.

— Pour sûr, c'est pas du beurre de ménage.

Le brigadier Sénateur étant farceur, toute la gendarmerie était devenue facétieuse.

Il reprit :

— Ous' qu'il est vot'beurre ?

— Mon beurre ?

— Oui, vot'beurre.

— Mais dans l'pot.

— Alors, ous' qu'il est l'pot ?

— Qué pot ?

— L'pot à beurre, pardi !

— Le v'là.

Elle alla chercher une vieille tasse au fond de laquelle gisait une couche de beurre rance et salé.

Le brigadier le flaira et, remuant le front :

— C'est pas l'même. Il me faut l'beurre qui sent le lapin sauté. Allons, Lenient, ouvrons l'œil ; vois su l'buffet, mon garçon ; mé j'vas guetter sous le lit.

Ayant donc fermé la porte, il s'approcha du lit et le voulut tirer ; mais le lit tenait au mur, n'ayant pas été déplacé depuis plus d'un demi-siècle apparemment. Alors le brigadier se pencha, et fit craquer son uniforme. Un bouton venait de sauter.

— Lenient ? dit-il.

— Mon brigadier ?

— Viens, mon garçon, viens au lit, moi je suis trop long pour voir dessous. Je me charge du buffet.

Donc, il se releva, et attendit, debout, que son homme eût exécuté l'ordre.

Lenient, court et rond, ôta son képi, se jeta sur le ventre, et collant son front par terre, regarda longtemps le creux noir sous la couche. Puis, soudain, il s'écria :

— Je l'tiens ! Je l'tiens !

Le brigadier Sénateur se pencha sur son homme :

— Qué que tu tiens, le lapin ?

— Non, l'voleux !

— L'voleux ! Amène, amène !

Les deux bras du gendarme allongés sous le lit avaient appréhendé quelque chose, et il tirait de toute sa force.

Un pied, chaussé d'un gros soulier, parut enfin, qu'il tenait de sa main droite.

Le brigadier le saisit :

— Hardi ! hardi ! tire !

Lenient, à genoux maintenant, tirait sur l'autre jambe. Mais la besogne était rude, car le captif gigotait ferme, ruait et faisait gros dos, s'arc-boutant de la croupe à la traverse du lit.

— Hardi ! hardi ! tire, criait Sénateur.

Et ils tiraient de toute leur force, si bien que la barre de bois céda et l'homme sortit jusqu'à la tête, dont il se servit encore pour s'accrocher à sa cachette.

La figure parut enfin, la figure furieuse et consternée de Polyte dont les bras demeuraient étendus sous le lit.

— Tire ! criait toujours le brigadier.

Alors un bruit bizarre se fit entendre ; et comme les bras s'en venaient à la suite des épaules, les mains se montrèrent à la suite des bras et, dans les mains, la queue d'une casserole, et, au bout de la queue, la casserole elle-même, qui contenait un lapin sauté.

— Nom de Dieu, de Dieu, de Dieu, de Dieu ! hurlait le brigadier fou de joie, tandis que Lenient s'assurait de l'homme.

Et la peau du lapin, preuve accablante, dernière et terrible pièce à conviction, fut découverte dans la paillasse.

Alors les gendarmes rentrèrent en triomphe au village avec le prisonnier et leurs trouvailles.

Huit jours plus tard, la chose ayant fait grand bruit, maître Lecacheur, en entrant à la mairie pour y conférer avec le maître d'école, apprit que le berger Severin l'y attendait depuis une heure.

L'homme était assis sur une chaise, dans un coin, son bâton entre les jambes. En apercevant le maire, il se leva, ôta son bonnet, salua d'un :

— Bonjou, maît' Cacheux.

Puis demeura debout, craintif, gêné.

— Qu'est-ce que vous demandez ? dit le fermier.

— V'là, maît' Cacheux. C'est-i véridique qu'on a vôlé un lapin cheux vous, l'aut' semaine ?

— Mais oui, c'est vrai, Severin.

— Ah ! ben, pour lors c'est véridique ?

— Oui, mon brave.

— Qué qui l'a vôlé, çu lapin ?

— C'est Polyte Ancas, l'journalier.

— Ben, ben. C'est-i véridique itou qu'on l'a trouvé sous mon lit ?

— Qui ça, le lapin ?

— Le lapin et pi Polyte, l'un au bout d'l'autre.

— Oui, mon pauv'e Severin. C'est vrai.

— Pour lors, c'est véridique ?

— Oui. Qu'est-ce qui vous a donc conté c't'histoire-là ?

— Un p'tieu tout l'monde. Je m'entends. Et pi, et pi, vous n'en savez long su l'mariage, vu qu'vous les faites, vous qu'êtes maire.

— Comment sur le mariage ?

— Oui, rapport au drait.

— Comment rapport au droit ?

— Rapport au drait d'l'homme et pi au drait d'la femme.

— Mais, oui.

— Eh ! ben, dites-mé, maît' Cacheux, ma femme a-t-i l'drait de coucher avé Polyte ?

— Comment, de coucher avec Polyte ?

— Oui, c'est-i son drait, vu la loi, et pi vu qu'alle est ma femme, de coucher avec Polyte ?

— Mais non, mais non, c'est pas son droit.

— Si je l'y r'prends, j'ai-t-i l'drait de li fout' des coups, mé, à elle et pi à li itou ?

— Mais... mais... mais oui.

— C'est ben, pour lors. J'vas vous dire. Eune nuit, vu qu'j'avais d'z'idées, j'rentrai, l'aute semaine, et j'les y trouvai, qu'i n'étaient point dos à dos. J'foutis Polyte coucher dehors ; mais c'est tout, vu que je savais point mon drait. C'te fois-ci, j'les vis point. Je l'sais par l's autres. C'est fini, n'en parlons pu. Mais si j' les r'pince... nom d'un nom, si j' les r'pince. Je leur ferai passer l'goût d'la rigolade, maît' Cacheux, aussi vrai que je m'nomme Severin...

(1887)

LE CAS DE MADAME LUNEAU

À Georges Duval[1].

Le juge de paix, gros, avec un œil fermé et l'autre à peine ouvert, écoute les plaignants d'un air mécontent. Parfois il pousse une sorte de grognement qui fait préjuger son opinion, et il interrompt d'une voix grêle comme celle d'un enfant, pour poser des questions.

Il vient de régler l'affaire de M. Joly contre M. Petitpas, au sujet de la borne d'un champ qui aurait été déplacée par mégarde par le charretier de M. Petitpas en labourant.

Il appelle l'affaire d'Hippolyte Lacour, sacristain et quincaillier, contre Mme Céleste-Césarine Luneau, veuve d'Anthime Isidore.

Hippolyte Lacour a quarante-cinq ans ; grand, maigre, portant des cheveux longs, et rasé comme un homme d'église, il parle d'une voix lente, traînante et chantante.

Mme Luneau semble avoir quarante ans. Charpentée en lutteur, elle gonfle de partout sa robe étroite et collante. Ses hanches énormes supportent une poitrine débordante par-devant, et, par-derrière, des omoplates grasses comme des seins. Son cou large soutient une tête aux traits saillants, et sa voix pleine, sans être grave, pousse des notes qui font vibrer les vitres et les tympans.

---

1. Journaliste, confrère de Maupassant au *Gaulois*. Romancier (*Chasteté, Artistes et Cabotins*, 1877) et dramaturge (*Coquin de Printemps*, 1889) d'inspiration badine et grivoise.

Enceinte, elle présente en avant un ventre énorme
comme une montagne.

Les témoins à décharge attendent leur tour.

M. le juge de paix attaque la question.

— Hippolyte Lacour, exposez votre réclamation.

Le plaignant prend la parole.

— Voilà, monsieur le juge de paix. Il y aura neuf
mois à la Saint-Michel que Mme Luneau est venue me
trouver, un soir, comme j'avais sonné l'*Angelus*, et elle
m'exposa sa situation par rapport à sa stérilité...

LE JUGE DE PAIX. — Soyez plus explicite, je vous prie.

HIPPOLYTE. — Je m'éclaircis, monsieur le juge. Or,
qu'elle voulait un enfant et qu'elle me demandait ma
participation. Je ne fis pas de difficultés, et elle me promit cent francs. La chose accordée et réglée, elle refuse
aujourd'hui sa promesse. Je la réclame devant vous,
monsieur le juge de paix.

LE JUGE DE PAIX. — Je ne vous comprends pas du
tout. Vous dites qu'elle voulait un enfant ? Comment ?
Quel genre d'enfant ? Un enfant pour l'adopter ?

HIPPOLYTE. — Non, monsieur le juge, un neuf.

LE JUGE DE PAIX. — Qu'entendez-vous par ces
mots : « Un neuf ? »

HIPPOLYTE. — J'entends un enfant à naître que
nous aurions ensemble, comme si nous étions mari et
femme.

LE JUGE DE PAIX. — Vous me surprenez infiniment.
Dans quel but pouvait-elle vous faire cette proposition
anormale ?

HIPPOLYTE. — Monsieur le juge, le but ne m'apparut pas au premier abord et je fus aussi un peu inter-
cepté. Comme je ne fais rien sans me rendre compte
de tout, je voulus me pénétrer de ses raisons et elle me
les énuméra.

Or son époux, Anthime Isidore, que vous avez connu
comme vous et moi, était mort la semaine d'avant, avec
tout son bien en retour à sa famille. Donc, la chose la
contrariant, vu l'argent, elle s'en fut trouver un légis-
lateur qui la renseigna sur le cas d'une naissance dans

les dix mois. Je veux dire que si elle accouchait dans les dix mois après l'extinction du feu Anthime Isidore, le produit était considéré comme légitime et donnait droit à l'héritage.

Elle se résolut sur-le-champ à courir les conséquences et elle s'en vint me trouver à la sortie de l'église comme j'ai eu l'honneur de vous le dire, vu que je suis père légitime de huit enfants, tous viables, dont mon premier est épicier à Caen, département du Calvados, et uni en légitime mariage à Victoire-Élisabeth Rabou...

LE JUGE DE PAIX. — Ces détails sont inutiles. Revenez au fait.

HIPPOLYTE. — J'y entre, monsieur le juge. Donc elle me dit : « Si tu réussis, je te donnerai cent francs dès que j'aurai fait constater la grossesse par le médecin. »

Or je me mis en état, monsieur le juge, d'être à même de la satisfaire. Au bout de six semaines ou deux mois, en effet, j'appris avec satisfaction la réussite. Mais ayant demandé les cent francs, elle me les refusa. Je les réclamai de nouveau à diverses reprises sans obtenir un radis. Elle me traita même de flibustier et d'impuissant, dont la preuve du contraire est de la regarder.

LE JUGE DE PAIX. — Qu'avez-vous à dire, femme Luneau ?

Mme LUNEAU. — Je dis, monsieur le juge de paix, que cet homme est un flibustier !

LE JUGE DE PAIX. — Quelle preuve apportez-vous à l'appui de cette assertion ?

Mme LUNEAU (rouge, suffoquant, balbutiant). — Quelle preuve ? quelle preuve ? Je n'en ai pas eu une, de preuve, de vraie, de preuve que l'enfant n'est pas à lui. Non, pas à lui, monsieur le juge, j'en jure sur la tête de mon défunt mari, pas à lui.

LE JUGE DE PAIX. — À qui est-il donc, dans ce cas ?

Mme LUNEAU (bégayant de colère). — Je sais ti, moi, je sais ti ? À tout le monde, pardi. Tenez, v'là mes témoins, monsieur le juge ; les v'là tous. Ils sont six. Tirez-leur des dépositions, tirez-leur. Ils répondront...

LE JUGE DE PAIX. — Calmez-vous, madame Luneau,

calmez-vous et répondez froidement. Quelles raisons avez-vous de douter que cet homme soit le père de l'enfant que vous portez ?

Mme LUNEAU. — Quelles raisons ? J'en ai cent pour une, cent, deux cents, cinq cents, dix mille, un million et plus, de raisons. Vu qu'après lui avoir fait la proposition que vous savez avec promesse de cent francs, j'appris qu'il était cocu, sauf votre respect, monsieur le juge, et que les siens n'étaient pas à lui, ses enfants, pas à lui, pas un.

HIPPOLYTE LACOUR (avec calme). — C'est des menteries.

Mme LUNEAU (exaspérée). — Des menteries ! des menteries ! Si on peut dire ! À preuve que sa femme s'est fait rencontrer par tout le monde, que je vous dis, par tout le monde. Tenez, v'là mes témoins, m'sieur le juge de paix. Tirez-leur des dépositions ?

HIPPOLYTE LACOUR (froidement). — C'est des menteries.

Mme LUNEAU. — Si on peut dire ! Et les rouges, c'est-il toi qui les as faits, les rouges ?

LE JUGE DE PAIX. — Pas de personnalités, s'il vous plaît, ou je serai contraint de sévir.

Mme LUNEAU. — Donc, la doutance m'étant venue sur ses capacités, je me dis, comme on dit, que deux précautions valent mieux qu'une, et je contai mon affaire à César Lepic, que voilà, mon témoin ; qu'il me dit : « À votre disposition, madame Luneau », et qu'il m'a prêté son concours pour le cas où Hippolyte aurait fait défaut. Mais vu qu'alors ça fut connu des autres témoins que je voulais me prémunir, il s'en est trouvé plus de cent, si j'avais voulu, monsieur le juge.

Le grand que vous voyez là, celui qui s'appelle Lucas Chandelier, m'a juré alors que j'avais tort de donner les cent francs à Hippolyte Lacour, vu qu'il n'avait pas fait plus que l's' autres qui ne réclamaient rien.

HIPPOLYTE. — Fallait point me les promettre, alors. Moi j'ai compté, monsieur le juge. Avec moi, pas d'erreur : chose promise, chose tenue.

Mme LUNEAU (hors d'elle). — Cent francs ! cent francs ! Cent francs pour ça, flibustier, cent francs ! Ils ne m'ont rien demandé, eusse, rien de rien. Tiens, les v'là, ils sont six. Tirez-leur des dépositions, monsieur le juge de paix, ils répondront pour sûr, ils répondront. (À Hippolyte.) Guête-les donc, flibustier, s'ils te valent pas. Ils sont six, j'en aurais eu cent, deux cents, cinq cents, tant que j'aurais voulu, pour rien ! Flibustier !

HIPPOLYTE. — Quand y en aurait cent mille !...

Mme LUNEAU. — Oui, cent mille, si j'avais voulu...

HIPPOLYTE. — Je n'en ai pas moins fait mon devoir... ça ne change pas nos conventions.

Mme LUNEAU (tapant à deux mains sur son ventre). — Eh bien, prouve que c'est toi, prouve-le, prouve-le, flibustier. J' t'en défie !

HIPPOLYTE (avec calme). — C'est p't-être pas plus moi qu'un autre. Ça n'empêche que vous m'avez promis cent francs pour ma part. Fallait pas vous adresser à tout le monde ensuite. Ça ne change rien. J' l'aurais bien fait tout seul.

Mme LUNEAU. — C'est pas vrai ! Flibustier ! Interpellez mes témoins, monsieur le juge de paix. Ils répondront pour sûr.

Le juge de paix appelle les témoins à décharge. Ils sont six, rouges, les mains ballantes, intimidés.

LE JUGE DE PAIX. — Lucas Chandelier, avez-vous lieu de présumer que vous soyez le père de l'enfant que Mme Luneau porte dans son flanc ?

LUCAS CHANDELIER. — Oui, m'sieu.

LE JUGE DE PAIX. — Célestin-Pierre Sidoine, avez-vous lieu de présumer que vous soyez le père de l'enfant que Mme Luneau porte dans son flanc ?

CÉLESTIN-PIERRE SIDOINE. — Oui, m'sieu.

(Les quatre autres témoins déposent identiquement de la même façon.)

Le juge de paix, après s'être recueilli, prononce :
« Attendu que si Hippolyte Lacour a lieu de s'estimer

le père de l'enfant que réclamait Mme Luneau, les nommés Lucas Chandelier, etc., etc., ont des raisons analogues, sinon prépondérantes, de réclamer la même paternité ;

« Mais attendu que Mme Luneau avait primitivement invoqué l'assistance de Hippolyte Lacour, moyennant une indemnité convenue et consentie de cent francs ;

« Attendu pourtant que si on peut estimer entière la bonne foi du sieur Lacour, il est permis de contester son droit strict de s'engager d'une pareille façon, étant donné que le plaignant est marié, et tenu par la loi à rester fidèle à son épouse légitime ;

« Attendu, en outre, etc., etc., etc.

« Condamne Mme Luneau à vingt-cinq francs de dommages-intérêts envers le sieur Hippolyte Lacour, pour perte de temps et détournement insolite. »

(1883)

TRIBUNAUX RUSTIQUES

La salle de la justice de paix de Gorgeville est pleine de paysans, qui attendent, immobiles le long des murs, l'ouverture de la séance.

Il y en a des grands et des petits, des gros rouges et des maigres qui ont l'air taillés dans une souche de pommiers. Ils ont posé par terre leurs paniers et ils restent tranquilles, silencieux, préoccupés par leur affaire. Ils ont apporté avec eux des odeurs d'étable et de sueur, de lait aigre et de fumier. Des mouches bourdonnent sous le plafond blanc. On entend, par la porte ouverte, chanter les coqs.

Sur une sorte d'estrade s'étend une longue table couverte d'un tapis vert. Un vieux homme ridé écrit, assis à l'extrémité gauche. Un gendarme, raide sur sa chaise, regarde en l'air à l'extrémité droite. Et sur la muraille nue, un grand Christ de bois, tordu dans une pose douloureuse, semble offrir encore sa souffrance éternelle pour la cause de ces brutes aux senteurs de bêtes.

M. le juge de paix entre enfin. Il est ventru, coloré, et il secoue, dans son pas rapide de gros homme pressé, sa grande robe noire de magistrat ; il s'assied, pose sa toque sur la table et regarde l'assistance avec un air de profond mépris.

C'est un lettré de province et un bel esprit d'arrondissement, un de ceux qui traduisent Horace [1], goûtent

---

1. Poète latin (65-8 av. J.-C.), auteur d'un *Art poétique* célèbre, de *Satires* et d'*Épîtres*. Épicurien, il a chanté l'amour et les plaisirs de la vie oisive.

les petits vers de Voltaire et savent par cœur Ver-
Vert [1] ainsi que les poésies grivoises de Parny [2].

Il prononce :

— Allons, monsieur Potel, appelez les affaires.

Puis souriant, il murmure :

Quidquid tentabam dicere versus erat [3].

Le greffier alors, levant son front chauve, bredouille
d'une voix inintelligible : « Mme Victoire Bascule contre
Isidore Paturon. »

Une énorme femme s'avance, une dame de campagne, une dame de chef-lieu de canton, avec un chapeau
à rubans, une chaîne de montre en feston sur le ventre, des bagues aux doigts et des boucles d'oreilles luisantes comme des chandelles allumées.

Le juge de paix la salue d'un coup d'œil de connaissance où perce une raillerie, et dit :

— Madame Bascule, articulez vos griefs.

La partie adverse se tient de l'autre côté. Elle est
représentée par trois personnes. Au milieu, un jeune
paysan de vingt-cinq ans, joufflu comme une pomme
et rouge comme un coquelicot. À sa droite, sa femme
toute jeune, maigre, petite, pareille à une poule
cayenne, avec une tête mince et plate que coiffe, comme
une crête, un bonnet rose. Elle a un œil rond, étonné
et colère, qui regarde de côté comme celui des volailles. À la gauche du garçon se tient son père, vieux
homme courbé, dont le corps tortu disparaît dans sa
blouse empesée, comme sous une cloche.

Mme Bascule s'explique :

— Monsieur le juge de paix, voici quinze ans que j'ai

---

1. Poème (1734) de Jean-Baptiste Gresset (1709-1777) racontant
sur le mode badin les mésaventures d'un perroquet dont le vocabu-
laire grossier et licencieux scandalise un couvent de religieuses.

2. Poète français (1753-1814), auteur de *Poésies érotiques.*

3. Latin : « Tout ce que je cherchais à dire, je le disais en vers. »
(Le juge en effet vient de faire un alexandrin...)

recueilli ce garçon. Je l'ai élevé et aimé comme une mère, j'ai tout fait pour lui, j'en ai fait un homme. Il m'avait promis, il m'avait juré de ne pas me quitter, il m'en a même fait un acte, moyennant lequel je lui ai donné un petit bien, ma terre de Bec-de-Mortin, qui vaut dans les six mille. Or voilà qu'une petite chose, une petite rien du tout, une petite morveuse...

LE JUGE DE PAIX. — Modérez-vous, madame Bascule.

Mme BASCULE. — Une petite... une petite... je m'entends, lui a tourné la tête, lui a fait je ne sais quoi, non, je ne sais quoi... et il s'en va l'épouser, ce sot, ce grand bête, et il lui porte mon bien en mariage, mon bien du Bec-de-Mortin... Ah ! mais non, ah ! mais non... J'ai un papier, le voilà.... Qu'il me rende mon bien, alors. Nous avons fait un acte de notaire pour le bien et un acte de papier privé pour l'amitié. L'un vaut l'autre. Chacun son droit, est-ce pas vrai ?

Elle tend au juge de paix un papier timbré grand ouvert.

ISIDORE PATURON. — C'est pas vrai.

LE JUGE. — Taisez-vous. Vous parlerez à votre tour. *(Il lit.)*

« Je soussigné, Isidore Paturon, promets par la présente à Mme Bascule, ma bienfaitrice, de ne jamais la quitter de mon vivant, et de la servir avec dévouement.

« Gorgeville, le 5 août 1883. »

LE JUGE. — Il y a une croix comme signature ; vous ne savez donc pas écrire ?

ISIDORE. — Non. J'sais point.

LE JUGE. — C'est vous qui l'avez faite, cette croix ?

ISIDORE. — Non, c'est point mé.

LE JUGE. — Qu'est-ce qui l'a faite, alors ?

ISIDORE. — C'est elle.

LE JUGE. — Vous êtes prêt à jurer que vous n'avez pas fait cette croix ?

ISIDORE, *avec précipitation.* — Sur la tête d'mon pé, d'ma mé, d'mon grand-pé, de ma grand-mé, et du bon

Dieu qui m'entend, je jure que c'est point mé. *(Il lève la main et crache de côté pour appuyer son serment.)*

LE JUGE, *riant*. — Quels ont donc été vos rapports avec Mme Bascule, ici présente ?

ISIDORE. — A ma servi de traînée. *(Rires dans l'auditoire.)*

LE JUGE. — Modérez vos expressions. Vous voulez dire que vos relations n'ont pas été aussi pures qu'elle le prétend.

LE PÈRE PATURON, *prenant la parole*. — I n'avait point quinze ans, point quinze ans, m'sieu l'juge, quant a m'la débouché...

LE JUGE. — Vous voulez dire débauché ?

LE PÈRE. — Je sais ti mé ? I n'avait point quinze ans. Y en avait déjà ben quatre qu'a l'élevait en brochette, qu'a l'nourrissait comme un poulet gras, à l'faire crever de nourriture, sauf votre respect. Et pi, quand l'temps fut v'nu qui lui sembla prêt, qu'a la détravé...

LE JUGE. — Dépravé... Et vous avez laissé faire ?...

LE PÈRE. — Celle-là ou ben une autre, fallait ben qu'ça arrive !...

LE JUGE. — Alors de quoi vous plaignez-vous ?

LE PÈRE. — De rien ! Oh ! me plains de rien mé, de rien, seulement qu'i n'en veut pu, li, qu'il est ben libre. Jé demande protection à la loi.

Mme BASCULE. — Ces gens m'accablent de mensonges, monsieur le juge. J'en ai fait un homme.

LE JUGE. — Parbleu.

Mme BASCULE. — Et il me renie, il m'abandonne, il me vole mon bien...

ISIDORE. — C'est pas vrai, m'sieu l'juge. J'voulus la quitter, v'là cinq ans, vu qu'ell' avait grossi d'excès, et que ça m'allait point. Ça me déplaisait, quoi ? Je li dis donc que j'vas partir ? Alors v'là qu'a pleure comme une gouttière et qu'a me promet son bien du Bec-de-Mortin pour rester quéque z'années, rien que quatre ou cinq. Mé, je dis « oui » pardi ! Quéque vous auriez fait, vous ?

Je suis donc resté cinq ans, jour pour jour, heure pour heure. J'étais quitte. Chacun son dû. Ça valait ben ça ! *(La femme d'Isidore, muette jusque-là, crie avec une voix perçante de perruche :)*

— Mais guétez-la [1], guétez-la, m'sieu l'juge, c'te meule, et dites-mé que ça valait ben ça ?

LE PÈRE *hoche la tête d'un air convaincu et répète :*
— Pardi, oui, ça valait ben ça. *(Mme Bascule s'affaisse sur le banc derrière elle, et se met à pleurer.)*

LE JUGE, *paternel.* — Que voulez-vous, chère dame, je n'y peux rien. Vous lui avez donné votre terre du Bec-de-Mortin par acte parfaitement régulier. C'est à lui, bien à lui. Il avait le droit incontestable de faire ce qu'il a fait et de l'apporter en dot à sa femme. Je n'ai pas à entrer dans les questions de... de... délicatesse... Je ne peux envisager les faits qu'au point de vue de la loi. Je n'y peux rien.

LE PÈRE PATURON, *d'une voix fière.* — J'pourrais ti r'tourner cheuz nous ?

LE JUGE. — Parfaitement. *(Ils s'en vont sous les regards sympathiques des paysans comme des gens dont la cause est gagnée. Mme Bascule sanglote sur son banc.)*

LE JUGE, *souriant.* — Remettez-vous, chère dame. Voyons, voyons, remettez-vous... et... si j'ai un conseil à vous donner, c'est de chercher un autre... un autre élève...

Mme BASCULE, *à travers ses larmes.* — Je n'en trouverai pas... pas...

LE JUGE. — Je regrette de ne pouvoir vous en indiquer un. *(Elle jette un regard désespéré vers le Christ douloureux et tordu sur sa croix, puis elle se lève et s'en va, à petits pas, avec des hoquets de chagrin, cachant sa figure dans son mouchoir.)*

LE JUGE *se tourne vers son greffier, et, d'une voix*

---

1. Normandisme : regardez.

goguenarde : — Calypso ne pouvait se consoler du départ d'Ulysse [1]. *(Puis d'une voix grave :)*

— Appelez les affaires suivantes.

LE GREFFIER *bredouille*. — Célestin Polyte Leca-cheur. — Prosper Magloire Dieulafait...

(1884)

---

1. Dans l'*Odyssée* homérique, la nymphe Calypso, amoureuse d'Ulysse, retient le héros sur son île pendant dix ans. Contrainte, sur l'ordre des Dieux, de le laisser enfin partir, elle demeure inconso-lable.

LE CRIME AU PÈRE BONIFACE

Ce jour-là le facteur Boniface, en sortant de la maison de poste, constata que sa tournée serait moins longue que de coutume, et il en ressentit une joie vive. Il était chargé de la campagne autour du bourg de Vireville, et quand il revenait, le soir, de son long pas fatigué, il avait parfois plus de quarante kilomètres dans les jambes.

Donc la distribution serait vite faite ; il pourrait même flâner un peu en route et rentrer chez lui vers trois heures de relevée. Quelle chance !

Il sortit du bourg par le chemin de Sennemare et commença sa besogne. On était en juin, dans le mois vert et fleuri, le vrai mois des plaines.

L'homme, vêtu de sa blouse bleue et coiffé d'un képi noir à galon rouge, traversait par des sentiers étroits les champs de colza, d'avoine ou de blé, enseveli jusqu'aux épaules dans les récoltes ; et sa tête, passant au-dessus des épis, semblait flotter sur une mer calme et verdoyante qu'une brise légère faisait mollement onduler.

Il entrait dans les fermes par la barrière de bois plantée dans les talus qu'ombrageaient deux rangées de hêtres, et saluant par son nom le paysan : « Bonjour, maît' Chicot », il lui tendait son journal *Le Petit Normand*. Le fermier essuyait sa main à son fond de culotte, recevait la feuille de papier et la glissait dans sa poche pour la lire à son aise après le repas de midi. Le chien, logé dans un baril, au pied d'un pommier penchant, jappait avec fureur en tirant sur sa chaîne, et le piéton, sans se retourner, repartait de son allure militaire, en allongeant ses grandes jambes, le bras gauche sur sa sacoche, et le droit manœuvrant sur sa canne qui marchait comme lui d'une façon continue et pressée.

Il distribua ses imprimés et ses lettres dans le hameau de Sennemare, puis il se remit en route à travers champs pour porter le courrier du percepteur qui habitait une petite maison isolée à un kilomètre du bourg.

C'était un nouveau percepteur, M. Chapatis, arrivé la semaine dernière, et marié depuis peu.

Il recevait un journal de Paris, et, parfois, le facteur Boniface, quand il avait le temps, jetait un coup d'œil sur l'imprimé, avant de le remettre au destinataire.

Donc, il ouvrit sa sacoche, prit la feuille, la fit glisser hors de sa bande, la déplia, et se mit à lire tout en marchant. La première page ne l'intéressait guère ; la politique le laissait froid ; il passait toujours la finance, mais les faits divers le passionnaient.

Ils étaient très nourris ce jour-là. Il s'émut même si vivement au récit d'un crime accompli dans le logis d'un garde-chasse, qu'il s'arrêta au milieu d'une pièce de trèfle, pour le relire lentement. Les détails étaient affreux. Un bûcheron, en passant au matin auprès de la maison forestière, avait remarqué un peu de sang sur le seuil, comme si on avait saigné du nez. « Le garde aura tué quelque lapin cette nuit », pensa-t-il ; mais en approchant il s'aperçut que la porte demeurait entrouverte et que la serrure avait été brisée.

Alors, saisi de peur, il courut au village prévenir le maire, celui-ci prit comme renfort le garde champêtre et l'instituteur ; et les quatre hommes revinrent ensemble. Ils trouvèrent le forestier égorgé devant la cheminée, sa femme étranglée sous le lit, et leur petite fille, âgée de six ans, étouffée entre deux matelas.

Le facteur Boniface demeura tellement ému à la pensée de cet assassinat dont toutes les horribles circonstances lui apparaissaient coup sur coup, qu'il se sentit une faiblesse dans les jambes, et il prononça tout haut :

— Nom de nom, y a-t-il tout de même des gens qui sont canailles !

Puis il repassa le journal dans sa ceinture de papier et repartit, la tête pleine de la vision du crime. Il atteignit bientôt la demeure de M. Chapatis ; il ouvrit la barrière du petit jardin et s'approcha de la maison. C'était une construction basse, ne contenant qu'un rez-de-chaussée, coiffé d'un toit mansardé. Elle était éloignée de cinq cents mètres au moins de la maison la plus voisine.

Le facteur monta les deux marches du perron, posa la main sur la serrure, essaya d'ouvrir la porte, et constata qu'elle était fermée. Alors il s'aperçut que les volets n'avaient point été ouverts, et que personne encore n'était sorti ce jour-là.

Une inquiétude l'envahit, car M. Chapatis, depuis son arrivée, s'était levé assez tôt. Boniface tira sa montre. Il n'était encore que sept heures dix minutes du matin, il se trouvait donc en avance de près d'une heure. N'importe, le percepteur aurait dû être debout.

Alors il fit le tour de la demeure en marchant avec précaution, comme s'il eût couru quelque danger. Il ne remarqua rien de suspect, que des pas d'homme dans une plate-bande de fraisiers.

Mais tout à coup, il demeura immobile, perclus d'angoisse, en passant devant une fenêtre. On gémissait dans la maison.

Il s'approcha, et enjambant une bordure de thym, colla son oreille contre l'auvent, pour mieux écouter ; assurément on gémissait. Il entendait fort bien de longs soupirs douloureux, une sorte de râle, un bruit de lutte. Puis, les gémissements devinrent plus forts, plus répétés, s'accentuèrent encore, se changèrent en cris.

Alors Boniface, ne doutant plus qu'un crime s'accomplissait en ce moment-là même, chez le percepteur, partit à toutes jambes, retraversa le petit jardin, s'élança à travers la plaine, à travers les récoltes, courant à perdre haleine, secouant sa sacoche qui lui battait les reins, et il arriva, exténué, haletant, éperdu à la porte de la gendarmerie.

Le brigadier Malautour raccommodait une chaise

brisée au moyen de pointes et d'un marteau. Le gendarme Rautier tenait entre ses jambes le meuble avarié et présentait un clou sur les bords de la cassure ; alors le brigadier, mâchant sa moustache, les yeux ronds et mouillés d'attention, tapait à tous coups sur les doigts de son subordonné.

Le facteur, dès qu'il les aperçut, s'écria :

— Venez vite, on assassine le percepteur, vite, vite !

Les deux hommes cessèrent leur travail et levèrent la tête, ces têtes étonnées de gens qu'on surprend et qu'on dérange.

Boniface, les voyant plus surpris que pressés, répéta :

— Vite, vite ! Les voleurs sont dans la maison, j'ai entendu les cris, il n'est que temps.

Le brigadier, posant son marteau par terre, demanda :

— Qu'est-ce qui vous a donné connaissance de ce fait ?

Le facteur reprit :

— J'allais porter le journal avec deux lettres quand je remarquai que la porte était fermée et que le percepteur n'était pas levé. Je fis le tour de la maison pour me rendre compte, et j'entendis qu'on gémissait comme si on eût étranglé quelqu'un ou qu'on lui eût coupé la gorge, alors je m'en suis parti au plus vite pour vous chercher. Il n'est que temps.

Le brigadier se redressant, reprit :

— Et vous n'avez pas porté secours en personne ?

Le facteur effaré répondit :

— Je craignais de n'être pas en nombre suffisant.

Alors le gendarme, convaincu, annonça :

— Le temps de me vêtir et je vous suis.

Et il entra dans la gendarmerie, suivi par son soldat qui rapportait la chaise.

Ils reparurent presque aussitôt, et tous trois se mirent en route, au pas gymnastique, pour le lieu du crime.

En arrivant près de la maison, ils ralentirent leur allure avec précaution, et le brigadier tira son revolver, puis ils pénétrèrent tout doucement dans le jardin et s'approchèrent de la muraille. Aucune trace nouvelle

n'indiquait que les malfaiteurs fussent partis. La porte
demeurait fermée, les fenêtres closes.

— Nous les tenons, murmura le brigadier.

Le père Boniface, palpitant d'émotion, le fit passer
de l'autre côté et, lui montrant un auvent :

— C'est là, dit-il.

Et le brigadier s'avança tout seul, et colla son oreille
contre la planche. Les deux autres attendaient, prêts
à tout, les yeux fixés sur lui.

Il demeura longtemps immobile, écoutant.

Pour mieux approcher sa tête du volet de bois, il avait
ôté son tricorne et le tenait de sa main droite.

Qu'entendait-il ? Sa figure impassible ne révélait rien,
mais soudain sa moustache se retroussa, ses joues se
plissèrent comme pour un rire silencieux, et enjambant
de nouveau la bordure de buis, il revint vers les deux
hommes, qui le regardaient avec stupeur.

Puis il leur fit signe de le suivre en marchant sur la
pointe des pieds ; et, revenant devant l'entrée, il enjoi-
gnit à Boniface de glisser sous la porte le journal et les
lettres.

Le facteur, interdit, obéit cependant avec docilité.

— Et maintenant, en route, dit le brigadier.

Mais dès qu'ils eurent passé la barrière il se retourna
vers le piéton, et, d'un air goguenard, la lèvre nar-
quoise, l'œil retroussé et brillant de joie :

— Que vous êtes un malin, vous !

Le vieux demanda :

— De quoi ? j'ai entendu, j' vous jure que j'ai
entendu.

Mais le gendarme, n'y tenant plus, éclata de rire. Il
riait comme on suffoque, les deux mains sur le ventre,
plié en deux, l'œil plein de larmes, avec d'affreuses grimaces autour du nez. Et les deux autres, affolés, le
regardaient.

Mais comme il ne pouvait parler, ni cesser de rire,
ni faire comprendre ce qu'il avait, il fit un geste, un
geste populaire et polisson.

Comme on ne le comprenait toujours pas, il le répéta,

plusieurs fois de suite, en désignant d'un signe de tête la maison toujours close.

Et son soldat, comprenant brusquement à son tour, éclata d'une gaieté formidable.

Le vieux demeurait stupide entre ces deux hommes, qui se tordaient.

Le brigadier, à la fin, se calma, et lançant dans le ventre du vieux une grande tape d'homme qui rigole, il s'écria :

— Ah ! farceur, sacré farceur, je le retiendrai l' crime au père Boniface !

Le facteur ouvrait des yeux énormes et il répéta :

— J' vous jure que j'ai entendu.

Le brigadier se remit à rire. Son gendarme s'était assis sur l'herbe du fossé pour se tordre tout à son aise.

— Ah ! t'as entendu. Et ta femme, c'est-il comme ça que tu l'assassines, hein, vieux farceur ?

— Ma femme ?...

Et il se mit à réfléchir longuement, puis il reprit :

— Ma femme... Oui, all' gueule quand j'y fiche des coups... Mais all' gueule, que c'est gueuler, quoi. C'est-il donc que M. Chapatis battait la sienne ?

Alors le brigadier, dans un délire de joie, le fit tourner comme une poupée par les épaules, et il lui souffla dans l'oreille quelque chose dont l'autre demeura abruti d'étonnement.

Puis le vieux, pensif, murmura :

— Non... point comme ça..., point comme ça..., point comme ça... all'dit rien, la mienne... J'aurais jamais cru... si c'est possible... on aurait juré une martyre...

Et, confus, désorienté, honteux, il reprit son chemin à travers les champs, tandis que le gendarme et le brigadier, riant toujours et lui criant, de loin, de grasses plaisanteries de caserne, regardaient s'éloigner son képi noir, sur la mer tranquille des récoltes.

(1884)

LE REMPLAÇANT

— Mme Bonderoi ?

— Oui, Mme Bonderoi.

— Pas possible ?

— Je — vous — le — dis.

— Mme Bonderoi, la vieille dame à bonnets de dentelle, la dévote, la sainte, l'honorable Mme Bonderoi dont les petits cheveux follets et faux ont l'air collé autour du crâne ?

— Elle-même.

— Oh ! voyons, vous êtes fou ?

— Je — vous — le — jure.

— Alors, dites-moi tous les détails ?

— Les voici. Du temps de M. Bonderoi, l'ancien notaire, Mme Bonderoi utilisait, dit-on, les clercs pour son service particulier. C'est une de ces respectables bourgeoises à vices secrets et à principes inflexibles, comme il en est beaucoup. Elle aimait les beaux garçons ; quoi de plus naturel ? N'aimons-nous pas les belles filles ?

Une fois que le père Bonderoi fut mort, la veuve se mit à vivre en rentière paisible et irréprochable. Elle fréquentait assidûment l'église, parlait dédaigneusement du prochain, et ne laissait rien à dire sur elle.

Puis elle vieillit, elle devint la petite bonne femme que vous connaissez, pincée, surie, mauvaise.

Or, voici l'aventure invraisemblable arrivée jeudi dernier.

Mon ami Jean d'Anglemare est, vous le savez, capitaine aux dragons, caserné dans le faubourg de la Rivette.

En arrivant au quartier, l'autre matin, il apprit que

deux hommes de sa compagnie s'étaient flanqué une abominable tripotée. L'honneur militaire a des lois sévères. Un duel eut lieu. Après l'affaire, les soldats se réconcilièrent ; et, interrogés par leur officier, lui racontèrent le sujet de la querelle. Ils s'étaient battus pour Mme Bonderoi.

— Oh !

— Oui, mon ami, pour Mme Bonderoi !

Mais je laisse la parole au cavalier Siballe :

« Voilà l'affaire, mon cap'taine. Ya z'environ dix-huit mois, je me promenais sur le Cours, entre six et sept heures du soir, quand une particulière m'aborda.

Elle me dit, comme si elle m'avait demandé son chemin : "Militaire, voulez-vous gagner honnêtement dix francs par semaine ?"

Je lui répondis sincèrement : "À vo't service, madame."

Alors ell' me dit : "Venez me trouver demain, à midi. Je suis Mme Bonderoi, 6, rue de la Tranchée.

— J' n'y manquerai pas, madame, soyez tranquille."

Puis, ell' me quitta d'un air content en ajoutant : "Je vous remercie, bien, militaire.

— C'est moi qui vous remercie, madame."

Ça ne laissa pas que d' me taquiner jusqu'au lendemain.

À midi, je sonnais chez elle.

Ell' vint m'ouvrir elle-même. Elle avait un tas de petits rubans sur la tête.

"Dépêchons-nous, dit-elle, parce que ma bonne pourrait rentrer."

Je répondis : "Je veux bien me dépêcher. Qu'est-ce qu'il faut faire ?"

Alors, elle se mit à rire et riposta : "Tu ne comprends pas, gros malin ?"

Je n'y étais plus, mon cap'taine, parole d'honneur.

Ell' vint s'asseoir tout près de moi, et me dit : "Si tu répètes un mot de tout ça, je te ferai mettre en prison. Jure que tu seras muet."

Je lui jurai ce qu'ell' voulut. Mais je ne comprenais

toujours pas. J'en avais la sueur au front. Alors je reti-
rai mon casque ousqu'était mon mouchoir. Elle le prit,
mon mouchoir, et m'essuya les cheveux des tempes.
Puis v'là qu'ell' m'embrasse et qu'ell' me souffle dans
l'oreille :

"Alors, tu veux bien ?"

Je répondis : "Je veux bien ce que vous voudrez,
madame, puisque je suis venu pour ça."

Alors ell' se fit comprendre ouvertement par des
manifestations. Quand j' vis de quoi il s'agissait, je
posai mon casque sur une chaise et je lui montrai que
dans les dragons on ne recule jamais, mon cap'taine.

Ce n'est pas que ça me disait beaucoup, car la particulière n'était pas dans sa primeur.

Mais y ne faut pas se montrer trop regardant dans
le métier, vu que les picaillons sont rares. Et puis on
a de la famille qu'il faut soutenir. Je me disais : "Y
aura cent sous pour le père, là-dessus."

Quand la corvée a été faite, mon cap'taine, je me
suis mis en position de me retirer. Elle aurait bien voulu
que je ne parte pas sitôt. Mais je lui dis : "Chacun son
dû, madame. Un p'tit verre ça coûte deux sous, et deux
p'tits verres ça coûte quatre sous."

Ell' comprit bien le raisonnement et me mit un p'tit
napoléon de dix balles au fond de la main. Ça ne
m'allait guère, c'te monnaie-là, parce que ça vous coule
dans la poche, et quand les pantalons ne sont pas bien
cousus, on la retrouve dans ses bottes, ou bien on ne
la retrouve pas.

Alors que je regardais ce pain à cacheter jaune en
me disant ça, ell' me contemple, et puis ell' devient
rouge, et elle se trompe sur ma physionomie, et ell' me
demande :

"Est-ce que tu trouves que c'est pas assez ?"

Je lui réponds :

"Ce n'est pas précisément ça, madame, mais, si ça
ne vous faisait rien, j'aimerais mieux deux pièces de
cent sous."

Ell' me les donna et je m'éloignai.

Or, voilà dix-huit mois que ça dure, mon cap'taine. J'y vas tous les mardis, le soir, quand vous consentez à me donner permission. Elle aime mieux ça, parce que sa bonne est couchée.

Or donc, la semaine dernière je me trouvai indisposé, et il me fallut tâter de l'infirmerie. Le mardi arrive, pas moyen de sortir, et je me mangeais les sangs par rapport aux dix balles dont je me trouve accoutumé.

Je me dis : "Si personne y va, je suis rasé ; qu'elle prendra pour sûr un artilleur." Et ça me révolutionnait.

Alors, je fais demander Paumelle, que nous sommes pays, et je lui dis la chose : "Y aura cent sous pour toi, cent sous pour moi, c'est convenu."

Y consent et le v'là parti. J'y avais donné les renseignements. Y frappe ; ell' ouvre ; ell' le fait entrer ; ell' l'y regarde pas la tête et s'aperçoit point qu' c'est pas le même.

Vous comprenez, mon cap'taine, un dragon et un dragon, quand ils ont le casque, ça se ressemble.

Mais soudain, elle découvre la transformation, et ell' demande d'un air de colère :

"Qu'est-ce que vous êtes ? Qu'est-ce que vous voulez ? Je ne vous connais pas, moi ?"

Alors Paumelle s'explique. Il démontre que je suis indisposé et il expose que je l'ai envoyé pour remplaçant.

Elle le regarde, lui fait aussi jurer le secret, et puis elle l'accepte, comme bien vous pensez, vu que Paumelle n'est pas mal aussi de sa personne.

Mais quand ce limier-là [1] fut revenu, mon cap'taine, il ne voulait plus me donner mes cent sous. Si ça avait été pour moi, j'aurais rien dit, mais c'était pour le père, et là-dessus, pas de blague.

Je lui dis :

---

1. Au sens propre : chien de chasse habile à suivre la trace du gibier. Au sens figuré : celui qui convoite, poursuit quelque chose ou quelqu'un. Ici : envieux, intrigant.

''T'es pas délicat dans tes procédés, pour un dragon ; que tu déconsidères l'uniforme.''

Il a levé la main, mon cap'taine, en disant que c'te corvée-là, ça valait plus du double.

Chacun son jugement, pas vrai ? Fallait point qu'il accepte. J'y ai mis mon poing dans le nez. Vous avez connaissance du reste. »

Le capitaine d'Anglemare riait aux larmes en me disant l'histoire. Mais il m'a fait aussi jurer le secret qu'il avait garanti aux deux soldats. Surtout, n'allez pas me trahir ; gardez ça pour vous, vous me le promettez ?

— Oh ! ne craignez rien. Mais comment tout cela s'est-il arrangé en définitive ?

— Comment ? Je vous le donne en mille !... La mère Bonderoi garde ses deux dragons, en leur réservant chacun leur jour. De cette façon tout le monde est content.

— Oh ! elle est bien bonne, bien bonne !

— Et les vieux parents ont du pain sur la planche. La morale est satisfaite.

(1883)

[HISTOIRES GRIVOISES] [1]

LE GÂTEAU

Disons qu'elle s'appelait Mme Anserre, pour qu'on ne découvre point son vrai nom.

C'était une de ces comètes parisiennes qui laissent comme une traînée de feu derrière elles. Elle faisait des vers et des nouvelles, avait le cœur poétique et était belle à ravir. Elle recevait peu, rien que des gens hors ligne, de ceux qu'on appelle communément les princes de quelque chose. Être reçu chez elle constituait un titre, un vrai titre d'intelligence ; du moins on appréciait ainsi ses invitations.

Son mari jouait le rôle de satellite obscur. Être l'époux d'un astre n'est point chose aisée. Celui-là cependant avait eu une idée forte, celle de créer un État dans l'État, de posséder son mérite à lui, mérite de second ordre, il est vrai ; mais enfin, de cette façon, les jours où sa femme recevait, il recevait aussi ; il avait son public spécial qui l'appréciait, l'écoutait, lui prêtait plus d'attention qu'à son éclatante compagne.

Il s'était adonné à l'agriculture ; à l'agriculture en chambre. Il y a comme cela des généraux en chambre, — tous ceux qui naissent, vivent et meurent sur les ronds de cuir du ministère de la Guerre, ne le sont-ils pas ? — des marins en chambre, voir au ministère de la Marine, — des colonisateurs en chambre, etc., etc. Il avait donc étudié l'agriculture, mais il l'avait étudiée profondément, dans ses rapports avec les autres sciences, avec l'économie politique, avec les arts, — on met les arts à toutes les sauces, puisqu'on appelle bien « travaux d'art » les horribles ponts des chemins de fer. Enfin, il était arrivé à ce qu'on dît de lui : « C'est un homme fort. » On le citait dans les revues techniques ;

sa femme avait obtenu qu'il fût nommé membre d'une commission au ministère de l'Agriculture.

Cette gloire modeste lui suffisait.

Sous prétexte de diminuer les frais, il invitait ses amis le jour où sa femme recevait les siens, de sorte qu'on se mêlait, ou plutôt non, on formait deux groupes. Madame, avec son escorte d'artistes, d'académiciens, de ministres, occupait une sorte de galerie, meublée et décorée dans le style Empire. Monsieur se retirait généralement avec ses laboureurs dans une pièce plus petite, servant de fumoir, et que Mme Anserre appelait ironiquement le salon de l'Agriculture.

Les deux camps étaient bien tranchés. Monsieur, sans jalousie, d'ailleurs, pénétrait quelquefois dans l'Académie, et des poignées de main cordiales étaient échangées ; mais l'Académie dédaignait infiniment le salon de l'Agriculture, et il était rare qu'un des princes de la science, de la pensée ou d'autre chose se mêlât aux laboureurs.

Ces réceptions se faisaient sans frais : un thé, une brioche, voilà tout. Monsieur, dans les premiers temps, avait réclamé deux brioches, une pour l'Académie, une pour les laboureurs ; mais Madame ayant justement observé que cette manière d'agir semblerait indiquer deux camps, deux réceptions, deux partis, Monsieur n'avait point insisté ; de sorte qu'on ne servait qu'une seule brioche, dont Mme Anserre faisait d'abord les honneurs à l'Académie et qui passait ensuite dans le salon de l'Agriculture.

Or, cette brioche fut bientôt, pour l'Académie, un sujet d'observations des plus curieuses. Mme Anserre ne la découpait jamais elle-même. Ce rôle revenait toujours à l'un ou l'autre des illustres invités. Cette fonction particulière, spécialement honorable et recherchée, durait plus ou moins longtemps pour chacun : tantôt trois mois, rarement plus ; et l'on remarqua que le privilège de « découper la brioche » semblait entraîner avec lui une foule d'autres supériorités, une sorte de royauté ou plutôt de vice-royauté très accentuée.

Le découpeur régnant avait le verbe plus haut, un ton de commandement marqué ; et toutes les faveurs de la maîtresse de maison étaient pour lui, toutes.

On appelait ces heureux dans l'intimité, à mi-voix, derrière les portes, les « favoris de la brioche », et chaque changement de favori amenait dans l'Académie une sorte de révolution. Le couteau était un sceptre, la pâtisserie un emblème ; on félicitait les élus. Les laboureurs jamais ne découpaient la brioche. Monsieur lui-même était toujours exclu, bien qu'il en mangeât sa part.

La brioche fut successivement taillée par des poètes, par des peintres et des romanciers. Un grand musicien mesura les portions pendant quelque temps, un ambassadeur lui succéda. Quelquefois, un homme moins connu, mais élégant et recherché, un de ceux qu'on appelle, suivant les époques, vrai gentleman, ou parfait cavalier, ou dandy, ou autrement, s'assit à son tour devant le gâteau symbolique. Chacun d'eux, pendant son règne éphémère, témoignait à l'époux une considération plus grande ; puis quand l'heure de sa chute était venue, il passait à un autre le couteau et se mêlait de nouveau dans la foule des suivants et admirateurs de la « belle Mme Anserre ».

Cet état de choses dura longtemps, longtemps : mais les comètes ne brillent pas toujours du même éclat. Tout vieillit par le monde. On eût dit, peu à peu, que l'empressement des découpeurs s'affaiblissait ; ils semblaient hésiter parfois, quand on leur tendait le plat ; cette charge jadis tant enviée devenait moins sollicitée ; on la conservait moins longtemps ; on en paraissait moins fier. Mme Anserre prodiguait les sourires et les amabilités ; hélas ! on ne coupait plus volontiers. Les nouveaux venus semblaient s'y refuser. Les « anciens favoris » reparurent un à un comme des princes détrônés qu'on replace un instant au pouvoir. Puis, les élus devinrent rares, tout à fait rares. Pendant un mois, ô prodige, M. Anserre ouvrit le gâteau ; puis il eut l'air de s'en lasser ; et l'on vit un soir Mme Anserre, la belle Mme Anserre, découper elle-même.

Mais cela paraissait l'ennuyer beaucoup ; et le len-demain, elle insista si fort auprès d'un invité qu'il n'osa point refuser.

Le symbole était trop connu cependant ; on se regar-dait en dessous avec des mines effarées, anxieuses. Cou-per la brioche n'était rien, mais les privilèges auxquels cette faveur avait toujours donné droit épouvantaient maintenant ; aussi, dès que paraissait le plateau, les académiciens passaient pêle-mêle dans le salon de l'Agriculture comme pour se mettre à l'abri derrière l'époux qui souriait sans cesse. Et quand Mme Anserre, anxieuse, se montrait sur la porte avec la brioche d'une main et le couteau de l'autre, tous semblaient se ran-ger autour de son mari comme pour lui demander pro-tection.

Des années encore passèrent. Personne ne découpait plus ; mais par suite d'une vieille habitude invétérée, celle qu'on appelait toujours galamment la « belle Mme Anserre » cherchait de l'œil, à chaque soirée, un dévoué qui prît le couteau, et chaque fois le même mou-vement se produisait autour d'elle : une fuite générale, habile, pleine de manœuvres combinées et savantes, pour éviter l'offre qui lui venait aux lèvres.

Or, voilà qu'un soir on présenta chez elle un tout jeune homme, un innocent et un ignorant. Il ne connais-sait pas le mystère de la brioche ; aussi lorsque parut le gâteau, lorsque chacun s'enfuit, lorsque Mme Anserre prit des mains du valet le plateau et la pâtisserie, il resta tranquillement près d'elle.

Elle crut peut-être qu'il savait ; elle sourit, et, d'une voix émue :

« Voulez-vous, cher Monsieur, être assez aimable pour découper cette brioche ? »

Il s'empressa, ôta ses gants, ravi de l'honneur.

« Mais comment donc, Madame, avec le plus grand plaisir. »

Au loin, dans les coins de la galerie, dans l'encadre-ment de la porte ouverte sur le salon des laboureurs, des têtes stupéfaites regardaient. Puis, lorsqu'on vit que le nouveau venu découpait sans hésitation, on se rapprocha vivement.

Un vieux poète plaisant frappa sur l'épaule du néophyte :

« Bravo ! jeune homme », lui dit-il à l'oreille.

On le considérait curieusement. L'époux lui-même parut surpris. Quant au jeune homme, il s'étonnait de la considération qu'on semblait soudain lui montrer, il ne comprenait point surtout les gracieusetés marquées, la faveur évidente et l'espèce de reconnaissance muette que lui témoignait la maîtresse de la maison.

Il paraît cependant qu'il finit par comprendre.

À quel moment, en quel lieu la révélation lui fut-elle faite ? On l'ignore ; mais quand il reparut à la soirée suivante, il avait l'air préoccupé, presque honteux, et regardait avec inquiétude autour de lui. L'heure du thé sonna. Le valet parut. Mme Anserre, souriante, saisit le plat, chercha des yeux son jeune ami ; mais il avait fui si vite qu'il n'était déjà plus là. Alors elle partit à sa recherche et le retrouva bientôt tout au fond du salon des « laboureurs ». Lui, le bras passé sous le bras du mari, le consultait avec angoisse sur les moyens employés pour la destruction du phylloxera.

« Mon cher Monsieur, lui dit-elle, voulez-vous être assez aimable pour me découper cette brioche ? »

Il rougit jusqu'aux oreilles, balbutia, perdant la tête. Alors M. Anserre eut pitié de lui et, se tournant vers sa femme :

« Ma chère amie, tu serais bien aimable de ne point nous déranger : nous causons agriculture. Fais-la donc couper par Baptiste, ta brioche. »

Et personne depuis ce jour ne coupa plus jamais la brioche de Mme Anserre.

(1882)

AU BOIS

Le maire allait se mettre à table pour déjeuner quand on le prévint que le garde champêtre l'attendait à la mairie avec deux prisonniers.

Il s'y rendit aussitôt, et il aperçut en effet son garde champêtre, le père Hochedur, debout et surveillant d'un air sévère un couple de bourgeois mûrs.

L'homme, un gros père, à nez rouge et à cheveux blancs, semblait accablé ; tandis que la femme, une petite mère endimanchée très ronde, très grasse, aux joues luisantes, regardait d'un œil de défi l'agent de l'autorité qui les avait captivés.

Le maire demanda :

— Qu'est-ce que c'est, père Hochedur ?

Le garde champêtre fit sa déposition.

Il était sorti le matin, à l'heure ordinaire, pour accomplir sa tournée du côté des bois Champioux jusqu'à la frontière d'Argenteuil. Il n'avait rien remarqué d'insolite dans la campagne sinon qu'il faisait beau temps et que les blés allaient bien, quand le fils aux Bredel, qui binait sa vigne, avait crié :

— Hé, père Hochedur, allez voir au bord du bois, au premier taillis, vous y trouverez un couple de pigeons qu'ont bien cent trente ans à eux deux.

Il était parti dans la direction indiquée ; il était entré dans le fourré et il avait entendu des paroles et des soupirs qui lui firent supposer un flagrant délit de mauvaises mœurs.

Donc, avançant sur ses genoux et sur ses mains comme pour surprendre un braconnier, il avait appréhendé le couple présent au moment où il s'abandonnait à son instinct.

Le maire stupéfait considéra les coupables. L'homme comptait bien soixante ans et la femme au moins cinquante-cinq.

Il se mit à les interroger, en commençant par le mâle, qui répondait d'une voix si faible qu'on l'entendait à peine.

— Votre nom ?

— Nicolas Beaurain.

— Votre profession ?

— Mercier, rue des Martyrs, à Paris.

— Qu'est-ce que vous faisiez dans ce bois ?

Le mercier demeura muet, les yeux baissés sur son gros ventre, les mains à plat sur ses cuisses.

Le maire reprit :

— Niez-vous ce qu'affirme l'agent de l'autorité municipale ?

— Non, monsieur.

— Alors, vous avouez ?

— Oui, monsieur.

— Qu'avez-vous à dire pour votre défense ?

— Rien, monsieur.

— Où avez-vous rencontré votre complice ?

— C'est ma femme, monsieur.

— Votre femme ?

— Oui, monsieur.

— Alors... alors... vous ne vivez donc pas ensemble... à Paris ?

— Pardon, monsieur, nous vivons ensemble !

— Mais... alors... vous êtes fou, tout à fait fou, mon cher monsieur, de venir vous faire pincer ainsi, en plein champ, à dix heures du matin.

Le mercier semblait prêt à pleurer de honte. Il murmura :

— C'est elle qui a voulu ça ! Je lui disais bien que c'était stupide. Mais quand une femme a quelque chose dans la tête... vous savez... elle ne l'a pas ailleurs.

Le maire, qui aimait l'esprit gaulois, sourit et répliqua :

— Dans votre cas, c'est le contraire qui aurait dû

avoir lieu. Vous ne seriez pas ici si elle ne l'avait eu que dans la tête.

Alors une colère saisit M. Beaurain, et se tournant vers sa femme :

— Vois-tu où tu nous as menés avec ta poésie ? Hein, y sommes-nous ? Et nous irons devant les tribunaux, maintenant, à notre âge, pour attentat aux mœurs ! Et il nous faudra fermer boutique, vendre la clientèle et changer de quartier ! Y sommes-nous ?

Mme Beaurain se leva, et, sans regarder son mari, elle s'expliqua sans embarras, sans vaine pudeur, presque sans hésitation.

— Mon Dieu, monsieur le maire, je sais bien que nous sommes ridicules. Voulez-vous me permettre de plaider ma cause comme un avocat, ou mieux comme une pauvre femme ; et j'espère que vous voudrez bien nous renvoyer chez nous, et nous épargner la honte des poursuites.

« Autrefois, quand j'étais jeune, j'ai fait la connaissance de M. Beaurain dans ce pays-ci, un dimanche. Il était employé dans un magasin de mercerie ; moi j'étais demoiselle dans un magasin de confections. Je me rappelle de ça comme d'hier. Je venais passer les dimanches ici, de temps en temps, avec une amie, Rose Levêque, avec qui j'habitais rue Pigalle. Rose avait un bon ami, et moi pas. C'est lui qui nous conduisait ici. Un samedi, il m'annonça, en riant, qu'il amènerait un camarade le lendemain. Je compris bien ce qu'il voulait, mais je répondis que c'était inutile. J'étais sage, monsieur.

« Le lendemain donc, nous avons trouvé au chemin de fer M. Beaurain. Il était bien de sa personne à cette époque-là. Mais j'étais décidée à ne pas céder, et je ne cédai pas non plus.

« Nous voici donc arrivés à Bezons. Il faisait un temps superbe, de ces temps qui vous chatouillent le cœur. Moi, quand il fait beau, aussi bien maintenant qu'autrefois, je deviens bête à pleurer, et quand je suis à la campagne je perds la tête. La verdure, les oiseaux qui chantent, les blés qui remuent au vent, les hirondelles qui vont si vite, l'odeur de l'herbe, les coquelicots, les marguerites, tout ça me rend folle ! C'est comme le champagne quand on n'en a pas l'habitude !

« Donc il faisait un temps superbe, et doux, et clair, qui vous entrait dans le corps par les yeux en regardant et par la bouche en respirant. Rose et Simon s'embrassaient toutes les minutes ! Ça me faisait quelque chose de les voir. M. Beaurain et moi nous marchions derrière eux, sans guère parler. Quand on ne se connaît pas on ne trouve rien à se dire. Il avait l'air timide, ce garçon, et ça me plaisait de le voir embarrassé. Nous voici arrivés dans le petit bois. Il y faisait frais comme dans un bain, et tout le monde s'assit sur l'herbe. Rose et son ami me plaisantaient sur ce que j'avais l'air sévère ; vous comprenez bien que je ne pouvais pas être autrement. Et puis voilà qu'ils recommencent à s'embrasser sans plus se gêner que si nous n'étions pas là ; et puis ils se sont parlé tout bas ; et puis ils se sont levés et ils sont partis dans les feuilles sans rien dire. Jugez quelle sotte figure je faisais, moi, en face de ce garçon que je voyais pour la première fois. Je me sentais tellement confuse de les voir partir ainsi que ça me donna du courage ; et je me suis mise à parler. Je lui demandai ce qu'il faisait ; il était commis de mercerie, comme je vous l'ai appris tout à l'heure. Nous causâmes donc quelques instants ; ça l'enhardit, lui, et il voulut prendre des privautés, mais je le remis à sa place, et roide, encore. Est-ce pas vrai, monsieur Beaurain ? »

M. Beaurain, qui regardait ses pieds avec confusion, ne répondit pas.

Elle reprit :

— Alors il a compris que j'étais sage, ce garçon, et il s'est mis à me faire la cour gentiment, en honnête homme. Depuis ce jour il est revenu tous les dimanches. Il était très amoureux de moi, monsieur. Et moi aussi je l'aimais beaucoup, mais là, beaucoup ! c'était un beau garçon, autrefois.

« Bref, il m'épousa en septembre et nous prîmes notre commerce rue des Martyrs.

« Ce fut dur pendant des années, monsieur. Les affaires n'allaient pas ; et nous ne pouvions guère nous payer des parties de campagne. Et puis, nous en avions perdu l'habitude. On a autre chose en tête ; on pense à la caisse plus qu'aux fleurettes, dans le commerce. Nous vieillissions, peu à peu, sans nous en apercevoir, en gens tranquilles qui ne pensent plus guère à l'amour. On ne regrette rien tant qu'on ne s'aperçoit pas que ça vous manque.

« Et puis, monsieur, les affaires ont mieux été, nous nous sommes rassurés sur l'avenir ! Alors, voyez-vous, je ne sais pas trop ce qui s'est passé en moi, non, vraiment, je ne sais pas !

« Voilà que je me suis remise à rêver comme une petite pensionnaire. La vue des voiturettes de fleurs qu'on traîne dans les rues me tirait des larmes. L'odeur des violettes venait me chercher à mon fauteuil, derrière ma caisse, et me faisait battre le cœur ! Alors je me levais et je m'en venais sur le pas de ma porte pour regarder le bleu du ciel entre les toits. Quand on regarde le ciel dans une rue, ça a l'air d'une rivière, d'une longue rivière qui descend sur Paris en se tortillant ; et les hirondelles passent dedans comme des poissons. C'est bête comme tout, ces choses-là à mon âge ! Que voulez-vous, monsieur, quand on a travaillé toute sa vie, il vient un moment où on s'aperçoit qu'on aurait pu faire autre chose et, alors, on regrette, oh ! oui, on regrette ! Songez donc que, pendant vingt ans, j'aurais pu aller cueillir des baisers dans les bois, comme les autres, comme les autres femmes. Je songeais comme c'est bon d'être couché sous les feuilles en aimant quelqu'un ! Et j'y pensais tous les jours, toutes les nuits ! Je rêvais de clairs de lune sur l'eau jusqu'à avoir envie de me noyer.

« Je n'osais pas parler de ça à M. Beaurain dans les premiers temps. Je savais bien qu'il se moquerait de moi et qu'il me renverrait vendre mon fil et mes aiguilles !

Et puis, à vrai dire, M. Beaurain ne me disait plus grand-chose ; mais en me regardant dans ma glace, je comprenais bien aussi que je ne disais plus rien à personne, moi !

« Donc, je me décidai et je lui proposai une partie de campagne au pays où nous nous étions connus. Il accepta sans défiance et nous voici arrivés, ce matin, vers les neuf heures.

« Moi je me sentis toute retournée quand je suis entrée dans les blés. Ça ne vieillit pas le cœur des femmes ! Et, vrai, je ne voyais plus mon mari tel qu'il est, mais bien tel qu'il était autrefois ! Ça, je vous le jure, monsieur. Vrai de vrai, j'étais grise. Je me mis à l'embrasser ; il en fut plus étonné que si j'avais voulu l'assassiner. Il me répétait : "Mais tu es folle. Mais tu es folle, ce matin. Qu'est-ce qui te prend ?..." Je ne l'écoutais pas, moi, je n'écoutais que mon cœur. Et je le fis entrer dans le bois... Et voilà !... J'ai dit la vérité, monsieur le maire, toute la vérité. »

Le maire était un homme d'esprit. Il se leva, sourit, et dit : « Allez en paix, madame, et ne péchez plus... sous les feuilles. »

(1886)

LA SERRE

Monsieur et Madame Lerebour avaient le même âge. Mais monsieur paraissait plus jeune, bien qu'il fût le plus affaibli des deux. Ils vivaient près de Nantes dans une jolie campagne qu'ils avaient créée après fortune faite en vendant des rouenneries [1].

La maison était entourée d'un beau jardin contenant basse-cour, kiosque chinois et une petite serre tout au bout de la propriété. M. Lerebour était court, rond et jovial, d'une jovialité de boutiquier bon vivant. Sa femme, maigre, volontaire et toujours mécontente, n'était point parvenue à vaincre la bonne humeur de son mari. Elle se teignait les cheveux, lisait parfois des romans qui lui faisaient passer des rêves dans l'âme, bien qu'elle affectât de mépriser ces sortes d'écrits. On la déclarait passionnée, sans qu'elle eût jamais rien fait pour autoriser cette opinion. Mais son époux disait parfois : « Ma femme, c'est une gaillarde ! » avec un certain air entendu qui éveillait des suppositions.

Depuis quelques années cependant elle se montrait agressive avec M. Lerebour, toujours irritée et dure, comme si un chagrin secret et inavouable l'eût torturée. Une sorte de mésintelligence en résulta. Ils ne se parlaient plus qu'à peine, et madame, qui s'appelait Palmyre, accablait sans cesse monsieur, qui s'appelait Gustave, de compliments désobligeants, d'allusions blessantes, de paroles acerbes, sans raison apparente.

Il courbait le dos, ennuyé mais gai quand même,

1. « Toiles de coton peintes » (Littré), fabriquées originellement dans la région de Rouen.

doué d'un tel fonds de contentement qu'il prenait son parti de ces tracasseries intimes. Il se demandait cependant quelle cause inconnue pouvait aigrir ainsi de plus en plus sa compagne, car il sentait bien que son irritation avait une raison cachée, mais si difficile à pénétrer qu'il y perdait ses efforts.

Il lui demandait souvent : « Voyons, ma bonne, dis-moi ce que tu as contre moi ? Je sens que tu me dissimules quelque chose. »

Elle répondait invariablement : « Mais je n'ai rien, absolument rien. D'ailleurs si j'avais quelque sujet de mécontentement, ce serait à toi de le deviner. Je n'aime pas les hommes qui ne comprennent rien, qui sont tellement mous et incapables qu'il faut venir à leur aide pour qu'ils saisissent la moindre des choses. »

Il murmurait, découragé : « Je vois bien que tu ne veux rien dire. »

Et il s'éloignait en cherchant le mystère.

Les nuits surtout devenaient très pénibles pour lui ; car ils partageaient toujours le même lit, comme on fait dans les bons et simples ménages. Il n'était point alors de vexations dont elle n'usât à son égard. Elle choisissait le moment où ils étaient étendus côte à côte pour l'accabler de ses railleries les plus vives. Elle lui reprochait principalement d'engraisser : « Tu tiens toute la place, tant tu deviens gros. Et tu me sues dans le dos comme du lard fondu. Si tu crois que cela m'est agréable ! »

Elle le forçait à se relever sous le moindre prétexte, l'envoyant chercher en bas un journal qu'elle avait oublié, ou la bouteille d'eau de fleur d'oranger qu'il ne trouvait pas, car elle l'avait cachée. Et elle s'écriait d'un ton furieux et sarcastique : « Tu devrais pourtant savoir où on trouve ça, grand nigaud ! » Lorsqu'il avait erré pendant une heure dans la maison endormie et qu'il remontait les mains vides, elle lui disait pour tout remerciement : « Allons, recouche-toi, ça te fera maigrir de te promener un peu, tu deviens flasque comme une éponge. »

Elle le réveillait à tout moment en affirmant qu'elle souffrait de crampes d'estomac et exigeait qu'il lui frictionnât le ventre avec de la flanelle imbibée d'eau de Cologne. Il s'efforçait de la guérir, désolé de la voir malade ; et il proposait d'aller réveiller Céleste, leur bonne. Alors, elle se fâchait tout à fait, criant : « Faut-il qu'il soit bête, ce dindon-là. Allons ! c'est fini, je n'ai plus mal, rendors-toi, grande chiffe. »

Il demandait : « C'est bien sûr que tu ne souffres plus ? »

Elle lui jetait durement dans la figure : « Oui, tais-toi, laisse-moi dormir. Ne m'embête pas davantage. Tu es incapable de rien faire, même de frictionner une femme. »

Il se désespérait : « Mais... ma chérie... »

Elle s'exaspérait : « Pas de mais... Assez, n'est-ce pas. Fiche-moi la paix, maintenant. »

Et elle se tournait vers le mur.

Or, une nuit, elle se secoua si brusquement, qu'il fit un bond de peur et se trouva sur son séant avec une rapidité qui ne lui était pas habituelle.

Il balbutia : « Quoi ?... Qu'y a-t-il ?... »

Elle le tenait par le bras et le pinçait à le faire crier. Elle lui souffla dans l'oreille : « J'ai entendu du bruit dans la maison. »

Accoutumé aux fréquentes alertes de Mme Lerebour, il ne s'inquiéta pas outre mesure, et demanda tranquillement : « Quel bruit, ma chérie ? »

Elle tremblait, comme affolée, et répondit : « Du bruit... mais du bruit... des bruits de pas... Il y a quelqu'un. »

Il demeurait incrédule : « Quelqu'un ? Tu crois ? Mais non ; tu dois te tromper. Qui veux-tu que ce soit, d'ailleurs ? »

Elle frémissait : « Qui ?... qui ?... Mais des voleurs, imbécile ! »

Il se renfonça doucement dans ses draps : « Mais non, ma chérie, il n'y a personne, tu as rêvé, sans doute. »

Alors, elle rejeta la couverture et, sautant du lit, exaspérée : « Mais tu es donc aussi lâche qu'incapable ! Dans tous les cas, je ne me laisserai pas massacrer grâce à ta pusillanimité. »

Et, saisissant les pinces de la cheminée, elle se porta debout, devant la porte verrouillée, dans une attitude de combat.

Ému par cet exemple de vaillance, honteux peut-être, il se leva à son tour en rechignant, et, sans quitter son bonnet de coton, il prit la pelle et se plaça vis-à-vis de sa moitié.

Ils attendirent vingt minutes dans le plus grand silence. Aucun bruit nouveau ne troubla le repos de la maison. Alors, madame, furieuse, regagna son lit en déclarant : « Je suis sûre pourtant qu'il y avait quelqu'un. »

Pour éviter quelque querelle, il ne fit aucune allusion pendant le jour à cette panique.

Mais la nuit suivante, Mme Lerebour réveilla son mari avec plus de violence encore que la veille, et, haletante, elle bégayait : « Gustave, Gustave, on vient d'ouvrir la porte du jardin. »

Étonné de cette persistance, il crut sa femme atteinte de somnambulisme et il allait s'efforcer de secouer ce sommeil dangereux quand il lui sembla entendre, en effet, un bruit léger sous les murs de la maison.

Il se leva, courut à la fenêtre, et il vit, oui, il vit une ombre blanche qui traversait vivement une allée.

Il murmura, défaillant : « Il y a quelqu'un ! » Puis il reprit ses sens, s'affermit, et, soulevé tout à coup par une formidable colère de propriétaire dont on a violé la clôture, il prononça : « Attendez, attendez, vous allez voir. »

Il s'élança vers le secrétaire, l'ouvrit, prit son revolver, et se précipita dans l'escalier.

Sa femme éperdue, le suivait en criant : « Gustave, Gustave, ne m'abandonne pas, ne me laisse pas seule. Gustave, Gustave ! »

Mais il ne l'écoutait guère ; il tenait déjà la porte du jardin.

Alors elle remonta bien vite se barricader dans la chambre conjugale.

Elle attendit cinq minutes, dix minutes, un quart d'heure. Une terreur folle l'envahissait. Ils l'avaient tué sans doute, saisi, garrotté, étranglé. Elle eût mieux aimé entendre retentir les six coups de revolver, savoir qu'il se battait, qu'il se défendait. Mais ce grand silence, ce silence effrayant de la campagne la bouleversait.

Elle sonna Céleste. Céleste ne vint pas, ne répondit point. Elle sonna de nouveau, défaillante, prête à perdre connaissance. La maison entière demeura muette.

Elle colla contre la vitre son front brûlant, cherchant à pénétrer les ténèbres du dehors. Elle ne distinguait rien que les ombres plus noires des massifs, à côté des traces grises des chemins.

La demie de minuit sonna. Son mari était absent depuis quarante-cinq minutes. Elle ne le reverrait plus ! Non ! certainement elle ne le reverrait plus ! Et elle tomba à genoux en sanglotant.

Deux coups légers contre la porte de la chambre la firent se redresser d'un bond. M. Lerebour l'appelait : « Ouvre donc, Palmyre, c'est moi. » Elle s'élança, ouvrit, et debout devant lui, les poings sur les hanches, les yeux encore pleins de larmes : « D'où viens-tu, sale bête ! Ah ! tu me laisses comme ça à crever de peur toute seule. Ah ! tu ne t'inquiètes pas plus de moi que si je n'existais pas... »

Il avait refermé la porte ; et il riait, il riait comme un fou, les deux joues fendues par sa bouche, les mains sur son ventre, les yeux humides.

Mme Lerebour, stupéfaite, se tut.

Il bégayait : « C'était... c'était... Céleste qui avait un... un... un rendez-vous dans la serre... Si tu savais ce que... ce que... ce que j'ai vu... »

Elle était devenue blême, étouffant d'indignation. « Hein ?... tu dis ?... Céleste ?... chez moi ?... dans ma... ma... ma maison... dans ma... ma... dans ma serre. Et tu n'as pas tué l'homme, un complice ! Tu

avais un revolver et tu ne l'as pas tué... Chez moi...
chez moi... »

Elle s'assit, n'en pouvant plus.

Il battit un entrechat, fit les castagnettes avec ses
doigts, claqua de la langue, et riant toujours : « Si tu
savais... si tu savais... »

Brusquement, il l'embrassa.

Elle se débarrassa de lui. Et la voix coupée par la
colère : « Je ne veux pas que cette fille reste un jour
de plus chez moi, tu entends ? Pas un jour... pas une
heure. Quand elle va rentrer, nous allons la jeter
dehors... »

M. Lerebour avait saisi sa femme par la taille et il
lui plantait des rangs de baisers dans le cou, des baisers
à bruits, comme jadis. Elle se tut de nouveau, percluse
d'étonnement. Mais lui, la tenant à pleins bras, l'entraînait doucement vers le lit...

Vers neuf heures et demie du matin, Céleste étonnée de ne pas voir encore ses maîtres qui se levaient
toujours de bonne heure, vint frapper doucement à leur
porte.

Ils étaient couchés, et ils causaient gaiement côte à
côte. Elle demeura saisie, et demanda : « Madame,
c'est le café au lait. »

Mᵐᵉ Lerebour prononça d'une voix très douce :
« Apporte-le ici, ma fille, nous sommes un peu fati-
gués, nous avons très mal dormi. »

À peine la bonne fut-elle sortie que M. Lerebour se
remit à rire en chatouillant sa femme et répétant : « Si
tu savais ! Oh ! si tu savais ! » Mais elle lui prit les
mains : « Voyons, reste tranquille, mon chéri, si tu ris
tant que ça, tu vas te faire du mal. »

Et elle l'embrassa, doucement, sur les yeux.

Mᵐᵉ Lerebour n'a plus d'aigreurs. Par les nuits
claires quelquefois, les deux époux vont, à pas furtifs,
le long des massifs et des plates-bandes jusqu'à la petite
serre au bout du jardin. Et ils restent là blottis l'un

près de l'autre contre le vitrage comme s'ils regardaient au-dedans une chose étrange et pleine d'intérêt.

Ils ont augmenté les gages de Céleste.

M. Lerebour a maigri.

(1883)

BOMBARD

Simon Bombard la trouvait souvent mauvaise, la vie ! Il était né avec une incroyable aptitude pour ne rien faire et avec un désir immodéré de ne point contrarier cette vocation. Tout effort moral ou physique, tout mouvement accompli pour une besogne lui paraissait au-dessus de ses forces. Aussitôt qu'il entendait parler d'une affaire sérieuse il devenait distrait, son esprit étant incapable d'une tension ou même d'une attention.

Fils d'un marchand de nouveautés de Caen, il se l'était coulée douce, comme on disait dans sa famille, jusqu'à l'âge de vingt-cinq ans.

Mais ses parents demeurant toujours plus près de la faillite que de la fortune, il souffrait horriblement de la pénurie d'argent.

Grand, gros, beau gars, avec des favoris roux, à la normande, le teint fleuri, l'œil bleu, bête et gai, le ventre apparent déjà, il s'habillait avec une élégance tapageuse de provincial en fête. Il riait, criait, gesticulait à tout propos, étalant sa bonne humeur orageuse avec une assurance de commis voyageur. Il considérait que la vie était faite uniquement pour bambocher et plaisanter, et sitôt qu'il lui fallait mettre un frein à sa joie braillarde, il tombait dans une sorte de somnolence hébétée, étant même incapable de tristesse.

Ses besoins d'argent le harcelant, il avait coutume de répéter une phrase devenue célèbre dans son entourage :

— Pour dix mille francs de rente, je me ferais bourreau.

Or, il allait chaque année passer quinze jours à Trouville. Il appelait ça « faire sa saison ».

Il s'installait chez des cousins qui lui prêtaient une chambre, et, du jour de son arrivée au jour du départ, il se promenait sur les planches qui longent la grande plage de sable.

Il allait d'un pas assuré, les mains dans ses poches ou derrière le dos, toujours vêtu d'amples habits, de gilets clairs et de cravates voyantes, le chapeau sur l'oreille et un cigare d'un sou dans le coin de la bouche.

Il allait, frôlant les femmes élégantes, toisant les hommes en gaillard prêt à *se flanquer une tripotée*, et cherchant... cherchant... car il cherchait.

Il cherchait une femme, comptant sur sa figure, sur son physique. Il s'était dit :

— Que diable, dans le tas de celles qui viennent là, je finirai bien par trouver mon affaire. Et il cherchait avec un flair de chien de chasse, un flair de Normand, sûr qu'il la reconnaîtrait, rien qu'en l'apercevant, celle qui le ferait riche.

Ce fut un lundi matin qu'il murmura :
— Tiens, tiens, tiens !

Il faisait un temps superbe, un de ces temps jaunes et bleus du mois de juillet où on dirait qu'il pleut de la chaleur. La vaste plage couverte de monde, de toilettes, de couleurs, avait l'air d'un jardin de femmes ; et les barques de pêche aux voiles brunes, presque immobiles sur l'eau bleue, qui les reflétait la tête en bas, semblaient dormir sous le grand soleil de dix heures. Elles restaient là, en face de la jetée de bois, les unes tout près, d'autres plus loin, d'autres très loin, sans remuer, comme accablées par une paresse de jour d'été, trop nonchalantes pour gagner la haute mer ou même pour rentrer au port. Et, là-bas, on apercevait vaguement, dans une brume, la côte du Havre portant à son sommet deux points blancs, les phares de Saint-Adresse.

Il s'était dit :
« Tiens, tiens, tiens ! » en la rencontrant pour la troisième fois et en sentant sur lui son regard, son regard de femme mûre, expérimentée et hardie, qui s'offre.

Déjà il l'avait remarquée les jours précédents, car elle semblait aussi en quête de quelqu'un. C'était une Anglaise assez grande, un peu maigre, l'Anglaise audacieuse dont les voyages et les circonstances ont fait une espèce d'homme. Pas mal d'ailleurs, marchant sec, d'un pas court, vêtue simplement, sobrement, mais coiffée d'une façon drôle, comme elles se coiffent toutes. Elle avait les yeux assez beaux, les pommettes saillantes, un peu rouges, les dents trop longues, toujours au vent.

Quand il arriva près du port, il revint sur ses pas pour voir s'il la rencontrerait encore une fois. Il la rencontra et il lui jeta un coup d'œil enflammé, un coup d'œil qui disait :

— Me voilà.

Mais comment lui parler ?

Il revint une cinquième fois, et comme il la voyait de nouveau arriver en face de lui, elle laissa tomber son ombrelle.

Il s'élança, la ramassa, et, la présentant :

— Permettez, madame...

Elle répondit :

— Aôh, vos êtes fort gracious.

Et ils se regardèrent. Ils ne savaient plus que dire. Elle avait rougi. Alors, s'enhardissant, il prononça :

— En voilà du beau temps.

Elle murmura :

— Aôh, délicious !

Et ils restèrent encore en face l'un de l'autre, embarrassés, et ne songeant d'ailleurs à s'en aller ni l'un ni l'autre. Ce fut elle qui eut l'audace de demander :

— Vos été pour longtemps dans cette pays ?

Il répondit en souriant :

— Oh ! oui, tant que je voudrai !

Puis, brusquement, il proposa :

— Voulez-vous venir jusqu'à la jetée ? c'est si joli par ces jours-là !

Elle dit simplement :

— Je volé bien.

Et ils s'en allèrent côte à côte, elle de son allure sèche et droite, lui de son allure balancée de dindon qui fait la roue.

Trois mois plus tard les notables commerçants de Caen recevaient, un matin, une grande lettre qui blanche disait :

Monsieur et Madame Prosper Bombard ont l'honneur de vous faire part du mariage de Monsieur Simon Bombard, leur fils, avec Madame veuve Kate Robertson.

Et, sur l'autre page :

Madame veuve Kate Robertson a l'honneur de vous faire part de son mariage avec Monsieur Simon Bombard.

Ils s'installèrent à Paris.

La fortune de la mariée s'élevait à quinze mille francs de rentes bien claires. Simon voulait quatre cents francs par mois pour sa cassette personnelle. Il dut prouver que sa tendresse méritait ce sacrifice ; il le prouva avec facilité et obtint ce qu'il demandait.

Dans les premiers temps tout alla bien. Mᵐᵉ Bombard jeune n'était plus jeune, assurément, et sa fraîcheur avait subi des atteintes ; mais elle avait une manière d'exiger les choses qui faisait qu'on ne pouvait les lui refuser.

Elle disait avec son accent anglais volontaire et grave :

— Oh Simon, nô allons nô coucher, qui faisait aller Simon vers le lit comme un chien à qui on ordonne « à la niche ». Et elle savait vouloir en tout, de jour comme de nuit, d'une façon qui forçait les résistances.

Elle ne se fâchait pas ; elle ne faisait point de scènes ; elle ne criait jamais ; elle n'avait jamais l'air irrité ou blessé, ou même froissé. Elle savait parler, voilà tout ; et elle parlait à propos, d'un ton qui n'admettait point de réplique.

Plus d'une fois Simon faillit hésiter ; mais devant les désirs impérieux et brefs de cette singulière femme, il finissait toujours par céder.

Cependant comme il trouvait monotones et maigres les baisers conjugaux, et comme il avait en poche de quoi s'en offrir de plus gros, il s'en paya bientôt à satiété, mais avec mille précautions.

Mme Bombard s'en aperçut, sans qu'il devinât à quoi ; et elle lui annonça un soir qu'elle avait loué une maison à Mantes où ils habiteraient dans l'avenir.

L'existence devint plus dure. Il essaya des distractions diverses qui n'arrivaient point à compenser le besoin de conquêtes féminines qu'il avait au cœur.

Il pêcha à la ligne, sut distinguer les fonds qu'aime le goujon, ceux que préfère la carpe ou le gardon, les rives favorites de la brème et les diverses amorces qui tentent les divers poissons.

Mais en regardant son flotteur trembloter au fil de l'eau, d'autres visions hantaient son esprit.

Il devint l'ami du chef de bureau de la sous-préfecture et du capitaine de gendarmerie ; et ils jouèrent au whist, le soir, au café du Commerce, mais son œil triste déshabillait la reine de trèfle ou la dame de carreau, tandis que le problème des jambes absentes dans ces figures à deux têtes embrouillait tout à fait les images écloses en sa pensée.

Alors il conçut un plan, un vrai plan de Normand rusé. Il fit prendre à sa femme une bonne qui lui convenait, non point une belle fille, une coquette, une parée, mais une gaillarde, rouge et râblée, qui n'éveillerait point de soupçons et qu'il avait préparée avec soin à ses projets.

Elle leur fut donnée en confiance par le directeur de l'octroi, un ami complice et complaisant qui la garantissait sous tous les rapports. Et Mme Bombard accepta avec confiance le trésor qu'on lui présentait.

Simon fut heureux, heureux avec précaution, avec crainte, et avec des difficultés incroyables.

Il ne dérobait à la surveillance inquiète de sa femme

que de très courts instants, par-ci par-là, sans tranquillité.

Il cherchait un truc, un stratagème, et il finit par en trouver un qui réussit parfaitement.

Mme Bombard qui n'avait rien à faire se couchait tôt, tandis que Bombard qui jouait au whist, au café du Commerce, rentrait chaque jour à neuf heures et demie précises. Il imagina de faire attendre Victorine dans le couloir de sa maison, sur les marches du vestibule, dans l'obscurité.

Il avait cinq minutes au plus, car il redoutait toujours une surprise, mais enfin cinq minutes de temps en temps suffisaient à son ardeur, et il glissait un louis, car il était large en ses plaisirs, dans la main de la servante, qui remontait bien vite à son grenier.

Et il riait, il triomphait tout seul, il répétait tout haut comme le barbier du roi Midas [1], dans les roseaux du fleuve, en pêchant l'ablette :

— Fichue dedans, la patronne.

Et le bonheur de ficher dedans Mme Bombard équivalait, certes, pour lui, à tout ce qu'avait d'imparfait et d'incomplet sa conquête à gages.

Or, un soir, il trouva comme d'habitude Victorine l'attendant sur les marches, mais elle lui parut plus vive, plus animée que d'habitude, et il demeura peut-être dix minutes au rendez-vous du corridor.

Quand il entra dans la chambre conjugale, Mme Bombard n'y était pas. Il sentit un grand frisson froid qui lui courait dans le dos et il tomba sur une chaise, torturé d'angoisse.

Elle apparut, un bougeoir à la main.

Il demanda, tremblant :

— Tu étais sortie ?

---

1. Roi mythique de Phrygie, affligé par Apollon d'oreilles d'âne, qu'il dissimulait soigneusement. Ayant surpris le secret du roi, son barbier le confia à un trou creusé dans le sol. Mais les roseaux, l'ayant entendu, ne cessèrent de répéter en bruissant : « Le roi Midas a des oreilles d'âne »...

Elle répondit tranquillement :

— Je été dans la cuisine boire un verre d'eau.

Il s'efforça de calmer les soupçons qu'elle pouvait avoir ; mais elle semblait tranquille, heureuse, confiante ; et il se rassura.

Quand ils pénétrèrent, le lendemain, dans la salle à manger pour déjeuner, Victorine mit sur la table les côtelettes.

Comme elle se relevait, Mme Bombard lui tendit un louis qu'elle tenait délicatement entre deux doigts, et lui dit, avec son accent calme et sérieux :

— Tené, ma fille, voilà vingt francs dont j'avé privé vô, hier au soir. Je vô les rendé.

Et la fille interdite prit la pièce d'or qu'elle regardait d'un air stupide, tandis que Bombard, effaré, ouvrait sur sa femme des yeux énormes.

(1884)

LES ÉPINGLES

— Ah ! mon cher, quelles rosses les femmes !

— Pourquoi dis-tu ça ?

— C'est qu'elles m'ont joué un tour abominable.

— À toi ?

— Oui, à moi.

— Les femmes, ou une femme ?

— Deux femmes.

— Deux femmes en même temps ?

— Oui.

— Quel tour ?

Les deux jeunes gens étaient assis devant un grand café du boulevard et buvaient des liqueurs mélangées d'eau, ces apéritifs qui ont l'air d'infusions faites avec toutes les nuances d'une boîte d'aquarelle.

Ils avaient à peu près le même âge : vingt-cinq à trente ans. L'un était blond et l'autre brun. Ils avaient la demi-élégance des coulissiers[1], des hommes qui vont à la Bourse et dans les salons, qui fréquentent partout, vivent partout, aiment partout. Le brun reprit :

— Je t'ai dit ma liaison, n'est-ce pas, avec cette petite bourgeoise rencontrée sur la plage de Dieppe.

— Oui.

— Mon cher, tu sais ce que c'est. J'avais une maîtresse à Paris, une que j'aime infiniment, une vieille amie, une bonne amie, une habitude enfin, et j'y tiens.

— À ton habitude ?

— Oui, à mon habitude et à elle. Elle est mariée aussi

---

1. Terme de Bourse : courtiers qui exercent « à la coulisse », c'est-à-dire sans être reconnus légalement comme tels.

avec un brave homme, que j'aime beaucoup également, un bon garçon très cordial, un vrai camarade ! Enfin c'est une maison où j'avais logé ma vie.

— Eh bien ?

— Eh bien ! ils ne peuvent pas quitter Paris, ceux-là, et je me suis trouvé veuf à Dieppe.

— Pourquoi allais-tu à Dieppe ?

— Pour changer d'air. On ne peut pas rester tout le temps sur le boulevard.

— Alors ?

— Alors, j'ai rencontré sur la plage la petite dont je t'ai parlé.

— La femme du chef de bureau ?

— Oui. Elle s'ennuyait beaucoup. Son mari, d'ailleurs, ne venait que tous les dimanches, et il est affreux. Je la comprends joliment. Donc, nous avons ri et dansé ensemble.

— Et le reste ?

— Oui, plus tard. Enfin, nous nous sommes rencontrés, nous nous sommes plu, je le lui ai dit, elle me l'a fait répéter pour mieux comprendre, et elle n'y a pas mis d'obstacle.

— L'aimais-tu ?

— Oui, un peu ; elle est très gentille.

— Et l'autre ?

— L'autre était à Paris ! Enfin, pendant six semaines, ç'a été très bien et nous sommes rentrés ici dans les meilleurs termes. Est-ce que tu sais rompre avec une femme, toi, quand cette femme n'a pas un tort à ton égard ?

— Oui, très bien.

— Comment fais-tu ?

— Je la lâche.

— Mais comment t'y prends-tu pour la lâcher ?

— Je ne vais plus chez elle.

— Mais si elle vient chez toi ?

— Je... n'y suis pas.

— Et si elle revient ?

— Je lui dis que je suis indisposé.

— Si elle te soigne ?

— Je... je lui fais une crasse.

— Si elle l'accepte ?

— J'écris des lettres anonymes à son mari pour qu'il la surveille les jours où je l'attends.

— Ça c'est grave ! Moi je n'ai pas de résistance. Je ne sais pas rompre. Je les collectionne. Il y en a que je ne vois plus qu'une fois par an, d'autres tous les dix mois, d'autres au moment du terme, d'autres les jours où elles ont envie de dîner au cabaret. Celles que j'ai espacées ne me gênent pas, mais j'ai souvent bien du mal avec les nouvelles pour les distancer un peu.

— Alors...

— Alors, mon cher, la petite ministère était tout feu, tout flamme, sans un tort, comme je te l'ai dit ! Comme son mari passe tous ses jours au bureau, elle se mettait sur le pied d'arriver chez moi à l'improviste. Deux fois elle a failli rencontrer mon habitude.

— Diable !

— Oui. Donc j'ai donné à chacune ses jours, des jours fixes pour éviter les confusions. Lundi et samedi à l'ancienne. Mardi, jeudi et dimanche à la nouvelle.

— Pourquoi cette préférence ?

— Ah ! mon cher, elle est plus jeune.

— Ça ne te faisait que deux jours de repos par semaine.

— Ça me suffit.

— Mes compliments !

— Or, figure-toi qu'il m'est arrivé l'histoire la plus ridicule du monde et la plus embêtante. Depuis quatre mois tout allait parfaitement ; je dormais sur mes deux oreilles et j'étais vraiment très heureux quand soudain, lundi dernier, tout craque.

« J'attendais mon habitude à l'heure dite, une heure un quart, en fumant un bon cigare.

« Je rêvassais, très satisfait de moi, quand je m'aperçus que l'heure était passée. Je fus surpris, car elle est très exacte. Mais je crus à un petit retard accidentel. Cependant une demi-heure se passe, puis une heure,

une heure et demie et je compris qu'elle avait été retenue par une cause quelconque, une migraine peut-être
ou un importun. C'est très ennuyeux ces choses-là, ces
attentes... inutiles, très ennuyeux et très énervant.
Enfin, j'en pris mon parti, puis je sortis et, ne sachant
que faire, j'allai chez elle.

« Je la trouvai en train de lire un roman.

« — Eh bien, lui dis-je ?

« Elle répondit tranquillement :

« — Mon cher, je n'ai pas pu, j'ai été empêchée.

« — Par quoi ?

« — Par... des occupations.

« — Mais... quelles occupations ?

« — Une visite très ennuyeuse.

« Je pensais qu'elle ne voulait pas me dire la vraie
raison, et, comme elle était très calme, je ne m'en
inquiétai pas davantage. Je comptais rattraper le temps
perdu, le lendemain, avec l'autre.

« Le mardi donc, j'étais très... très ému et très amoureux en expectative, de la petite ministère, et même
étonné qu'elle ne devançât pas l'heure convenue. Je
regardais la pendule à tout moment suivant l'aiguille
avec impatience.

« Je la vis passer le quart, puis la demie, puis deux
heures... Je ne tenais plus en place, traversant à grandes enjambées ma chambre, collant mon front à la fenêtre et mon oreille contre la porte pour écouter si elle
ne montait pas l'escalier.

« Voici deux heures et demie, puis trois heures ! Je
saisis mon chapeau et je cours chez elle. Elle lisait, mon
cher, un roman !

« — Eh bien, lui dis-je avec anxiété.

« Elle répondit, aussi tranquillement que mon habitude :

« — Mon cher, je n'ai pas pu, j'ai été empêchée.

« — Par quoi ?

« — Par... des occupations.

« — Mais... quelles occupations ?

« — Une visite ennuyeuse.

« Certes, je supposai immédiatement qu'elle savait tout ; mais elle semblait pourtant si placide, si paisible que je finis par rejeter mon soupçon, par croire à une coïncidence bizarre, ne pouvant imaginer une pareille dissimulation de sa part. Et après une heure de causerie amicale, coupée d'ailleurs par vingt entrées de sa petite fille, je dus m'en aller fort embêté.

« Et figure-toi que le lendemain...

— Ç'a été la même chose ?

— Oui... et le lendemain encore. Et ç'a duré ainsi trois semaines, sans une explication, sans que rien me révélât cette conduite bizarre dont cependant je soupçonnais le secret.

— Elles savaient tout ?

— Parbleu. Mais comment ? Ah ! j'en ai eu du tourment avant de l'apprendre.

— Comment l'as-tu su enfin ?

— Par lettres. Elles m'ont donné, le même jour, dans les mêmes termes, mon congé définitif.

— Et ?

— Et voici... Tu sais, mon cher, que les femmes ont toujours sur elles une armée d'épingles. Les épingles à cheveux, je les connais, je m'en méfie, et j'y veille, mais les autres sont bien plus perfides, ces sacrées petites épingles à tête noire qui nous semblent toutes pareilles, à nous grosses bêtes que nous sommes, mais qu'elles distinguent, elles, comme nous distinguons un cheval d'un chien.

« Or il paraît qu'un jour ma petite ministère avait laissé une de ces machines révélatrices piquées dans ma tenture, près de ma glace.

« Mon habitude, du premier coup, avait aperçu sur l'étoffe ce petit point noir gros comme une puce, et sans rien dire l'avait cueilli, puis avait laissé à la même place une de ses épingles à elle, noire aussi, mais d'un modèle différent.

« Le lendemain, la ministère voulut reprendre son bien, et reconnut aussitôt la substitution ; alors un soupçon lui vint, et elle en mit deux, en les croisant.

« L'habitude répondit à ce signe télégraphique par trois boules noires, l'une sur l'autre.

« Une fois ce commerce commencé, elles continuèrent à communiquer, sans se rien dire, seulement pour s'épier. Puis il paraît que l'habitude, plus hardie, enroula le long de sa petite pointe d'acier un mince papier où elle avait écrit : ''Poste restante, boulevard Malesherbes, C.D.''

« Alors elles s'écrivirent. J'étais perdu. Tu comprends que ça n'a pas été tout seul entre elles. Elles y allaient avec précaution, avec mille ruses, avec toute la prudence qu'il faut en pareil cas. Mais l'habitude fit un coup d'audace et donna un rendez-vous à l'autre.

« Ce qu'elles se sont dit, je l'ignore ! Je sais seulement que j'ai fait les frais de leur entretien. Et voilà !

— C'est tout.

— Oui.

— Tu ne les vois plus.

— Pardon, je les vois encore comme ami ; nous n'avons pas rompu tout à fait.

— Et elles, se sont-elles revues ?

— Oui, mon cher, elles sont devenues intimes.

— Tiens, tiens. Et ça ne te donne pas une idée, ça ?

— Non, quoi ?

— Grand serin, l'idée de leur faire repiquer des épingles doubles ?

(1888)

LA FENÊTRE

Je fis la connaissance de Mme de Jadelle à Paris, cet hiver. Elle me plut infiniment tout de suite. Vous la connaissez d'ailleurs autant que moi..., non... pardon... presque autant que moi... Vous savez comme elle est fantasque et poétique en même temps. Libre d'allures et de cœur impressionnable, volontaire, émancipée, hardie, entreprenante, audacieuse, enfin au-dessus de tout préjugé, et, malgré cela, sentimentale, délicate, vite froissée, tendre et pudique.

Elle était veuve, j'adore les veuves, par paresse. Je cherchais alors à me marier, je lui fis la cour. Plus je la connaissais, plus elle me plaisait ; et je crus le moment venu de risquer ma demande. J'étais amoureux d'elle et j'allais le devenir trop. Quand on se marie, il ne faut pas trop aimer sa femme, parce qu'alors on fait des bêtises ; on se trouble, on devient en même temps niais et brutal. Il faut se dominer encore. Si on perd la tête le premier soir, on risque fort de l'avoir boisée un an plus tard.

Donc, un jour, je me présentai chez elle avec des gants clairs et je lui dis :

« Madame, j'ai le bonheur de vous aimer et je viens vous demander si je puis avoir quelque espoir de vous plaire, en y mettant tous mes soins, et de vous donner mon nom. »

Elle me répondit tranquillement :

« Comme vous y allez, monsieur ! J'ignore absolument si vous me plairez tôt ou tard ; mais je ne demande pas mieux que d'en faire l'épreuve. Comme homme, je ne vous trouve pas mal. Reste à savoir ce que vous êtes comme cœur, comme caractère et comme habitudes. La plupart des mariages deviennent orageux ou criminels, parce qu'on ne se connaît pas assez en s'accouplant. Il suffit d'un rien, d'une manie enracinée, d'une opinion tenace sur un point quelconque de morale, de religion ou de n'importe quoi, d'un geste qui déplaît, d'un tic, d'un tout petit défaut ou même d'une qualité désagréable pour faire deux ennemis irréconciliables, acharnés et enchaînés l'un à l'autre jusqu'à la mort, des deux fiancés les plus tendres et les plus passionnés.

« Je ne me marierai pas, monsieur, sans connaître à fond, dans les coins et replis de l'âme, l'homme dont je partagerai l'existence. Je le veux étudier à loisir, de tout près, pendant des mois.

« Voici donc ce que je vous propose. Vous allez venir passer l'été chez moi, dans ma propriété de Lauville, et nous verrons là, tranquillement, si nous sommes faits pour vivre côte à côte...

« Je vous vois rire ! Vous avez une mauvaise pensée. Oh ! monsieur, si je n'étais pas sûre de moi, je ne vous ferais point cette proposition. J'ai pour l'amour, tel que vous le comprenez, vous autres hommes, un tel mépris et un tel dégoût qu'une chute est impossible pour moi. Acceptez-vous ? »

Je lui baisai la main.

« Quand partons-nous, madame ?

— Le 10 mai. C'est entendu ?

— C'est entendu. »

Un mois plus tard, je m'installais chez elle. C'était vraiment une singulière femme. Du matin au soir elle m'étudiait. Comme elle adore les chevaux, nous passions chaque jour des heures à nous promener par les bois, en parlant de tout, car elle cherchait à pénétrer mes plus intimes pensées autant qu'elle s'efforçait d'observer jusqu'à mes moindres mouvements.

Quant à moi, je devenais follement amoureux et je ne m'inquiétais nullement de l'accord de nos caractères. Je m'aperçus bientôt que mon sommeil lui-même était soumis à une surveillance. Quelqu'un couchait dans une petite chambre à côté de la mienne, où l'on n'entrait que fort tard et avec des précautions infinies. Cet espionnage de tous les instants finit par m'impatienter. Je voulus hâter le dénouement, et je devins, un soir, entreprenant. Elle me reçut de telle façon que je m'abstins de toute tentative nouvelle ; mais un violent désir m'envahit de lui faire payer, d'une façon quelconque, le régime policier auquel j'étais soumis, et je m'avisai d'un moyen.

Vous connaissez Césarine, sa femme de chambre, une jolie fille de Granville, où toutes les femmes sont belles, mais aussi blonde que sa maîtresse est brune.

Donc un après-midi j'attirai la soubrette dans ma chambre, je lui mis cent francs dans la main et je lui dis :

« Ma chère enfant, je ne veux te demander rien de vilain, mais je désire faire envers ta maîtresse ce qu'elle fait envers moi. »

La petite bonne souriait d'un air sournois. Je repris :

« On me surveille jour et nuit, je le sais. On me regarde manger, boire, m'habiller, me raser et mettre mes chaussettes, je le sais. »

La fillette articula :

« Dame, monsieur... », puis se tut. Je continuai :

« Tu couches dans la chambre à côté pour écouter si je souffle ou si je rêve plus haut, ne le nie pas !... »

Elle se mit à rire tout à fait et prononça :

« Dame, monsieur... », puis se tut encore.

Je m'animai :

« Eh bien, tu comprends ma fille, qu'il n'est pas juste qu'on sache tout sur mon compte et que je ne sache rien sur celui de la personne qui sera ma femme. Je l'aime de toute mon âme. Elle a le visage, le cœur, l'esprit que je rêvais, je suis le plus heureux des hommes sous ce rapport ; cependant il y a des choses que je voudrais bien savoir... »

Césarine se décida à enfoncer dans sa poche mon billet de banque. Je compris que le marché était conclu.

« Écoute, ma fille, nous autres hommes, nous tenons

beaucoup à certains... à certains... détails... physiques, qui n'empêchent pas une femme d'être charmante, mais qui peuvent changer son prix à nos yeux. Je ne te demande pas de me dire du mal de ta maîtresse, ni même de m'avouer ses défauts secrets si elle en a. Réponds seulement avec franchise aux quatre ou cinq questions que je vais te poser. Tu connais Mme de Jadelle comme toi-même, puisque tu l'habilles et que tu la déshabilles tous les jours. Eh bien, voyons, dis-moi cela. Est-elle aussi grasse qu'elle en a l'air ? »

La petite bonne ne répondit pas.

Je repris :

« Voyons, mon enfant, tu n'ignores pas qu'il y a des femmes qui se mettent du coton, tu sais, du coton là où, là où... enfin du coton là où on nourrit les petits enfants, et aussi là où on s'assoit. Dis-moi, met-elle du coton ? »

Césarine avait baissé les yeux. Elle prononça timidement :

« Demandez toujours, monsieur, je répondrai tout à la fois.

— Eh bien, ma fille, il y a aussi des femmes qui ont les genoux rentrés, si bien qu'ils s'entre-frottent à chaque pas qu'elles font. Il y en a d'autres qui les ont écartés, ce qui leur fait des jambes pareilles aux arches d'un pont. On voit le paysage au milieu. C'est très joli des deux façons. Dis-moi comment sont les jambes de ta maîtresse ? »

La petite bonne ne répondit pas.

Je continuai :

« Il y en a qui ont la poitrine si belle qu'elle forme un gros pli dessous. Il y en a qui ont des gros bras avec une taille mince. Il y en a qui sont très fortes par-devant et pas du tout par-derrière ; d'autres qui sont très fortes par-derrière et pas du tout par-devant. Tout cela est très joli, très joli ; mais je voudrais bien savoir comment est faite ta maîtresse. Dis-le-moi franchement et je te donnerai encore beaucoup d'argent... »

Césarine me regarda au fond des yeux et répondit en riant de tout son cœur :

« Monsieur, à part qu'elle est noire, madame est faite tout comme moi. » Puis elle s'enfuit.

J'étais joué.

Cette fois je me trouvai ridicule et je résolus de me venger au moins de cette bonne impertinente.

Une heure plus tard, j'entrai avec précaution dans la petite chambre, d'où elle m'écoutait dormir, et je dévissai les verrous.

Elle arriva vers minuit à son poste d'observation. Je la suivis aussitôt. En m'apercevant, elle voulut crier ; mais je lui fermai la bouche avec ma main et je me convainquis, sans trop d'efforts, que, si elle n'avait pas menti, Mme de Jadelle devait être très bien faite.

Je pris même grand goût à cette constatation, qui, d'ailleurs, poussée un peu loin, ne semblait plus déplaire à Césarine.

C'était, ma foi, un ravissant échantillon de la race *bas-normande*, forte et fine en même temps. Il lui manquait peut-être certaines délicatesses de soins qu'aurait méprisées Henri IV. Je les lui révélai bien vite, et comme j'adore les parfums, je lui fis cadeau, le soir même, d'un flacon de lavande ambrée.

Nous fûmes bientôt plus liés même que je n'aurais cru, presque amis. Elle devint une maîtresse exquise, naturellement spirituelle, et rouée à plaisir. C'eût été, à Paris, une courtisane de grand mérite.

Les douceurs qu'elle me procura me permirent d'attendre sans impatience la fin de l'épreuve de Mme de Jadelle. Je devins d'un caractère incomparable, souple, docile, complaisant.

Quant à ma fiancée, elle me trouvait sans doute délicieux, et je compris, à certains signes, que j'allais bientôt être agréé. J'étais certes le plus heureux des hommes du monde, attendant tranquillement le baiser légal d'une femme que j'aimais dans les bras d'une jeune et belle fille pour qui j'avais de la tendresse.

C'est ici, madame, qu'il faut vous tourner un peu ; j'arrive à l'endroit délicat.

Mme de Jadelle, un soir, comme nous revenions de notre promenade à cheval, se plaignit vivement que ses palefreniers n'eussent point pour la bête qu'elle montait certaines précautions exigées par elle. Elle répéta même plusieurs fois : « Qu'ils prennent garde, qu'ils prennent garde, j'ai un moyen de les surprendre. »

Je passai une nuit calme, dans mon lit. Je m'éveillai tôt, plein d'ardeur et d'entrain. Et je m'habillai.

J'avais l'habitude d'aller chaque matin fumer une cigarette sur une tourelle du château où montait un escalier en limaçon, éclairé par une grande fenêtre à la hauteur du premier étage.

Je m'avançais sans bruit, les pieds en mes pantoufles de maroquin aux semelles ouatées, pour gravir les premières marches, quand j'aperçus Césarine, penchée à la fenêtre, regardant au-dehors.

Je n'aperçus pas Césarine tout entière, mais seulement une moitié de Césarine, la seconde moitié d'elle ; j'aimais autant cette moitié-là. De Mme de Jadelle j'eusse préféré peut-être la première. Elle était charmante ainsi, si ronde, vêtue à peine d'un petit jupon blanc, cette moitié qui s'offrait à moi.

Je m'approchai si doucement que la jeune fille n'entendit rien. Je me mis à genoux ; je pris avec mille précautions les deux bords du fin jupon, et, brusquement, je relevai. Je la reconnus aussitôt, pleine, fraîche, grasse et douce, la face secrète de ma maîtresse, et j'y jetai, pardon, madame, j'y jetai un tendre baiser, un baiser d'amant qui peut tout oser.

Je fus surpris. Cela sentait la verveine ! Mais je n'eus pas le temps d'y réfléchir. Je reçus un grand coup ou plutôt une poussée dans la figure qui faillit me briser le nez. J'entendis un cri qui me fit dresser les cheveux. La personne s'était retournée — c'était Mme de Jadelle.

Elle battit l'air de ses mains comme une femme qui perd connaissance ; elle haleta quelques secondes, fit le geste de me cravacher, puis s'enfuit.

Dix minutes plus tard, Césarine, stupéfaite, m'apportait une lettre ; je lus : « Mme de Jadelle espère que M. de Brives la débarrassera immédiatement de sa présence. »

Je partis.

Eh bien, je ne suis point encore consolé. J'ai tenté de tous les moyens et de toutes les explications pour me faire pardonner cette méprise. Toutes mes démarches ont échoué.

Depuis ce moment, voyez-vous, j'ai dans... dans le cœur un goût de verveine qui me donne un désir immodéré de sentir encore ce bouquet-là.

(1883)

LE MOYEN DE ROGER

Je me promenais sur le boulevard avec Roger quand un vendeur quelconque cria contre nous :

— Demandez le moyen de se débarrasser de sa belle-mère ! Demandez !

Je m'arrêtai net et je dis à mon camarade :

— Voici un cri qui me rappelle une question que je veux te poser depuis longtemps. Qu'est-ce donc que ce « moyen de Roger » dont ta femme parle toujours ? Elle plaisante là-dessus d'une façon si drôle et si entendue, qu'il s'agit, pour moi, d'une potion aux cantharides [1] dont tu aurais le secret. Chaque fois qu'on cite devant elle un jeune homme fatigué, épuisé, essoufflé, elle se tourne vers toi et dit, en riant :

— Il faudrait lui indiquer le moyen de Roger. Et ce qu'il y a de plus drôle dans cette affaire, c'est que tu rougis toutes les fois.

Roger répondit :

— Il y a de quoi, et si ma femme se doutait en vérité de ce dont elle parle, elle se tairait, je te l'assure bien. Je vais te confier cette histoire, à toi. Tu sais que j'ai épousé une veuve dont j'étais fort amoureux. Ma femme a toujours eu la parole libre et avant d'en faire ma compagne légitime nous avions souvent de ces conversations un peu pimentées, permises d'ailleurs avec les veuves, qui ont gardé le goût du piment dans la bouche. Elle aimait beaucoup les histoires gaies, les anecdotes grivoises, en tout bien tout honneur. Les péchés de

---

1. La poudre, ou potion, obtenue à partir de cet insecte coléoptère était considérée comme un aphrodisiaque.

langue ne sont pas graves, en certains cas ; elle est hardie, moi je suis un peu timide, et elle s'amusait souvent, avant notre mariage, à m'embarrasser par des
questions ou des plaisanteries auxquelles il ne m'était
pas facile de répondre. Du reste, c'est peut-être cette
hardiesse qui m'a rendu amoureux d'elle. Quant à être
amoureux, je l'étais des pieds à la tête, corps et âme,
et elle le savait, la gredine.

Il fut décidé que nous ne ferions aucune cérémonie,
aucun voyage. Après la bénédiction à l'église nous offri-
rions une collation à nos témoins, puis nous ferions une
promenade en tête à tête, dans un coupé, et nous revien-
drions dîner chez moi, rue du Helder.

Donc, nos témoins partis, nous voilà montant en voiture et je dis au cocher de nous conduire au bois de
Boulogne. C'était à la fin de juin ; il faisait un temps
merveilleux.

Dès que nous fûmes seuls, elle se mit à rire.

— Mon cher Roger, dit-elle, c'est le moment d'être
galant. Voyons comment vous allez vous y prendre.

Interpellé de la sorte, je me trouvai immédiatement
paralysé. Je lui baisais la main, je lui répétais : Je vous
aime. Je m'enhardis deux fois à lui baiser la nuque,
mais les passants me gênaient. Elle répétait toujours
d'un petit air provocant et drôle : Et après... et après...
Cet « et après » m'énervait et me désolait. Ce n'était
pas dans un coupé, au bois de Boulogne, en plein jour,
qu'on pouvait... Tu comprends.

Elle voyait bien ma gêne et s'en amusait. De temps
en temps elle répétait :

— Je crains bien d'être mal tombée. Vous m'inspi-
rez beaucoup d'inquiétudes.

Et moi aussi, je commençais à en avoir des inquiétudes sur moi-même. Quand on m'intimide, je ne suis
plus capable de rien.

Au dîner elle fut charmante. Et, pour m'enhardir, je
renvoyai mon domestique qui me gênait. Oh ! nous de-
meurions convenables, mais, tu sais comme les amoureux sont bêtes, nous buvions dans le même verre, nous

mangions dans la même assiette, avec la même four-
chette. Nous nous amusions à croquer des gaufrettes
par les deux bouts, afin que nos lèvres se rencontras-
sent au milieu.

Elle me dit :

— Je voudrais un peu de champagne.

J'avais oublié cette bouteille sur le dressoir. Je la pris,
j'arrachai les cordes et je pressai le bouchon pour le
faire partir. Il ne sauta pas. Gabrielle se mit à sourire
et murmura :

— Mauvais présage.

Je poussai avec mon pouce la tête enflée du liège,
je l'inclinais à droite, je m'inclinais à gauche, mais en
vain, et, tout à coup, je cassai le bouchon au ras du
verre.

Gabrielle soupira :

— Mon pauvre Roger.

Je pris un tire-bouchon que je vissai dans la partie
restée au fond du goulot. Il me fut impossible ensuite
de l'arracher ! Je dus rappeler Prosper, ma femme, à
présent, riait de tout son cœur et répétait :

— Ah bien... ah bien... je vois que je peux compter
sur vous.

Elle était à moitié grise.

Elle le fut aux trois quarts après le café.

La mise au lit d'une veuve n'exigeant pas toutes les
cérémonies maternelles nécessaires pour une jeune fille,
Gabrielle passa tranquillement dans sa chambre en me
disant :

— Fumez votre cigare pendant un quart d'heure.

Quand je la rejoignis, je manquais de confiance en
moi, je l'avoue. Je me sentais énervé, troublé, mal à
l'aise.

Je pris ma place d'époux. Elle ne disait rien. Elle me
regardait avec un sourire sur les lèvres, avec l'envie
visible de se moquer de moi. Cette ironie, dans un pareil
moment, acheva de me déconcerter et, je l'avoue, me
coupa — bras et jambes.

Quand Gabrielle s'aperçut de mon... embarras, elle

ne fit rien pour me rassurer, bien au contraire. Elle me demanda, d'un petit air indifférent :

— Avez-vous tous les jours autant d'esprit ?

Je ne pus m'empêcher de répondre :

— Écoutez, vous êtes insupportable.

Alors elle se remit à rire, mais à rire d'une façon immodérée, inconvenante, exaspérante.

Il est vrai que je faisais triste figure, et que je devais avoir l'air fort sot.

De temps en temps, entre deux crises folles de gaieté, elle prononçait, en étouffant :

— Allons — du courage — un peu d'énergie — mon — mon pauvre ami.

Puis elle se remettait à rire si éperdument qu'elle en poussait des cris.

À la fin je me sentis si énervé, si furieux contre moi et contre elle que je compris que j'allais la battre si je ne quittais point la place.

Je sautai du lit, je m'habillai brusquement avec rage, sans dire un mot.

Elle s'était soudain calmée et, comprenant que j'étais fâché, elle demanda :

— Qu'est-ce que vous faites ? Où allez-vous ?

Je ne répondis pas. Et je descendis dans la rue. J'avais envie de tuer quelqu'un, de me venger, de faire quelque folie. J'allai devant moi à grands pas, et brusquement la pensée d'entrer chez des filles me vint dans l'esprit.

Qui sait ? ce serait une épreuve, une expérience, peut-être un entraînement ? En tout cas ce serait une vengeance ! Et si jamais je devais être trompé par ma femme elle l'aurait toujours été d'abord par moi.

Je n'hésitai point. Je connaissais une hôtellerie d'amour non loin de ma demeure, et j'y courus, j'y entrai comme font ces gens qui se jettent à l'eau pour voir s'ils savent encore nager.

Je nageais, et fort bien. Et je demeurai là longtemps, savourant cette vengeance secrète et raffinée. Puis je me retrouvai dans la rue à cette heure fraîche où la nuit va finir. Je me sentais maintenant calme et sûr de moi, content, tranquille, et prêt encore, me semblait-il, pour des prouesses.

Alors, je rentrai chez moi avec lenteur ; et j'ouvris doucement la porte de ma chambre.

Gabrielle lisait, accoudée sur son oreiller. Elle leva la tête et demanda d'un ton craintif :

— Vous voilà ? Qu'est-ce que vous avez eu ?

Je ne répondis pas. Je me déshabillai avec assurance. Et je repris, en maître triomphant, la place que j'avais quittée en fuyard.

Elle fut stupéfaite et convaincue que j'avais employé quelque secret mystérieux.

Et maintenant, à tout propos, elle parle du moyen de Roger comme elle parlerait d'un procédé scientifique infaillible.

Mais hélas ! voici dix ans de cela, et aujourd'hui la même épreuve n'aurait plus beaucoup de chances de succès, pour moi du moins.

Mais si tu as quelque ami qui redoute les émotions d'une nuit de noces, indique-lui mon stratagème et affirme-lui que, de vingt à trente-cinq ans, il n'est point de meilleure manière pour dénouer des aiguillettes [1], comme aurait dit le sire de Brantôme [2].

(1885)

---

1. Cordon ou ruban qui attachait les chausses (culottes) au pourpoint (veste). Nouer les aiguillettes : rendre impuissant.
2. Écrivain français (1538-1614), auteur de recueils d'anecdotes souvent licencieuses *(Vies des Dames galantes).*

UNE SOIRÉE

Le maréchal des logis Varajou avait obtenu huit jours de permission pour les passer chez sa sœur, Mme Padoie. Varajou, qui tenait garnison à Rennes et y menait joyeuse vie, se trouvant à sec et mal avec sa famille, avait écrit à sa sœur qu'il pourrait lui consacrer une semaine de liberté. Ce n'est point qu'il aimât beaucoup Mme Padoie, une petite femme moralisante, dévote, et toujours irritée ; mais il avait besoin d'argent, grand besoin, et il se rappelait que, de tous ses parents, les Padoie étaient les seuls qu'il n'eût jamais rançonnés.

Le père Varajou, ancien horticulteur à Angers, retiré maintenant des affaires, avait fermé sa bourse à son garnement de fils et ne le voyait guère depuis deux ans. Sa fille avait épousé Padoie, ancien employé des finances, qui venait d'être nommé receveur des contributions à Vannes.

Donc Varajou, en descendant du chemin de fer, se fit conduire à la maison de son beau-frère. Il le trouva dans son bureau, en train de discuter avec des paysans bretons des environs. Padoie se souleva sur sa chaise, tendit la main par-dessus sa table chargée de papiers, murmura : « Prenez un siège, je suis à vous dans un instant », se rassit et recommença sa discussion.

Les paysans ne comprenaient point ses explications, le receveur ne comprenait pas leurs raisonnements ; il parlait français, les autres parlaient breton, et le commis qui servait d'interprète ne semblait comprendre personne.

Ce fut long, très long, Varajou considérait son beau-frère en songeant : « Quel crétin ! » Padoie devait avoir près de cinquante ans ; il était grand, maigre, osseux, lent, velu, avec des sourcils en arcade qui faisaient sur ses yeux deux voûtes de poils. Coiffé d'un bonnet de velours orné d'un feston d'or, il regardait avec mollesse, comme il faisait tout. Sa parole, son geste, sa pensée, tout était mou. Varajou se répétait : « Quel crétin ! »

Il était, lui, un de ces braillards tapageurs pour qui la vie n'a pas de plus grands plaisirs que le café et la fille publique. En dehors de ces deux pôles de l'existence, il ne comprenait rien. Hâbleur, bruyant, plein de dédain pour tout le monde, il méprisait l'univers entier du haut de son ignorance. Quand il avait dit : « Nom d'un chien, quelle fête ! » il avait certes exprimé le plus haut degré d'admiration dont fût capable son esprit.

Padoie, ayant enfin éloigné ses paysans, demanda :

— Vous allez bien ?

— Pas mal, comme vous voyez. Et vous ?

— Assez bien, merci. C'est très aimable d'avoir pensé à nous venir voir.

— Oh ! j'y songeais depuis longtemps ; mais vous savez, dans le métier militaire, on n'a pas grande liberté.

— Oh ! je sais, je sais ; n'importe, c'est très aimable.

— Et Joséphine va bien ?

— Oui, oui, merci, vous la verrez tout à l'heure.

— Où est-elle donc ?

— Elle fait quelques visites ; nous avons beaucoup de relations ici ; c'est une ville très comme il faut.

— Je m'en doute.

Mais la porte s'ouvrit. Mme Padoie apparut. Elle alla vers son frère sans empressement, lui tendit la joue et demanda :

— Il y a longtemps que tu es ici ?

— Non, à peine une demi-heure.

— Ah ! je croyais que le train aurait du retard. Si tu veux venir dans le salon.

Ils passèrent dans la pièce voisine, laissant Padoie à ses chiffres et à ses contribuables.

Dès qu'ils furent seuls :

— J'en ai appris de belles sur ton compte, dit-elle.

— Quoi donc ?

— Il paraît que tu te conduis comme un polisson, que tu te grises, que tu fais des dettes.

Il eut l'air très étonné.

— Moi ! Jamais de la vie.

— Oh ! ne nie pas, je le sais.

Il essaya encore de se défendre, mais elle lui ferma la bouche par une semonce si violente qu'il dut se taire.

Puis elle reprit :

— Nous dînons à six heures, tu es libre jusqu'au dîner. Je ne puis te tenir compagnie parce que j'ai pas mal de choses à faire.

Resté seul, il hésita entre dormir ou se promener. Il regardait tour à tour la porte conduisant à sa chambre et celle conduisant à la rue. Il se décida pour la rue.

Donc il sortit et se mit à rôder, d'un pas lent, le sabre sur les mollets, par la triste ville bretonne, si endormie, si calme, si morte au bord de sa mer intérieure, qu'on appelle « le Morbihan ». Il regardait les petites maisons grises, les rares passants, les boutiques vides, et il murmurait : « Pas gai, pas folichon, Vannes. Triste idée de venir ici ! »

Il gagna le port, si morne, revint par un boulevard solitaire et désolé, et rentra avant cinq heures. Alors il se jeta sur son lit pour sommeiller jusqu'au dîner.

La bonne le réveilla en frappant à sa porte.

— C'est servi, monsieur.

Il descendit.

Dans la salle humide, dont le papier se décollait près du sol, une soupière attendait sur une table ronde sans nappe, qui portait aussi trois assiettes mélancoliques.

M. et Mme Padoie entrèrent en même temps que Varajou.

On s'assit, puis la femme et le mari dessinèrent un petit signe de croix sur le creux de leur estomac, après quoi Padoie servit la soupe, de la soupe grasse. C'était jour de pot-au-feu.

Après la soupe vint le bœuf, du bœuf trop cuit, fondu,

graisseux, qui tombait en bouillie. Le sous-officier le mâchait avec lenteur, avec dégoût, avec fatigue, avec rage.

Mme Padoie disait à son mari :

— Tu vas ce soir chez M. le premier président ?

— Oui, ma chère.

— Ne reste pas tard. Tu te fatigues toutes les fois que tu sors. Tu n'es pas fait pour le monde avec ta mauvaise santé.

Alors elle parla de la société de Vannes, de l'excellente société où les Padoie étaient reçus avec considération, grâce à leurs sentiments religieux.

Puis on servit des pommes de terre en purée, avec un plat de charcuterie, en l'honneur du nouveau venu.

Puis du fromage. C'était fini. Pas de café.

Quand Varajou comprit qu'il devrait passer la soirée en tête à tête avec sa sœur, subir ses reproches, écouter ses sermons, sans avoir même un petit verre à laisser couler dans sa gorge pour faire glisser les remontrances, il sentit bien qu'il ne pourrait pas supporter ce supplice, et il déclara qu'il devait aller à la gendarmerie pour faire régulariser quelque chose sur sa permission.

Et il se sauva, dès sept heures.

À peine dans la rue, il commença par se secouer comme un chien qui sort de l'eau. Il murmurait : « Nom d'un nom, d'un nom, d'un nom, quelle corvée ! »

Et il se mit à la recherche d'un café, du meilleur café de la ville. Il le trouva sur une place, derrière deux becs de gaz. Dans l'intérieur, cinq ou six hommes, des demi-messieurs peu bruyants, buvaient et causaient doucement, accoudés sur de petites tables, tandis que deux joueurs de billard marchaient autour du tapis vert où roulaient les billes en se heurtant.

On entendait leur voix compter : « Dix-huit, — dix-neuf. — Pas de chance. — Oh ! joli coup ! bien joué ! — Onze. — Il fallait prendre par la rouge. — Vingt. — Bille en tête, bille en tête. — Douze. Hein ! j'avais raison ? »

Varajou commanda : « Une demi-tasse et un carafon de fine, de la meilleure. »

Puis il s'assit, attendant sa consommation.

Il était accoutumé à passer ses soirs de liberté avec
ses camarades, dans le tapage et la fumée des pipes.
Ce silence, ce calme l'exaspéraient. Il se mit à boire,
du café d'abord, puis son carafon d'eau-de-vie, puis
un second, qu'il demanda. Il avait envie de rire maintenant, de crier, de chanter, de battre quelqu'un.

Il se dit : « Cristi, me voilà remonté. Il faut que je
fasse la fête. » Et l'idée lui vint aussitôt de trouver des
filles pour s'amuser.

Il appela le garçon.

— Hé, l'employé !

— Voilà, m'sieu.

— Dites, l'employé, ousqu'on rigole ici ?

L'homme resta stupide à cette question.

— Je n'sais pas, m'sieu. Mais ici !

— Comment ici ? Qu'est-ce que tu appelles rigoler,
alors, toi ?

— Mais je n'sais pas, m'sieu, boire de la bonne bière
ou du bon vin.

— Va donc, moule, et les demoiselles, qu'est-ce que
t'en fais ?

— Les demoiselles ! ah ! ah !

— Oui, les demoiselles, ousqu'on en trouve ici ?

— Des demoiselles ?

— Mais oui, des demoiselles !

Le garçon se rapprocha, baissa la voix :

— Vous demandez ousqu'est la maison ?

— Mais oui, parbleu !

— Vous prenez la deuxième rue à gauche et puis la
première à droite. C'est au 15.

— Merci, ma vieille. V'là pour toi.

— Merci, m'sieu.

Et Varajou sortit en répétant : « Deuxième à gauche, première à droite, 15. » Mais au bout de quelques
secondes, il pensa : « Deuxième à gauche, — oui. —

Mais en sortant du café, fallait-il prendre à droite ou à gauche ? Bah ! tant pis, nous verrons bien. »

Et il marcha, tourna dans la seconde rue à gauche, puis dans la première à droite, et chercha le numéro 15. C'était une maison d'assez belle apparence, dont on voyait, derrière les volets clos, les fenêtres éclairées au premier étage. La porte d'entrée demeurait entrouverte, et une lampe brûlait dans le vestibule. Le sous-officier pensa :

— C'est bien ici.

Il entra donc et, comme personne ne venait, il appela :

— Ohé ! ohé !

Une petite bonne apparut et demeura stupéfaite en apercevant un soldat. Il lui dit : « Bonjour, mon enfant. Ces dames sont en haut ?

— Oui, monsieur.

— Au salon ?

— Oui, monsieur.

— Je n'ai qu'à monter ?

— Oui, monsieur.

— La porte en face ?

— Oui, monsieur.

Il monta, ouvrit une porte et aperçut, dans une pièce bien éclairée par deux lampes, un lustre et deux candélabres à bougies, quatre dames décolletées qui semblaient attendre quelqu'un.

Trois d'entre elles, les plus jeunes, demeuraient assises d'un air un peu guindé, sur des sièges de velours grenat, tandis que la quatrième, âgée de quarante-cinq ans environ, arrangeait des fleurs dans un vase ; elle était très grosse, vêtue d'une robe de soie verte qui laissait passer, pareille à l'enveloppe d'une fleur monstrueuse, ses bras énormes et son énorme gorge, d'un rose rouge poudrederizé.

Le sous-officier salua :

— Bonjour, mesdames.

La vieille se retourna, parut surprise, mais s'inclina.

— Bonjour, monsieur.

Il s'assit.

Mais, voyant qu'on ne semblait pas l'accueillir avec empressement, il songea que les officiers seuls étaient sans doute admis dans ce lieu ; et cette pensée le troubla. Puis il se dit : « Bah ! s'il en vient un, nous verrons bien. » Et il demanda :

— Alors, ça va bien ?

La dame, la grosse, la maîtresse du logis sans doute, répondit :

— Très bien ! merci.

Puis il ne trouva plus rien, et tout le monde se tut.

Cependant il eut honte, à la fin, de sa timidité, et riant d'un rire gêné :

— Eh bien, on ne rigole donc pas. Je paye une bouteille de vin...

Il n'avait point fini sa phrase que la porte s'ouvrit de nouveau, et Padoie, en habit noir, apparut.

Alors Varajou poussa un hurlement d'allégresse, et, se dressant, il sauta sur son beau-frère, le saisit dans ses bras et le fit danser tout autour du salon en hurlant : « V'là Padoie... V'là Padoie... V'là Padoie... »

Puis, lâchant le percepteur éperdu de surprise, il lui cria dans la figure :

— Ah ! ah ! ah ! farceur ! farceur !... Tu fais donc la fête, toi... Ah ! farceur... Et ma sœur !... Tu la lâches, dis !...

Et songeant à tous les bénéfices de cette situation inespérée, à l'emprunt forcé, au chantage inévitable, il se jeta tout au long sur le canapé et se mit à rire si fort que tout le meuble en craquait.

Les trois jeunes dames, se levant d'un seul mouvement, se sauvèrent, tandis que la vieille reculait vers la porte, paraissait prête à défaillir.

Et deux messieurs apparurent, décorés, tous deux en habit. Padoie se précipita vers eux :

— Oh ! monsieur le président... il est fou... il est fou... On nous l'avait envoyé en convalescence... vous voyez bien qu'il est fou...

Varajou s'était assis, ne comprenant plus, devinant

tout à coup qu'il avait fait quelque monstrueuse sottise. Puis il se leva, et se tournant vers son beau-frère :

— Où donc sommes-nous ici ? demanda-t-il.

Mais Padoie, saisi soudain d'une colère folle, balbutia :

— Où... où... où nous sommes... Malheureux...
misérable... infâme... Où nous sommes... Chez monsieur le premier président !... chez monsieur le premier
président de Mortemain... de Mortemain... de... de...
de... de Mortemain... Ah !... ah !... canaille !...
canaille !... canaille !... canaille !...

(1887)

[ADULTÈRES MONDAINS ET BOURGEOIS] [1]

1. Les crochets signalent que le titre n'est pas de Maupassant.

LA CONFESSION

Quand le capitaine Hector-Marie de Fontenne épousa Mlle Laurine d'Estelle, les parents et amis jugèrent que cela ferait un mauvais ménage.

Mlle Laurine, jolie, mince, frêle, blonde et hardie, avait, à douze ans, l'assurance d'une femme de trente. C'était une de ces petites Parisiennes précoces qui semblent nées avec toute la science de la vie, avec toutes les ruses de la femme, avec toutes les audaces de pensée, avec cette profonde astuce et cette souplesse d'esprit qui font que certains êtres paraissent fatalement destinés, quoi qu'ils fassent, à jouer et à tromper les autres. Toutes leurs actions semblent préméditées, toutes leurs démarches calculées, toutes leurs paroles soigneusement pesées, leur existence n'est qu'un rôle qu'ils jouent vis-à-vis de leurs semblables.

Elle était charmante aussi ; très rieuse, rieuse à ne savoir se retenir ni se calmer quand une chose lui semblait amusante et drôle. Elle riait au nez des gens de la façon la plus impudente, mais avec tant de grâce qu'on ne se fâchait jamais.

Elle était riche, fort riche. Un prêtre servit d'intermédiaire pour lui faire épouser le capitaine de Fontenne. Élevé dans une maison religieuse, de la façon la plus austère, cet officier avait apporté au régiment des mœurs de cloître, des principes très raides et une intolérance complète. C'était un de ces hommes qui deviennent infailliblement des saints ou des nihilistes, chez qui les idées s'installent en maîtresses absolues, dont les croyances sont inflexibles et les résolutions inébranlables.

C'était un grand garçon brun, sérieux, sévère, naïf,

d'esprit simple, court et obstiné, un de ces hommes qui passent dans la vie sans jamais en comprendre les dessous, les nuances et les subtilités, qui ne devinent rien, ne soupçonnent rien, et n'admettent pas qu'on pense, qu'on juge, qu'on croie et qu'on agisse autrement qu'eux.

Mlle Laurine le vit, le pénétra tout de suite et l'accepta pour mari.

Ils firent un excellent ménage. Elle fut souple, adroite et sage, sachant se montrer telle qu'elle devait être, toujours prête aux bonnes œuvres et aux fêtes, assidue à l'église et au théâtre, mondaine et rigide, avec un petit air d'ironie, avec une lueur dans l'œil en causant gravement avec son grave époux. Elle lui racontait ses entreprises charitables avec tous les abbés de la paroisse et des environs, et elle profitait de ces pieuses occupations pour demeurer dehors du matin au soir.

Mais quelquefois, au milieu du récit de quelque acte de bienfaisance, un fou rire la saisissait tout d'un coup, un rire nerveux impossible à contenir. Le capitaine demeurait surpris, inquiet, un peu choqué en face de sa femme qui suffoquait. Quand elle s'était un peu calmée, il demandait : « Qu'est-ce que vous avez donc, Laurine ? » Elle répondait : « Ce n'est rien ! Le souvenir d'une drôle de chose qui m'est arrivée. » Et elle racontait une histoire quelconque.

Or, pendant l'été de 1883, le capitaine Hector de Fontenne prit part aux grandes manœuvres du 32e corps d'armée.

Un soir, comme on campait aux abords d'une ville, après dix jours de tente et de rase campagne, dix jours de fatigues et de privations, les camarades du capitaine résolurent de faire un bon dîner.

M. de Fontenne refusa d'abord de les accompagner ; puis, comme son refus les surprenait, il consentit.

Son voisin de table, le commandant de Favré, tout en causant des opérations militaires, seule chose qui passionnât le capitaine, lui versait à boire coup sur coup. Il avait fait très chaud dans le jour, une chaleur lourde, desséchante, altérante ; et le capitaine buvait sans y songer, sans s'apercevoir que, peu à peu, une gaieté nouvelle entrait en lui, une certaine joie vive, brûlante, un bonheur d'être, plein de désirs éveillés, d'appétits inconnus, d'attentes indécises.

Au dessert il était gris. Il parlait, riait, s'agitait, saisi par une ivresse bruyante, une ivresse folle d'homme ordinairement sage et tranquille.

On proposa d'aller finir la soirée au théâtre ; il accompagna ses camarades. Un d'eux reconnut une actrice qu'il avait aimée ; et un souper fut organisé où assista une partie du personnel féminin de la troupe.

Le capitaine se réveilla le lendemain dans une chambre inconnue et dans les bras d'une petite femme blonde qui lui dit, en le voyant ouvrir les yeux : « Bonjour, mon gros chat ! »

Il ne comprit pas d'abord ; puis, peu à peu, ses souvenirs lui revinrent, un peu troublés cependant.

Alors il se leva sans dire un mot, s'habilla et vida sa bourse sur la cheminée.

Une honte le saisit quand il se vit debout, en tenue, sabre au côté, dans ce logis meublé, aux rideaux fripés, dont le canapé, marbré de taches, avait une allure suspecte, et il n'osait pas s'en aller, descendre l'escalier où il rencontrerait des gens, passer devant le concierge, et, surtout sortir dans la rue sous les yeux des passants et des voisins.

La femme répétait sans cesse : « Qu'est-ce qui te prend ? As-tu perdu ta langue ? Tu l'avais pourtant bien pendue hier soir ! En voilà un mufle ! »

Il la salua avec cérémonie, et, se décidant à la fuite, regagna son domicile à grands pas, persuadé qu'on devinait à ses manières, à sa tenue, à son visage, qu'il sortait de chez une fille.

Et le remords le tenailla, un remords harassant d'homme rigide et scrupuleux.

Il se confessa, communia ; mais il demeurait mal à l'aise, poursuivi par le souvenir de sa chute et par le

sentiment d'une dette, d'une dette sacrée contractée
envers sa femme.

Il ne la revit qu'au bout d'un mois, car elle avait été
passer chez ses parents le temps des grandes manœuvres.

Elle vint à lui les bras ouverts, le sourire aux lèvres.
Il la reçut avec une attitude embarrassée de coupable ;
et jusqu'au soir, il s'abstint presque de lui parler.

Dès qu'ils se trouvèrent seuls, elle lui demanda :

— Qu'est-ce que vous avez donc, mon ami, je vous
trouve très changé.

Il répondit d'un ton gêné :

— Mais je n'ai rien, ma chère, absolument rien.

— Pardon, je vous connais bien, et je suis sûre que
vous avez quelque chose, un souci, un chagrin, un
ennui, que sais-je ?

— Eh bien, oui, j'ai un souci.

— Ah ! Et lequel ?

— Il m'est impossible de vous le dire.

— À moi ? Pourquoi ça ? Vous m'inquiétez.

— Je n'ai pas de raisons à vous donner. Il m'est
impossible de vous le dire.

Elle s'était assise sur une causeuse, et il marchait, lui,
de long en large, les mains derrière le dos, en évitant
le regard de sa femme. Elle reprit :

— Voyons, il faut alors que je vous confesse, c'est
mon devoir, et que j'exige de vous la vérité ; c'est mon
droit. Vous ne pouvez pas plus avoir de secret pour moi
que je ne puis en avoir pour vous.

Il prononça, tout en lui tournant le dos, encadré dans
la haute fenêtre :

— Ma chère, il est des choses qu'il vaut mieux ne
pas dire. Celle qui qui me tracasse est de ce nombre.

Elle se leva, traversa la chambre, le prit par le bras
et, l'ayant forcé à se retourner, lui posa les deux mains
sur les épaules, puis souriante, câline, les yeux levés :

— Voyons, Marie (elle l'appelait Marie aux heures
de tendresse), vous ne pouvez me rien cacher. Je croirais que vous avez fait quelque chose de mal.

Il murmura :

— J'ai fait quelque chose de très mal.

Elle dit avec gaieté :

— Oh ! si mal que cela ? Ça m'étonne beaucoup de vous !

Il répondit vivement :

— Je ne vous dirai rien de plus. C'est inutile d'insister.

Mais elle l'attira jusqu'au fauteuil, le força à s'asseoir dedans, s'assit elle-même sur sa jambe droite, et baisant d'un petit baiser léger, d'un baiser rapide, ailé, le bout frisé de sa moustache :

— Si vous ne me dites rien, nous serons fâchés pour toujours.

Il murmura, déchiré par le remords et torturé d'angoisse :

— Si je vous disais ce que j'ai fait, vous ne me le pardonneriez jamais.

— Au contraire, mon ami, je vous pardonnerai tout de suite.

— Non, c'est impossible.

— Je vous le promets.

— Je vous dis que c'est impossible.

— Je jure de vous pardonner.

— Non, ma chère Laurine, vous ne le pourriez pas.

— Que vous êtes naïf, mon ami, pour ne pas dire niais ! En refusant de me dire ce que vous avez fait, vous me laisserez croire des choses abominables ; et j'y penserai toujours, et je vous en voudrai autant de votre silence que de votre forfait inconnu. Tandis que si vous parlez bien franchement, j'aurai oublié dès demain.

— C'est que...

— Quoi ?

Il rougit jusqu'aux oreilles, et d'une voix sérieuse :

— Je me confesse à vous comme je me confesserais à un prêtre, Laurine.

Elle eut sur les lèvres ce rapide sourire qu'elle prenait parfois en l'écoutant, et d'un ton un peu moqueur :

— Je suis tout oreilles.

Il reprit :

— Vous savez, ma chère, comme je suis sobre. Je

ne bois que de l'eau rougie, et jamais de liqueurs, vous le savez.

— Oui, je le sais.

— Eh bien, figurez-vous que, vers la fin des grandes manœuvres, je me suis laissé aller à boire un peu, un soir, étant très altéré, très fatigué, très las, et...

— Vous vous êtes grisé ? Fi, que c'est laid !

— Oui, je me suis grisé.

Elle avait pris un air sévère :

— Mais là, tout à fait grisé, avouez-le, grisé à ne plus marcher, dites ?

— Oh ! non, pas tant que ça. J'avais perdu la raison, mais non l'équilibre. Je parlais, je riais, j'étais fou.

Comme il se taisait, elle demanda :

— C'est tout ?

— Non.

— Ah ! et... après ?

— Après... j'ai... j'ai commis une infamie.

Elle le regardait, inquiète, un peu troublée, émue aussi.

— Quoi donc, mon ami ?

— Nous avons soupé avec... avec des actrices... et je ne sais comment cela s'est fait, je vous ai trompée, Laurine !

Il avait prononcé cela d'un ton grave, solennel.

Elle eut une petite secousse, et son œil s'éclaira d'une gaieté brusque, d'une gaieté profonde, irrésistible.

Elle dit :

— Vous... vous... vous m'avez...

Et un petit rire sec, nerveux, cassé, lui glissa entre les dents par trois fois, qui lui coupait la parole.

Elle essayait de reprendre son sérieux ; mais chaque fois qu'elle allait prononcer un mot, le rire frémissait au fond de sa gorge, jaillissait, vite arrêté, repartant toujours, repartant comme le gaz d'une bouteille de champagne débouchée dont on ne peut retenir la mousse. Elle mettait la main sur ses lèvres pour se calmer, pour enfoncer dans sa bouche cette crise malheureuse de gaieté ; mais le rire lui coulait entre les doigts, lui secouait la poitrine, s'élançait malgré elle. Elle bégayait : « Vous... vous... m'avez trompée... — Ah !... ah ! ah ! ah !... ah ! ah ! ah ! »

Et elle le regardait d'un air singulier, si railleur, malgré elle, qu'il demeurait interdit, stupéfait.

Et tout d'un coup, n'y tenant plus, elle éclata... Alors elle se mit à rire, d'un rire qui ressemblait à une attaque de nerfs. De petits cris saccadés lui sortaient de la bouche, venus, semblait-il, du fond de la poitrine ; et, les deux mains appuyées sur le creux de son estomac, elle avait de longues quintes jusqu'à étouffer, comme les quintes de toux dans la coqueluche.

Et chaque effort qu'elle faisait pour se calmer amenait un nouvel accès, chaque parole qu'elle voulait dire la faisait se tordre plus fort.

« Mon... mon... mon... pauvre ami... ah ! ah ! ah !... ah ! ah ! ah ! »

Il se leva, la laissant seule sur le fauteuil, et devenant soudain très pâle, il dit :

— Laurine, vous êtes plus qu'inconvenante.

Elle balbutia, dans un délire de gaieté :

— Que... que voulez-vous... je... je... je ne peux pas... que... que vous êtes drôle... ah ! ah ! ah ! ah !

Il devenait livide et la regardait maintenant d'un œil fixe où une pensée étrange s'éveillait.

Tout d'un coup, il ouvrit la bouche comme pour crier quelque chose, mais ne dit rien, tourna sur ses talons, et sortit en tirant la porte.

Laurine, pliée en deux, épuisée, défaillante, riait encore d'un rire mourant, qui se ranimait par moments comme la flamme d'un incendie presque éteint.

(1884)

LA CONFIDENCE

La petite baronne de Grangerie sommeillait sur sa chaise longue, quand la petite marquise de Rennedou entra brusquement, d'un air agité, le corsage un peu fripé, le chapeau un peu tourné, et elle tomba sur une chaise, en disant :

— Ouf ! c'est fait !

Son amie, qui la savait calme et douce d'ordinaire, s'était redressée fort surprise. Elle demanda :

— Quoi ! Qu'est-ce que tu as fait ?

La marquise, qui semblait ne pouvoir tenir en place, se relevant, se mit à marcher par la chambre, puis elle se jeta sur les pieds de la chaise longue où reposait son amie, et, lui prenant les mains :

— Écoute, chérie, jure-moi de ne jamais répéter ce que je vais t'avouer !

— Je te le jure.

— Sur ton salut éternel ?

— Sur mon salut éternel.

— Eh bien ! je viens de me venger de Simon.

L'autre s'écria :

— Oh ! que tu as bien fait !

— N'est-ce pas ? Figure-toi que, depuis six mois, il était devenu plus insupportable encore qu'autrefois ; mais insupportable pour tout. Quand je l'ai épousé, je savais bien qu'il était laid, mais je le croyais bon. Comme je m'étais trompée ! Il avait pensé, sans doute, que je l'aimais pour lui-même, avec son gros ventre et son nez rouge, car il se mit à roucouler comme un tourtereau. Moi, tu comprends, ça me faisait rire, c'est de là que je l'ai appelé : Pigeon. Les hommes, vraiment, se font de drôles d'idées sur eux-mêmes. Quand il a compris que je n'avais pour lui que de l'amitié, il est devenu soupçonneux, il a commencé à me dire des choses aigres, à me traiter de coquette, de rouée, de je ne sais quoi. Et puis, c'est devenu plus grave à la suite de... de... c'est fort difficile à dire ça... Enfin, il était très amoureux de moi... très amoureux... et il me le prouvait souvent, trop souvent. Oh ! ma chère, en voilà un supplice que d'être... aimée par un homme grotesque... Non, vraiment, je ne pouvais plus... plus du tout... c'est comme si on vous arrachait une dent tous les soirs... bien pis que ça, bien pis ! Enfin figure-toi dans tes connaissances quelqu'un de très vilain, de très ridicule, de très répugnant, avec un gros ventre, — c'est ça qui est affreux, — et de gros mollets velus. Tu le vois, n'est-ce pas ? Eh bien figure-toi encore que ce quelqu'un-là est ton mari... et que... tous les soirs... tu comprends. Non, c'est odieux !... odieux !... Moi, ça me donnait des nausées, de vraies nausées... des nausées dans ma cuvette. Vrai, je ne pouvais plus. Il devrait y avoir une loi pour protéger les femmes dans ces cas-là. — Mais figure-toi ça, tous les soirs... Pouah ! que c'est sale !

Ce n'est pas que j'aie rêvé des amours poétiques, non jamais. On n'en trouve plus. Tous les hommes, dans notre monde, sont des palefreniers ou des banquiers ; ils n'aiment que les chevaux ou l'argent ; et s'ils aiment les femmes, c'est à la façon des chevaux, pour les montrer dans leur salon comme on montre au Bois une paire d'alezans. Rien de plus. La vie est telle aujourd'hui que le sentiment n'y peut avoir aucune part.

Vivons donc en femmes pratiques et indifférentes. Les relations même ne sont plus que des rencontres régulières, où on répète chaque fois les mêmes choses. Pour qui pourrait-on, d'ailleurs, avoir un peu d'affection ou de tendresse ? Les hommes, nos hommes, ne sont en général que des mannequins corrects à qui manquent toute intelligence et toute délicatesse. Si nous cherchons un peu d'esprit comme on cherche de l'eau dans le désert, nous appelons près de nous des artistes ; et nous voyons arriver des poseurs insupportables ou des bohèmes mal élevés. Moi je cherche un homme, comme Diogène[1], un seul homme dans toute la société parisienne ; mais je suis déjà bien certaine de ne pas le trouver et je ne tarderai pas à souffler ma lanterne. Pour en revenir à mon mari, comme ça me faisait une vraie révolution de le voir entrer chez moi en chemise et en caleçon, j'ai employé tous les moyens, tous, tu entends bien, pour l'éloigner et pour... le dégoûter de moi. Il a d'abord été furieux ; et puis il est devenu jaloux, il s'est imaginé que je le trompais. Dans les premiers temps, il se contentait de me surveiller. Il regardait avec des yeux de tigre tous les hommes qui venaient à la maison ; et puis la persécution a commencé. Il m'a suivie, partout. Il a employé des moyens abominables pour me surprendre. Puis il ne m'a plus laissée causer avec personne. Dans les bals, il restait planté derrière moi, allongeant sa grosse tête de chien courant aussitôt que je disais un mot. Il me poursuivait au buffet, me défendait de danser avec celui-ci ou avec celui-là, m'emmenait au milieu du cotillon, me rendait stupide et ridicule et me faisait passer pour je ne sais quoi. C'est alors que j'ai cessé d'aller dans le monde.

Dans l'intimité, c'est devenu pis encore. Figure-toi que ce misérable-là me traitait de... de... je n'oserai pas dire le mot... de catin !

Ma chère !... il me disait le soir : « Avec qui as-tu couché aujourd'hui ? » Moi, je pleurais et il était enchanté.

Et puis, c'est devenu pis encore. L'autre semaine, il m'emmena dîner aux Champs-Élysées. Le hasard voulut que Baubignac fût à la table voisine. Alors voilà Simon qui se met à m'écraser les pieds avec fureur et qui me grogne par-dessus le melon : « Tu lui as donné

---

1. Philosophe grec (413-327 av. J.-C.). Selon la tradition, il vivait dans un tonneau et se promenait en plein jour dans les rues d'Athènes avec une lanterne allumée, répondant à qui l'interrogeait : « Je cherche un homme. »

rendez-vous, sale bête ; attends un peu. » Alors, tu ne te figurerais jamais ce qu'il a fait, ma chère : il a ôté doucement l'épingle de mon chapeau et il me l'a enfoncée dans le bras. Moi j'ai poussé un grand cri. Tout le monde est accouru. Alors il a joué une affreuse comédie de chagrin. Tu comprends !

À ce moment-là, je me suis dit : Je me vengerai et sans tarder encore. Qu'est-ce que tu aurais fait, toi ?

— Oh ! je me serais vengée !...

— Eh bien ! ça y est.

— Comment ?

— Quoi ? tu ne comprends pas ?

— Mais, ma chère... cependant... Eh bien, oui...

— Oui, quoi ?... Voyons, pense à sa tête. Tu le vois bien, n'est-ce pas, avec sa grosse figure, son nez rouge et ses favoris qui tombent comme des oreilles de chien.

— Oui.

— Pense, avec ça, qu'il est plus jaloux qu'un tigre.

— Oui.

— Eh bien, je me suis dit : Je vais me venger pour moi toute seule et pour Marie, car je comptais bien te le dire, mais rien qu'à toi, par exemple. Pense à sa figure, et pense aussi qu'il... qu'il... qu'il est...

— Quoi... tu l'as...

— Oh ! ma chérie, surtout ne le dis à personne, jure-le-moi encore !... Mais pense comme c'est comique !... pense... Il me semble tout changé depuis ce moment-là !... et je ris toute seule... toute seule... Pense donc à sa tête... !!!

La baronne regardait son amie, et le rire fou qui lui montait à la gorge lui jaillit entre les dents ; elle se mit à rire, mais à rire comme si elle avait une attaque de nerfs ; et, les deux mains sur sa poitrine, la figure crispée, la respiration coupée, elle se penchait en avant comme pour tomber sur le nez.

Alors la petite marquise partit à son tour en suffoquant. Elle répétait, entre deux cascades de petits cris :

— Pense... pense... est-ce drôle ?... dis... pense à sa tête !... pense à ses favoris !... à son nez !... pense

donc... est-ce drôle ?... mais surtout... ne le dis pas...
ne... le... dis pas... jamais !...

Elles demeuraient presque suffoquées, incapables de
parler, pleurant de vraies larmes dans ce délire de
gaieté.

La baronne se calma la première ; et toute palpitante
encore :

— Oh !... raconte-moi comment tu as fait ça...
raconte-moi... c'est si drôle... si drôle !...

Mais l'autre ne pouvait point parler : elle balbutiait :

— Quand j'ai eu pris ma résolution... je me suis dit...
Allons... vite... il faut que ce soit tout de suite... Et
je l'ai... fait... aujourd'hui...

— Aujourd'hui !...

— Oui... tout à l'heure... et j'ai dit à Simon de venir
me chercher chez toi pour nous amuser... Il va venir...
tout à l'heure !... Il va venir !... Pense... pense... pense
à sa tête en le regardant...

La baronne, un peu apaisée, soufflait comme après
une course. Elle reprit :

— Oh ! dis-moi comment tu as fait... dis-moi !

— C'est bien simple... Je me suis dit : Il est jaloux
de Baubignac ; eh bien ! ce sera Baubignac. Il est bête
comme ses pieds, mais très honnête ; incapable de rien
dire. Alors j'ai été chez lui, après déjeuner.

— Tu as été chez lui ? Sous quel prétexte ?

— Une quête... pour les orphelins...

— Raconte... vite... raconte...

— Il a été si étonné en me voyant qu'il ne pouvait
plus parler. Et puis il m'a donné deux louis pour ma
quête ; et puis comme je me levais pour m'en aller, il
m'a demandé des nouvelles de mon mari ; alors j'ai fait
semblant de ne pouvoir plus me contenir et j'ai raconté
tout ce que j'avais sur le cœur. Je l'ai fait encore plus
noir qu'il n'est, va !... Alors Baubignac s'est ému, il
a cherché des moyens de me venir en aide... et moi j'ai
commencé à pleurer... mais comme on pleure... quand
on veut... Il m'a consolée... il m'a fait asseoir... et puis
comme je ne me calmais pas, il m'a embrassée... Moi,

je disais : « Oh ! mon pauvre ami... mon pauvre ami ! » Il répétait : « Ma pauvre amie... ma pauvre amie ! » — et il m'embrassait toujours... toujours... jusqu'au bout. Voilà.

Après ça, moi j'ai eu une grande crise de désespoir et de reproches — Oh ! je l'ai traité, traité comme le dernier des derniers... Mais j'avais une envie de rire folle. Je pensais à Simon, à sa tête, à ses favoris...! Songe...! songe donc !! Dans la rue, en venant chez toi, je ne pouvais plus me tenir. Mais songe !... Ça y est !... Quoi qu'il arrive maintenant, ça y est ! Et lui qui avait tant peur de ça ! Il peut y avoir des guerres, des tremblements de terre, des épidémies, nous pouvons tous mourir... ça y est !!! Rien ne peut plus empêcher ça !!! pense à sa tête... et dis-toi ça y est !!!!!

La baronne, qui s'étranglait, demanda :

— Reverras-tu Baubignac... ?

— Non. Jamais, par exemple... j'en ai assez... il ne vaudrait pas mieux que mon mari...

Et elles recommencèrent à rire toutes les deux avec tant de violence qu'elles avaient des secousses d'épileptiques.

Un coup de timbre arrêta leur gaieté.

La marquise murmura :

— C'est lui... regarde-le...

La porte s'ouvrit ; et un gros homme parut, un gros homme au teint rouge, à la lèvre épaisse, aux favoris tombants ; et il roulait des yeux irrités.

Les deux jeunes femmes le regardèrent une seconde, puis elles s'abattirent brusquement sur la chaise longue, dans un tel délire de rire qu'elles gémissaient comme on fait dans les affreuses souffrances.

Et lui, répétait d'une voix sourde :

— Eh bien, êtes-vous folles ?... êtes-vous folles ?... êtes-vous folles... ?

(1885)

JOSEPH

Elles étaient grises, tout à fait grises, la petite baronne Andrée de Fraisières et la petite comtesse Noëmi de Gardens.

Elles avaient dîné en tête à tête, dans le salon vitré qui regardait la mer. Par les fenêtres ouvertes, la brise molle d'un soir d'été entrait, tiède et fraîche en même temps, une brise savoureuse d'océan. Les deux jeunes femmes, étendues sur leurs chaises longues, buvaient maintenant de minute en minute une goutte de chartreuse en fumant des cigarettes, et elles se faisaient des confidences intimes, des confidences que seule cette jolie ivresse inattendue pouvait amener sur leurs lèvres.

Leurs maris étaient retournés à Paris dans l'après-midi, les laissant seules sur cette petite plage déserte qu'ils avaient choisie pour éviter les rôdeurs galants des stations à la mode. Absents cinq jours sur sept, ils redoutaient les parties de campagne, les déjeuners sur l'herbe, les leçons de natation et la rapide familiarité qui naît dans le désœuvrement des villes d'eaux. Dieppe, Étretat, Trouville leur paraissant donc à craindre, ils avaient loué une maison bâtie et abandonnée par un original dans le vallon de Roqueville, près de Fécamp, et ils avaient enterré là leurs femmes pour tout l'été.

Elles étaient grises. Ne sachant qu'inventer pour se distraire, la petite baronne avait proposé à la petite comtesse un dîner fin, au champagne. Elles s'étaient d'abord beaucoup amusées à cuisiner elles-mêmes ce dîner ; puis elles l'avaient mangé avec gaieté en buvant ferme pour calmer la soif qu'avait éveillée dans leur gorge la chaleur des fourneaux. Maintenant elles bavar-

daient et déraisonnaient à l'unisson en fumant des cigarettes et en se gargarisant doucement avec la chartreuse.
Vraiment, elles ne savaient plus du tout ce qu'elles
disaient.

La comtesse, les jambes en l'air sur le dossier d'une
chaise, était plus partie encore que son amie.

— Pour finir une soirée comme celle-là, disait-elle,
il nous faudrait des amoureux. Si j'avais prévu ça tantôt, j'en aurais fait venir deux de Paris et je t'en aurais
cédé un...

— Moi, reprit l'autre, j'en trouve toujours ; même
ce soir, si j'en voulais un, je l'aurais.

— Allons donc ! À Roqueville, ma chère ? un paysan, alors.

— Non, pas tout à fait.

— Alors, raconte-moi.

— Qu'est-ce que tu veux que je te raconte ?

— Ton amoureux ?

— Ma chère, moi je ne peux pas vivre sans être
aimée. Si je n'étais pas aimée, je me croirais morte.

— Moi aussi.

— N'est-ce pas ?

— Oui. Les hommes ne comprennent pas ça ! nos
maris surtout !

— Non, pas du tout. Comment veux-tu qu'il en soit
autrement ? L'amour qu'il nous faut est fait de gâte-
ries, de gentillesses, de galanteries. C'est la nourriture
de notre cœur, ça. C'est indispensable à notre vie, indispensable, indispensable...

— Indispensable.

— Il faut que je sente que quelqu'un pense à moi, toujours, partout. Quand je m'endors, quand je m'éveille,
il faut que je sache qu'on m'aime quelque part, qu'on
rêve de moi, qu'on me désire. Sans cela je serais malheureuse, malheureuse. Oh ! mais malheureuse à pleurer tout le temps.

— Moi aussi.

— Songe donc que c'est impossible autrement. Quand
un mari a été gentil pendant six mois, ou un an, ou

deux ans, il devient forcément une brute, oui, une vraie
brute... Il ne se gêne plus pour rien, il se montre tel
qu'il est, il fait des scènes pour les notes, pour toutes
les notes. On ne peut pas aimer quelqu'un avec qui on
vit toujours.

— Ça, c'est bien vrai...

— N'est-ce pas ?... Où donc en étais-je ? Je ne me
rappelle plus du tout.

— Tu disais que tous les maris sont des brutes !

— Oui, des brutes... tous.

— C'est vrai.

— Et après ?...

— Quoi, après ?

— Qu'est-ce que je disais après ?

— Je ne sais pas, moi, puisque tu ne l'as pas dit ?

— J'avais pourtant quelque chose à te raconter.

— Oui, c'est vrai, attends ?...

— Ah ! j'y suis...

— Je t'écoute.

— Je te disais donc que moi, je trouve partout des
amoureux.

— Comment fais-tu ?

— Voilà. Suis-moi bien. Quand j'arrive dans un pays
nouveau, je prends des notes et je fais mon choix.

— Tu fais ton choix ?

— Oui, parbleu. Je prends des notes d'abord. Je
m'informe. Il faut avant tout qu'un homme soit dis-
cret, riche et généreux, n'est-ce pas ?

— C'est vrai.

— Et puis, il faut qu'il me plaise comme homme.

— Nécessairement.

— Alors je l'amorce.

— Tu l'amorces ?

— Oui, comme on fait pour prendre du poisson. Tu
n'as jamais pêché à la ligne ?

— Non, jamais.

— Tu as eu tort. C'est très amusant. Et puis c'est
instructif. Donc, je l'amorce...

— Comment fais-tu ?

— Bête, va. Est-ce qu'on ne prend pas les hommes qu'on veut prendre, comme s'ils avaient le choix ! Et ils croient choisir encore... ces imbéciles... mais c'est nous qui choisissons... toujours... Songe donc, quand on n'est pas laide, et pas sotte, comme nous, tous les hommes sont des prétendants, tous sans exception. Nous, nous les passons en revue du matin au soir, et quand nous en avons visé un nous l'amorçons...

— Ça ne me dit pas comment tu fais ?

— Comment je fais ?... mais je ne fais rien. Je me laisse regarder, voilà tout.

— Tu te laisses regarder ?...

— Mais oui. Ça suffit. Quand on s'est laissé regarder plusieurs fois de suite, un homme vous trouve aussitôt la plus jolie et la plus séduisante de toutes les femmes. Alors il commence à vous faire la cour. Moi je lui laisse comprendre qu'il n'est pas mal, sans rien dire bien entendu ; et il tombe amoureux comme un bloc. Je le tiens. Et ça dure plus ou moins, selon ses qualités.

— Tu prends comme ça tous ceux que tu veux ?

— Presque tous.

— Alors, il y en a qui résistent ?

— Quelquefois.

— Pourquoi ?

— Oh ! pourquoi ? On est Joseph pour trois raisons. Parce qu'on est très amoureux d'une autre. Parce qu'on est d'une timidité excessive et parce qu'on est... comment dirai-je ?... incapable de mener jusqu'au bout la conquête d'une femme...

— Oh ! ma chère !... Tu crois ?...

— Oui... oui... J'en suis sûre..., il y en a beaucoup de cette dernière espèce, beaucoup, beaucoup... beaucoup plus qu'on ne croit. Oh ! ils ont l'air de tout le monde... ils sont habillés comme les autres... ils font les paons... Quand je dis les paons... je me trompe, ils ne pourraient pas se déployer.

— Oh ! ma chère...

— Quant aux timides, ils sont quelquefois d'une sottise imprenable. Ce sont des hommes qui ne doivent

pas savoir se déshabiller, même pour se coucher tout
seuls, quand ils ont une glace dans leur chambre. Avec
ceux-là, il faut être énergique, user du regard et de la
poignée de main. C'est même quelquefois inutile. Ils ne
savent jamais comment ni par où commencer. Quand
on perd connaissance devant eux, comme dernier
moyen... ils vous soignent... Et pour peu qu'on tarde
à reprendre ses sens... ils vont chercher du secours.

« Ceux que je préfère, moi, ce sont les amoureux des
autres. Ceux-là, je les enlève d'assaut, à... à... à... à
la baïonnette, ma chère !

— C'est bon, tout ça, mais quand il n'y a pas d'hommes, comme ici, par exemple.

— J'en trouve.

— Tu en trouves. Où ça ?

— Partout. Tiens, ça me rappelle mon histoire.

« Voilà deux ans, cette année, que mon mari m'a fait
passer l'été dans sa terre de Bougrolles. Là, rien... mais
tu entends, rien de rien, de rien, de rien ! Dans les
manoirs des environs, quelques lourdauds dégoûtants,
des chasseurs de poil et de plume vivant dans des châ-
teaux sans baignoires, de ces hommes qui transpirent
et se couchent par là-dessus, et qu'il serait impossible
de corriger, parce qu'ils ont des principes d'existence
malpropres.

« Devine ce que j'ai fait ?

— Je ne devine pas !

— Ah ! ah ! ah ! Je venais de lire un tas de romans
de George Sand [1] pour l'exaltation de l'homme du
peuple, des romans où les ouvriers sont sublimes et tous

---

1. Romancière (1804-1876) connue surtout pour ses romans cham-
pêtres (*La Mare au diable*, 1846 ; *François le Champi*, 1847-1848 ;
La Petite Fadette, 1849). Maupassant ne l'appréciait guère comme
écrivain, bien qu'il ait, en hommage posthume à son maître spiri-
tuel, préfacé un volume de *Lettres de Flaubert à George Sand*. Mais
Maupassant vise surtout, ici, les romans sociaux de Sand, influen-
cés entre 1836 et 1848 par les théories socialistes de Leroux, Barbès
et Arago (*Le Meunier d'Angibault*, 1845 ; *Le Péché de M. Antoine*,
1847).

les hommes du monde criminels. Ajoute à cela que
j'avais vù *Ruy Blas*[1] l'hiver précédent et que ça m'avait
beaucoup frappée. Eh bien ! un de nos fermiers avait
un fils, un beau gars de vingt-deux ans, qui avait étudié pour être prêtre, puis quitté le séminaire par dégoût.
Eh bien, je l'ai pris, comme domestique !

— Oh !... Et après !...

— Après... après, ma chère, je l'ai traité de très haut,
en lui montrant beaucoup de ma personne. Je ne l'ai
pas amorcé, celui-là, ce rustre, je l'ai allumé !...

— Oh ! Andrée !

— Oui, ça m'amusait même beaucoup. On dit que
les domestiques, ça ne compte pas ! Eh bien il ne comptait point. Je le sonnais pour les ordres chaque matin
quand ma femme de chambre m'habillait, et aussi chaque soir quand elle me déshabillait.

— Oh ! Andrée !

— Ma chère, il a flambé comme un toit de paille.
Alors, à table, pendant les repas, je n'ai plus parlé que
de propreté, de soins du corps, de douches, de bains.
Si bien qu'au bout de quinze jours il se trempait matin
et soir dans la rivière, puis se parfumait à empoison-
ner le château. J'ai même été obligée de lui interdire
les parfums, en lui disant, d'un air furieux, que les
hommes ne devaient jamais employer que de l'eau de
Cologne.

— Oh ! Andrée !

— Alors, j'ai eu l'idée d'organiser une bibliothèque
de campagne. J'ai fait venir quelques centaines de
romans moraux que je prêtais à tous nos paysans et
à mes domestiques. Il s'était glissé dans ma collection
quelques livres... quelques livres... poétiques... de ceux
qui troublent les âmes... des pensionnaires et des col-
légiens... Je les ai donnés à mon valet de chambre. Ça
lui a appris la vie... une drôle de vie.

—————

1. Drame de V. Hugo (1838). Le valet Ruy Blas y est amoureux
de la reine d'Espagne.

— Oh... Andrée !

— Alors je suis devenue familière avec lui, je me suis mise à le tutoyer. Je l'avais nommé Joseph. Ma chère, il était dans un état... dans un état effrayant... Il devenait maigre comme... comme un coq... et il roulait des yeux de fou. Moi je m'amusais énormément. C'est un de mes meilleurs étés...

— Et après ?...

— Après... oui... Eh bien, un jour que mon mari était absent, je lui ai dit d'atteler le panier pour me conduire dans les bois. Il faisait très chaud, très chaud... Voilà !

— Oh ! Andrée, dis-moi tout... Ça m'amuse tant.

— Tiens, bois un verre de chartreuse, sans ça je finirais le carafon toute seule. Eh bien après, je me suis trouvée mal en route.

— Comment ça ?

— Que tu es bête. Je lui ai dit que j'allais me trouver mal et qu'il fallait me porter sur l'herbe. Et puis quand j'ai été sur l'herbe j'ai suffoqué et je lui ai dit de me délacer. Et puis, quand j'ai été délacée, j'ai perdu connaissance.

— Tout à fait ?

— Oh non, pas du tout.

— Eh bien ?

— Eh bien ! j'ai été obligée de rester près d'une heure sans connaissance. Il ne trouvait pas de remède. Mais j'ai été patiente, et je n'ai rouvert les yeux qu'après sa chute.

— Oh ! Andrée !... Et qu'est-ce que tu lui as dit ?

— Moi rien ! Est-ce que je savais quelque chose, puisque j'étais sans connaissance ? Je l'ai remercié. Je lui ai dit de me remettre en voiture ; et il m'a ramenée au château. Mais il a failli verser en tournant la barrière !

— Oh ! Andrée ! Et c'est tout ?...

— C'est tout...

— Tu n'as perdu connaissance qu'une fois ?

— Rien qu'une fois, parbleu ! Je ne voulais pas faire mon amant de ce goujat.

— L'as-tu gardé longtemps après ça ?

— Mais oui. Je l'ai encore. Pourquoi est-ce que je l'aurais renvoyé. Je n'avais pas à m'en plaindre.

— Oh ! Andrée ! Et il t'aime toujours ?

— Parbleu.

— Où est-il ?

La petite baronne étendit la main vers la muraille et poussa le timbre électrique. La porte s'ouvrit presque aussitôt, et un grand valet entra qui répandait autour de lui une forte senteur d'eau de Cologne.

La baronne lui dit : « Joseph, mon garçon, j'ai peur de me trouver mal, va me chercher ma femme de chambre. »

L'homme demeurait immobile comme un soldat devant un officier, et fixait un regard ardent sur sa maîtresse, qui reprit : « Mais va donc vite, grand sot, nous ne sommes pas dans le bois aujourd'hui, et Rosalie me soignera mieux que toi. »

Il tourna sur ses talons et sortit.

La petite comtesse, effarée, demanda :

— Et qu'est-ce que tu diras à ta femme de chambre ?

— Je lui dirai que c'est passé ! Non, je me ferai tout de même délacer. Ça me soulagera la poitrine, car je ne peux plus respirer. Je suis grise... ma chère... mais grise à tomber si je me levais.

(1885)

DÉCORÉ !

Des gens naissent avec un instinct prédominant, une vocation ou simplement un désir éveillé, dès qu'ils commencent à parler, à penser.

M. Sacrement n'avait, depuis son enfance, qu'une idée en tête, être décoré. Tout jeune il portait des croix de la Légion d'honneur en zinc comme d'autres enfants portent un képi et il donnait fièrement la main à sa mère, dans la rue, en bombant sa petite poitrine ornée du ruban rouge et de l'étoile de métal.

Après de pauvres études il échoua au baccalauréat, et, ne sachant plus que faire, il épousa une jolie fille, car il avait de la fortune.

Ils vécurent à Paris comme vivent des bourgeois riches, allant dans leur monde, sans se mêler au monde, fiers de la connaissance d'un député qui pouvait devenir ministre, et amis de deux chefs de division.

Mais la pensée entrée aux premiers jours de sa vie dans la tête de M. Sacrement ne le quittait plus et il souffrait d'une façon continue de n'avoir point le droit de montrer sur sa redingote un petit ruban de couleur.

Les gens décorés qu'il rencontrait sur le boulevard lui portaient un coup au cœur. Il les regardait de coin avec une jalousie exaspérée. Parfois, par les longs après-midi de désœuvrement, il se mettait à les compter. Il se disait : « Voyons, combien j'en trouverai de la Madeleine à la rue Drouot. »

Et il allait lentement, inspectant les vêtements, l'œil exercé à distinguer de loin le petit point rouge. Quand il arrivait au bout de sa promenade, il s'étonnait toujours des chiffres : « Huit officiers, et dix-sept chevaliers. Tant que ça ! C'est stupide de prodiguer les croix d'une pareille façon. Voyons si j'en trouverai autant au retour. »

Et il revenait à pas lents, désolé quand la foule pressée des passants pouvait gêner ses recherches, lui faire oublier quelqu'un.

Il connaissait les quartiers où on en trouvait le plus. Ils abondaient au Palais-Royal. L'avenue de l'Opéra ne valait pas la rue de la Paix ; le côté droit du boulevard était mieux fréquenté que le gauche.

Ils semblaient aussi préférer certains cafés, certains théâtres. Chaque fois que M. Sacrement apercevait un groupe de vieux messieurs à cheveux blancs arrêtés au milieu du trottoir, et gênant la circulation, il se disait : « Voici des officiers de la Légion d'honneur ! » Et il avait envie de les saluer.

Les officiers (il l'avait souvent remarqué) ont une autre allure que les simples chevaliers. Leur port de tête est différent. On sent bien qu'ils possèdent officiellement une considération plus haute, une importance plus étendue.

Parfois aussi une rage saisissait M. Sacrement, une fureur contre tous les gens décorés ; et il se sentait pour eux une haine de socialiste.

Alors, en rentrant chez lui, excité par la rencontre de tant de croix, comme l'est un pauvre affamé après avoir passé devant les grandes boutiques de nourriture, il déclarait d'une voix forte : « Quand donc, enfin, nous débarrassera-t-on de ce sale gouvernement ? » Sa femme, surprise, lui demandait : « Qu'est-ce que tu as aujourd'hui ? »

Et il répondait : « J'ai que je suis indigné par les injustices que je vois commettre partout. Ah ! que les communards avaient raison ! »

Mais il ressortait après son dîner, et il allait considérer les magasins de décorations. Il examinait tous ces emblèmes de formes diverses, de couleurs variées. Il aurait voulu les posséder tous, et, dans une cérémonie publique, dans une immense salle pleine de monde, pleine de peuple émerveillé, marcher en tête d'un cortège, la poitrine étincelante, zébrée de brochettes alignées l'une sur l'autre, suivant la forme de ses côtes, et passer gravement, le claque sous le bras, luisant comme un astre au milieu de chuchotements admiratifs, dans une rumeur de respect.

Il n'avait, hélas ! aucun titre pour aucune décoration.

Il se dit : « La Légion d'honneur est vraiment trop difficile pour un homme qui ne remplit aucune fonction publique. Si j'essayais de me faire nommer officier d'Académie ! »

Mais il ne savait comment s'y prendre. Il en parla à sa femme qui demeura stupéfaite.

« Officier d'Académie ? Qu'est-ce que tu as fait pour cela ? »

Il s'emporta : « Mais comprends donc ce que je veux dire. Je cherche justement ce qu'il faut faire. Tu es stupide par moments. »

Elle sourit : « Parfaitement, tu as raison. Mais je ne sais pas, moi ? »

Il avait une idée : « Si tu en parlais au député Rosselin, il pourrait me donner un excellent conseil. Moi, tu comprends que je n'ose guère aborder cette question directement avec lui. C'est assez délicat, assez difficile ; venant de toi, la chose devient toute naturelle. »

Mme Sacrement fit ce qu'il demandait. M. Rosselin promit d'en parler au ministre. Alors Sacrement le harcela. Le député finit par lui répondre qu'il fallait faire une demande et énumérer ses titres.

Ses titres ? Voilà. Il n'était même pas bachelier.

Il se mit cependant à la besogne et commença une brochure traitant : « Du droit du peuple à l'instruction[1]. » Il ne la put achever par pénurie d'idées.

Il chercha des sujets plus faciles et en aborda plu-

---

1. Au début des années 1880, la question du « droit du peuple à l'instruction » était d'actualité. Les lois de Jules Ferry (en 1880-1881) ont mis en place une réforme de l'enseignement public : laïcité, caractère obligatoire et gratuité de l'enseignement primaire, extension de l'enseignement secondaire d'État aux jeunes filles.

sieurs successivement. Ce fut d'abord : « L'instruction
des enfants par les yeux. » Il voulait qu'on établît dans
les quartiers pauvres des espèces de théâtres gratuits
pour les petits enfants. Les parents les y conduiraient
dès leur plus jeune âge, et on leur donnerait là, par le
moyen d'une lanterne magique, des notions de toutes
les connaissances humaines. Ce seraient de véritables
cours. Le regard instruirait le cerveau, et les images res-
teraient gravées dans la mémoire, rendant pour ainsi
dire visible la science.

Quoi de plus simple que d'enseigner ainsi l'histoire
universelle, la géographie, l'histoire naturelle, la bota-
nique, la zoologie, l'anatomie, etc., etc. ?

Il fit imprimer ce mémoire et en envoya un exem-
plaire à chaque député, dix à chaque ministre, cinquante au président de la République, dix également
à chacun des journaux parisiens, cinq aux journaux de
province.

Puis il traita la question des bibliothèques des rues,
voulant que l'État fît promener par les rues des petites
voitures pleines de livres, pareilles aux voitures des mar-
chandes d'oranges. Chaque habitant aurait droit à dix
volumes par mois en location, moyennant un sou
d'abonnement.

« Le peuple, disait M. Sacrement, ne se dérange que
pour ses plaisirs. Puisqu'il ne va pas à l'instruction !
il faut que l'instruction vienne à lui, etc. »

Aucun bruit ne se fit autour de ces essais. Il adressa
cependant sa demande. On lui répondit qu'on prenait
note, qu'on instruisait. Il se crut sûr du succès ; il attendit. Rien ne vint.

Alors il se décida à faire des démarches personnelles.
Il sollicita une audience du ministre de l'Instruction
publique, et il fut reçu par un attaché de cabinet tout
jeune et déjà grave, important même, et qui jouait,
comme d'un piano, d'une série de petits boutons blancs
pour appeler les huissiers et les garçons de l'anticham-
bre ainsi que les employés subalternes. Il affirma au

solliciteur que son affaire était en bonne voie et il lui conseilla de continuer ses remarquables travaux.

Et M. Sacrement se remit à l'œuvre.

M. Rosselin, le député, semblait maintenant s'intéresser beaucoup à son succès, et il lui donnait même une foule de conseils pratiques excellents. Il était décoré d'ailleurs, sans qu'on sût quels motifs lui avaient valu cette distinction.

Il indiqua à Sacrement des études nouvelles à entreprendre, il le présenta à des Sociétés savantes qui s'occupaient de points de science particulièrement obscurs, dans l'intention de parvenir à des honneurs. Il le patronna même au ministère.

Or, un jour, comme il venait déjeuner chez son ami (il mangeait souvent dans la maison depuis plusieurs mois) il lui dit tout bas en lui serrant les mains : « Je viens d'obtenir pour vous une grande faveur. Le comité des travaux historiques vous charge d'une mission. Il s'agit de recherches à faire dans diverses bibliothèques de France. »

Sacrement, défaillant, n'en put manger ni boire. Il partit huit jours plus tard.

Il allait de ville en ville, étudiant les catalogues, fouillant en des greniers bondés de bouquins poudreux, en proie à la haine des bibliothécaires.

Or, un soir, comme il se trouvait à Rouen, il voulut aller embrasser sa femme qu'il n'avait point vue depuis une semaine ; et il prit le train de neuf heures qui devait le mettre à minuit chez lui.

Il avait sa clef. Il entra sans bruit, frémissant de plaisir, tout heureux de lui faire cette surprise. Elle s'était enfermée, quel ennui ! Alors il cria à travers la porte : « Jeanne, c'est moi ! »

Elle dut avoir grand peur, car il l'entendit sauter du lit et parler seule comme dans un rêve. Puis elle courut à son cabinet de toilette, l'ouvrit et le referma, traversa plusieurs fois sa chambre dans une course rapide, nupieds, secouant les meubles dont les verreries sonnaient.

Puis, enfin, elle demanda : « C'est bien toi, Alexandre ? »

Il répondit : « Mais oui, c'est moi, ouvre donc ! »

La porte céda, et sa femme se jeta sur son cœur en balbutiant : « Oh ! quelle terreur ! quelle surprise ! quelle joie ! »

Alors, il commença à se dévêtir, méthodiquement, comme il faisait tout. Et il reprit, sur une chaise, son pardessus qu'il avait l'habitude d'accrocher dans le vestibule. Mais, soudain, il demeura stupéfait. La boutonnière portait un ruban rouge !

Il balbutia : « Ce... ce... ce paletot est décoré ! »

Alors sa femme, d'un bond, se jeta sur lui, et lui saisissant dans les mains le vêtement : « Non... tu te trompes... donne-moi ça. »

Mais il le tenait toujours par une manche, ne le lâchant pas, répétant dans une sorte d'affolement : « Hein ?... Pourquoi ?... Explique-moi ?... À qui ce pardessus ?... Ce n'est pas le mien, puisqu'il porte la Légion d'honneur ? »

Elle s'efforçait de le lui arracher, éperdue, bégayant : « Écoute... écoute... donne-moi ça... Je ne peux pas te dire... c'est un secret... écoute. »

Mais il se fâchait, devenait pâle : « Je veux savoir comment ce paletot est ici. Ce n'est pas le mien. »

Alors, elle lui cria dans la figure : « Si, tais-toi, jure-moi... écoute... eh bien ! tu es décoré ! »

Il eut une telle secousse d'émotion qu'il lâcha le pardessus et alla tomber dans un fauteuil.

« Je suis... tu dis... je suis... décoré.

— Oui... c'est un secret, un grand secret... »

Elle avait enfermé dans une armoire le vêtement glorieux, et revenait vers son mari, tremblante et pâle. Elle reprit : « Oui, c'est un pardessus neuf que je t'ai fait faire. Mais j'avais juré de ne te rien dire. Cela ne sera pas officiel avant un mois ou six semaines. Il faut que ta mission soit terminée. Tu ne devais le savoir qu'à ton retour. C'est M. Rosselin qui a obtenu ça pour toi... »

Sacrement, défaillant, bégayait : « Rosselin...
décoré... Il m'a fait décorer... moi... lui... Ah !... »

Et il fut obligé de boire un verre d'eau.

Un petit papier blanc gisait par terre, tombé de la
poche du pardessus. Sacrement le ramassa, c'était une
carte de visite. Il lut : « Rosselin — député. »

« Tu vois bien », dit la femme.

Et il se mit à pleurer de joie.

Huit jours plus tard l'*Officiel* annonçait que M. Sacrement était nommé chevalier de la Légion d'honneur,
pour services exceptionnels.

(1883)

LES BIJOUX

Monsieur Lantin ayant rencontré cette jeune fille, dans une soirée, chez son sous-chef de bureau, l'amour l'enveloppa comme un filet.

C'était la fille d'un percepteur de province, mort depuis plusieurs années. Elle était venue ensuite à Paris avec sa mère, qui fréquentait quelques familles bourgeoises de son quartier dans l'espoir de marier la jeune personne.

Elles étaient pauvres et honorables, tranquilles et douces. La jeune fille semblait le type absolu de l'honnête femme à laquelle le jeune homme sage rêve de confier sa vie. Sa beauté modeste avait un charme de pudeur angélique, et l'imperceptible sourire qui ne quittait point ses lèvres semblait un reflet de son cœur.

Tout le monde chantait ses louanges ; tous ceux qui la connaissaient répétaient sans fin : « Heureux celui qui la prendra. On ne pourrait trouver mieux. »

M. Lantin, alors commis principal au ministère de l'Intérieur, aux appointements annuels de trois mille cinq cents francs, la demanda en mariage et l'épousa.

Il fut avec elle invraisemblablement heureux. Elle gouverna sa maison avec une économie si adroite qu'ils semblaient vivre dans le luxe. Il n'était point d'attentions, de délicatesses, de chatteries qu'elle n'eût pour son mari ; et la séduction de sa personne était si grande que, six ans après leur rencontre, il l'aimait plus encore qu'aux premiers jours.

Il ne blâmait en elle que deux goûts, celui du théâtre et celui des bijouteries fausses.

Ses amies (elle connaissait quelques femmes de modestes fonctionnaires) lui procuraient à tous moments des loges pour les pièces en vogue, même pour les premières représentations ; et elle traînait, bon gré, mal

gré, son mari à ces divertissements qui le fatiguaient
affreusement après sa journée de travail. Alors il la supplia de consentir à aller au spectacle avec quelque dame
de sa connaissance qui la ramènerait ensuite. Elle fut
longtemps à céder, trouvant peu convenable cette
manière d'agir. Elle s'y décida enfin par complaisance,
et il lui en sut un gré infini.

Or ce goût pour le théâtre fit bientôt naître en elle
le besoin de se parer. Ses toilettes demeuraient toutes
simples, il est vrai, de bon goût toujours, mais modestes ; et sa grâce douce, sa grâce irrésistible, humble et
souriante, semblait acquérir une saveur nouvelle de la
simplicité de ses robes, mais elle prit l'habitude de
pendre à ses oreilles deux gros cailloux du Rhin qui
simulaient les diamants, et elle portait des colliers de
perles fausses, des bracelets en similor, des peignes agré-
mentés de verroteries variées jouant les pierres fines.

Son mari, que choquait un peu cet amour du clinquant, répétait souvent : « Ma chère, quand on n'a pas
le moyen de se payer des bijoux véritables, on ne se
montre parée que de sa beauté et de sa grâce, voilà
encore les plus rares joyaux. »

Mais elle souriait doucement et répétait : « Que veux-
tu ? j'aime ça. C'est mon vice. Je sais bien que tu as
raison ; mais on ne se refait pas. J'aurais adoré les
bijoux, moi ! »

Et elle faisait rouler dans ses doigts les colliers de
perles, miroiter les facettes des cristaux taillés, en répétant : « Mais regarde donc comme c'est bien fait. On
jurerait du vrai. »

Il souriait en déclarant : « Tu as des goûts de bohé-
mienne. »

Quelquefois, le soir, quand ils demeuraient en tête
à tête au coin du feu, elle apportait sur la table où ils
prenaient le thé la boîte de maroquin où elle enfermait
la « pacotille », selon le mot de M. Lantin ; et elle se
mettait à examiner ces bijoux imités avec une attention
passionnée, comme si elle eût savouré quelque jouis-
sance secrète et profonde ; et elle s'obstinait à passer

un collier au cou de son mari pour rire ensuite de tout son cœur en s'écriant : « Comme tu es drôle ! » Puis se jetait dans ses bras et l'embrassait éperdument.

Comme elle avait été à l'Opéra, une nuit d'hiver, elle rentra toute frissonnante de froid.

Le lendemain elle toussait. Huit jours plus tard elle mourait d'une fluxion de poitrine.

Lantin faillit la suivre dans la tombe. Son désespoir fut si terrible que ses cheveux devinrent blancs en un mois. Il pleurait du matin au soir, l'âme déchirée d'une souffrance intolérable, hanté par le souvenir, par le sourire, par la voix, par tout le charme de la morte.

Le temps n'apaisa point sa douleur. Souvent pendant les heures du bureau, alors que les collègues s'en venaient causer un peu des choses du jour, on voyait soudain ses joues se gonfler, son nez se plisser, ses yeux s'emplir d'eau ; il faisait une grimace affreuse et se mettait à sangloter.

Il avait gardé intacte la chambre de sa compagne où il s'enfermait tous les jours pour penser à elle ; et tous les meubles, ses vêtements mêmes demeuraient à leur place comme ils se trouvaient au dernier jour.

Mais la vie se faisait dure pour lui. Ses appointements, qui, entre les mains de sa femme, suffisaient à tous les besoins du ménage, devenaient, à présent, insuffisants pour lui tout seul. Et il se demandait avec stupeur comment elle avait su s'y prendre pour lui faire boire toujours des vins excellents et manger des nourritures délicates qu'il ne pouvait plus se procurer avec ses modestes ressources.

Il fit quelques dettes et courut après l'argent à la façon des gens réduits aux expédients. Un matin enfin, comme il se trouvait sans un sou, une semaine entière avant la fin du mois, il songea à vendre quelque chose ; et tout de suite la pensée lui vint de se défaire de la « pacotille » de sa femme, car il avait gardé au fond du cœur une sorte de rancune contre ces « trompe-l'œil » qui l'irritaient autrefois. Leur vue même, chaque jour, lui gâtait un peu le souvenir de sa bien-aimée.

Il chercha longtemps dans le tas de clinquant qu'elle avait laissé, car jusqu'aux derniers jours de sa vie elle en avait acheté obstinément, rapportant presque chaque soir un objet nouveau, et il se décida pour le grand collier qu'elle semblait préférer, et qui pouvait bien valoir, pensait-il, six ou huit francs, car il était vraiment d'un travail très soigné pour du faux.

Il le mit en sa poche et s'en alla vers son ministère en suivant les boulevards, cherchant une boutique de bijoutier qui lui inspirât confiance.

Il en vit une enfin et entra, un peu honteux d'étaler ainsi sa misère et de chercher à vendre une chose de si peu de prix.

— Monsieur, dit-il au marchand, je voudrais bien savoir ce que vous estimez ce morceau.

L'homme reçut l'objet, l'examina, le retourna, le soupesa, prit une loupe, appela son commis, lui fit tout bas des remarques, reposa le collier sur son comptoir et le regarda de loin pour mieux juger de l'effet.

M. Lantin, gêné par toutes ces cérémonies, ouvrait la bouche pour déclarer : « Oh ! je sais bien que cela n'a aucune valeur » —, quand le bijoutier prononça :

— Monsieur, cela vaut de douze à quinze mille francs ; mais je ne pourrais l'acheter que si vous m'en faisiez connaître exactement la provenance.

Le veuf ouvrit des yeux énormes et demeura béant, ne comprenant pas. Il balbutia enfin : « Vous dites ?... Vous êtes sûr. » L'autre se méprit sur son étonnement, et, d'un ton sec : « Vous pouvez chercher ailleurs si on vous en donne davantage. Pour moi cela vaut, au plus, quinze mille. Vous reviendrez me trouver si vous ne trouvez pas mieux. »

M. Lantin, tout à fait idiot, reprit son collier et s'en alla, obéissant à un confus besoin de se trouver seul et de réfléchir.

Mais, dès qu'il fut dans la rue, un besoin de rire le saisit, et il pensa : « L'imbécile ! oh ! l'imbécile ! si je l'avais pris au mot tout de même ! En voilà un bijoutier qui ne sait pas distinguer le faux du vrai ! »

UNE PRODUCTION: GEORGES AGIMAN
et "ÉMINENTE FILMS" (J. MARTINETTI)

BOURVIL

dans

LE ROSIER DE Mme HUSSON

d'après l'œuvre de
GUY de MAUPASSANT

Adaptation nouvelle et dialogues de

MARCEL PAGNOL

REALISATION
JEAN BOYER

Musique de
PAUL MISRAKI

avec JACQUELINE PAGNOL · PAULINE CARTON · SUZANNE DEHELLY · GERMAINE DERMOZ

"Mme Husson resta rêveuse. Elle le connaissait bien, Isidore, le fils de Virginie la fruitière. Sa chasteté proverbiale faisait la joie de Gisors depuis plusieurs années déjà, servait de thème plaisant aux conversations de la ville et d'amusement pour les filles qui s'égayaient à le taquiner" (p. 32).

Le souriant "Rosier de Mme Husson" est, assurément, un des contes les plus "roses" de Maupassant...

1

ŒUVRES COMPLÈTES ILLUSTRÉ
DE
GUY DE MAUPASSANT

Le Rosier
de
Mme Husson

ILLUSTRATIONS DE V. ROTTEMBOURG
Gravure sur bois de G. LEMOINE

PARIS
Société d'Éditions Littéraires et Artistiques
LIBRAIRIE PAUL OLLENDORFF
50, CHAUSSÉE D'ANTIN, 50

LA FARCE

"Quoi de plus amusant que de mystifier les âmes crédules,
que de bafouer des niais, [...] de faire tomber les plus retors en
des pièges inoffensifs et comiques ?" (p. 187).

Mais, chez Maupassant, le sourire
tourne souvent à la grimace et...

2

"Il était vêtu de coutil blanc des pieds à la tête et coiffé d'un chapeau de paille qui portait comme une cocarde un petit bouquet de fleurs d'orangers" (p. 35). "Son beau costume de coutil blanc était devenu une loque grise, jaune, graisseuse, fangeuse, déchiquetée, ignoble..." (p. 39). Illustrations de Chas de Laborde, 1934.

...le rose se détache sur fond de grisaille, quand il ne vire pas au noir le plus opaque.

"*Tous portaient la blouse bleue par-dessus d'antiques et singulières vestes de drap noir ou verdâtre, vêtements de cérémonie qu'ils découvraient dans les rues du Havre ; et leurs chefs étaient coiffés de casquettes de soie, hautes comme des tours, suprême élégance dans la campagne normande*" (p. 44).

Benêts naïfs, filous retors, plaisantins patentés, brutes avinées, bergers misérables,...

L'ESPRIT DE CLOCHER
"Gisors méprise Gournay, mais Gournay rit de Gisors. C'est très comique ce pays-ci" (p. 25). ("La cathédrale de Gisors", par Lucien Pissaro.)

...fermiers nantis, notables gourmés : la galerie des paysans normands est inépuisable.

*"Déjà flottaient
dans la vallée
les vapeurs fines
et laiteuses,
léger vêtement
de nuit,
des ruisseaux
et des prairies ;
le soleil touchait
à l'horizon ; les
vaches beuglaient
au loin
dans les brumes
des pâturages.
C'était fini : on
redescendait vers
Gisors" (p. 37).
(Ci-contre,
à gauche,
"La Vache bien
gardée", par
E. Debat :
ci-dessous,
"Paysage en
Normandie", par
A. Guillaumin.)*

Maupassant, conteur normand, décline sans se lasser,
les charmes, les plaisirs...

VILLE NORMANDE

"C'est très amusant, une petite ville, très amusant. Tiens, celle-ci, Gisors, [...] tu n'as pas idée comme son histoire est drôle" (p. 25). ("Foire à Honfleur", par Xavier Le Prince.)

...mais aussi les misères, les grotesques
ou les vices de sa province natale.

"Le soleil coulait ses rayons obliques à travers les hêtres
du fossé et les pommiers ronds de la cour,...

...faisait chanter les coqs sur le fumier et roucouler les pigeons sur le toit" (p. 59).

*"Elles étaient grises,
tout à fait grises,
la petite baronne
Andrée de Fraisières
et la petite comtesse
Noëmi de Gardens..."*
(p. 162).

Mlle
LAURINE

"Elle était char-
mante aussi;
très rieuse,
rieuse à ne sa-
voir se retenir
ni se calmer
quand une cho-
se lui semblait
amusante et
drôle. Elle riait
au nez des gens
de la façon la
plus impu-
dente, mais
avec tant de
grâce qu'on ne
se fâchait ja-
mais" (p. 149).

*"Pour finir une soirée
comme celle-là,
disait-elle, il nous
faudrait des amoureux.
Si j'avais prévu ça
tantôt, j'en aurais fait
venir deux de Paris
et je t'en aurais
cédé un..." (p. 163).*

Maupassant est aussi le peintre des petites
baronnes et des jolies marquises,...

... coquettes évaporées, séductrices sans scrupules,
rieuses et rouées.

"I n'avait point quinze ans. Y en avait déjà ben quatre qu'a l'élevait en brochette, qu'a l'nourrissait comme un poulet gras, à l'faire crever de nourriture, sauf votre respect..." (p. 78).

"Il n'avait point fini de parler que la porte était ouverte, et Sénateur avait devant lui une grosse fille très rouge, joufflue, dépoitraillée, ventrue, large des hanches, une sorte de femelle sanguine et bestiale, la femme du berger Severin" (p. 64).

Tribunaux rustiques et procès pour rire : le goût des Normandes, bourgeoises ou filles de ferme,...

UN JUGE DE CAMPAGNE

"M. le juge de paix entre enfin. Il est ventru, coloré, et il secoue dans son pas rapide de gros homme pressé sa grande robe noire de magistrat" (p. 75).

...pour la chair fraîche, et leur appât du gain
y donnent un spectacle réjouissant.

LE COMPTOIR FRANÇAIS CINÉMATOGRAPHIQUE
présente

UN FILM DE
BERNARD DESCHAMPS

LE ROSIER DE Madame HUSSON

d'après la célèbre nouvelle de
GUY de MAUPASSANT

avec FRANÇOISE ROSAY
MADY BERRY · COLETTE DARFEUIL
SIMONE BOURDAY · ODETTE BARENÇAY · FERNANDE SAALA
MARCEL SIMON · MARCEL CARPENTIER
et FERNANDEL
et MARGUERITE PIERRY

Production
"LES FILMS ORMUZD"
Photographie de
NICOLAS FARKAS
Musique de
MICHEL LEVINE

Enregistrement
TOBIS KLANGFILM
STUDIOS FILMS SONORES
TOBIS PARIS

LA VERTU COURONNÉE

"Vous êtes, jeune homme, le premier élu, le premier couronné de cette dynastie de la sagesse et de la chasteté [...] il
faudra que votre vie [...] toute entière réponde à cet heureux
commencement" (p. 35).

Du trône au ruisseau : l'odyssée comique
– et néanmoins grinçante – ...

14

"Une femme de bien, aimée des pauvres et respectée des riches, Mme Husson, [...] a eu [...] l'heureuse et bienfaisante pensée de fonder en cette ville un prix de vertu" (p. 35) (Fernandel et Françoise Rosay dans le film de Bernard Deschamps).

...d'un improbable "rosier" devenu
l'emblème des pochards.

*"Deux heures plus tard
il reparut, ricanant et se heurtant
aux murs. Il était ivre,
complètement ivre..." (p. 40).
(Bourvil, dans l'adaptation
de Jean Boyer.)*

CRÉDITS PHOTOGRAPHIQUES

P. 1: Prod/DB. P.2: "G. de Maupassant" par Feyen-Perrin, Versailles/Josse. P.3: Kharbine-Tababor; J.-L. Charmet. P.5: "La Cathédrale de Gisors", détail, par L.Pissaro, Paris M.N.A.M. Giraudon. P.6: "La Vache bien gardée", détail, par E. Debat-Ponsan, Pau/Josse; "Paysage en Normandie" par A. Guillaumin, Paris, musée d'Orsay/Josse by ADAGP 1993. P.7: "Foire à Honfleur", détail, par X. Le Prince, Paris, musée du Louvre/Josse. Pp. 8-9: "La Cueillette des pommes en Normandie" par E. Lavieille, Riom/Josse. Pp.10-11: lithographies de Linder/Josse. P. 12: dessin de M. Ciry, Giraudon by ADAGP 1993; J.-L. Charmet. P. 13: "Un avocat" par H. Daumier, Paris, musée Carnavalet/Josse. P. 14: Prod/DB. P. 15: Kharbine-Tapabor. P. 16: Prod/DB. 4e de couverture: "Pommes et peupliers au soleil" par C. Pissaro, Le Havre/Giraudon.

Et il pénétra chez un autre marchand, à l'entrée de la rue de la Paix. Dès qu'il eut aperçu le bijou, l'orfèvre s'écria :

— Ah ! parbleu, je le connais bien, ce collier ; il vient de chez moi.

M. Lantin, fort troublé, demanda :

— Combien vaut-il ?

— Monsieur, je l'ai vendu vingt-cinq mille. Je suis prêt à le reprendre pour dix-huit mille, quand vous m'aurez indiqué, pour obéir aux prescriptions légales, comment vous en êtes détenteur.

Cette fois, M. Lantin s'assit perclus d'étonnement. Il reprit :

— Mais…, mais examinez-le attentivement, monsieur, j'avais cru jusqu'ici qu'il était en… en faux.

Le joaillier reprit :

— Voulez-vous me dire votre nom, monsieur ?

— Parfaitement. Je m'appelle Lantin, je suis employé au ministère de l'Intérieur, je demeure 16, rue des Martyrs.

Le marchand ouvrit ses registres, rechercha, et prononça :

— Ce collier a été envoyé en effet à l'adresse de Mme Lantin, 16, rue des Martyrs, le 20 juillet 1876.

Et les deux hommes se regardèrent dans les yeux, l'employé éperdu de surprise, l'orfèvre flairant un voleur.

Celui-ci reprit :

— Voulez-vous me laisser cet objet pendant vingt-quatre heures seulement, je vais vous en donner un reçu.

M. Lantin balbutia :

— Mais oui, certainement. Et il sortit en pliant le papier qu'il mit dans sa poche.

Puis il traversa la rue, la remonta, s'aperçut qu'il se trompait de route, redescendit aux Tuileries, passa la Seine, reconnut encore son erreur, revint aux Champs-Élysées sans une idée nette dans la tête. Il s'efforçait de raisonner, de comprendre. Sa femme n'avait pu acheter un objet d'une pareille valeur. — Non, certes.

— Mais alors, c'était un cadeau ! Un cadeau ! Un cadeau de qui ? Pourquoi ?

Il s'était arrêté, et il demeurait debout au milieu de l'avenue. Le doute horrible l'effleura. — Elle ? — Mais alors tous les autres bijoux étaient aussi des cadeaux ! Il lui sembla que la terre remuait ; qu'un arbre, devant lui, s'abattait ; il étendit les bras et s'écroula, privé de sentiment.

Il reprit connaissance dans la boutique d'un pharmacien où les passants l'avaient porté. Il se fit reconduire chez lui, et s'enferma.

Jusqu'à la nuit il pleura éperdument, mordant un mouchoir pour ne pas crier. Puis il se mit au lit accablé de fatigue et de chagrin, et il dormit d'un seul pesant sommeil.

Un rayon de soleil le réveilla, et il se leva lentement pour aller à son ministère. C'était dur de travailler après de pareilles secousses. Il réfléchit alors qu'il pouvait s'excuser auprès de son chef ; et il lui écrivit. Puis il songea qu'il fallait retourner chez le bijoutier ; et une honte l'empourpra. Il demeura longtemps à réfléchir. Il ne pouvait pourtant pas laisser le collier chez cet homme, il s'habilla et sortit.

Il faisait beau, le ciel bleu s'étendait sur la ville qui semblait sourire. Des flâneurs allaient devant eux, les mains dans leurs poches.

Lantin se dit en les regardant passer : « Comme on est heureux quand on a de la fortune ! Avec de l'argent on peut secouer jusqu'aux chagrins, on va où l'on veut, on voyage, on se distrait ! Oh ! si j'étais riche ! »

Il s'aperçut qu'il avait faim, n'ayant pas mangé depuis l'avant-veille. Mais sa poche était vide, et il se ressouvint du collier. Dix-huit mille francs ! Dix-huit mille francs ! c'était une somme, cela !

Il gagna la rue de la Paix et commença à se promener de long en large sur le trottoir, en face de la boutique. Dix-huit mille francs ! Vingt fois il faillit entrer ; mais la honte l'arrêtait toujours.

Il avait faim pourtant, grand'faim, et pas un sou.

Il se décida brusquement, traversa la rue en courant pour ne pas se laisser le temps de réfléchir, et il se précipita chez l'orfèvre.

Dès qu'il l'aperçut, le marchand s'empressa, offrit un siège avec une politesse souriante. Les commis eux-mêmes arrivèrent, qui regardaient de côté Lantin, avec des gaietés dans les yeux et sur les lèvres.

Le bijoutier déclara :

— Je me suis renseigné, monsieur, et si vous êtes toujours dans les mêmes dispositions, je suis prêt à vous payer la somme que je vous ai proposée.

L'employé balbutia :

— Mais certainement.

L'orfèvre tira d'un tiroir dix-huit grands billets, les compta, les tendit à Lantin, qui signa un petit reçu et mit d'une main frémissante l'argent dans sa poche.

Puis, comme il allait sortir, il se retourna vers le marchand qui souriait toujours, et, baissant les yeux :

— J'ai... j'ai d'autres bijoux... qui me viennent... qui me viennent de la même succession. Vous conviendrait-il de me les acheter aussi ?

Le marchand s'inclina :

— Mais certainement, monsieur. Un des commis sortit pour rire à son aise ; un autre se mouchait avec force.

Lantin impassible, rouge et grave, annonça :

— Je vais vous les apporter.

Et il prit un fiacre pour aller chercher les joyaux.

Quand il revint chez le marchand, une heure plus tard, il n'avait pas encore déjeuné. Ils se mirent à examiner les objets pièce à pièce, évaluant chacun. Presque tous venaient de la maison.

Lantin, maintenant, discutait les estimations, se fâchait, exigeait qu'on lui montrât les livres de vente, et parlait de plus en plus haut à mesure que s'élevait la somme.

Les gros brillants d'oreilles valaient vingt mille francs, les bracelets trente-cinq mille, les broches, bagues et médaillons seize mille, une parure d'émeraudes et de

saphirs quatorze mille ; un solitaire suspendu à une
chaîne d'or formant collier quarante mille ; le tout atteignant le chiffre de cent quatre-vingt-seize mille francs.

Le marchand déclara avec une bonhomie railleuse :

— Cela vient d'une personne qui mettait toutes ses
économies en bijoux.

Lantin prononça gravement :

— C'est une manière comme une autre de placer son
argent. Et il s'en alla après avoir décidé avec l'acqué-
reur qu'une contre-expertise aurait lieu le lendemain.

Quand il se trouva dans la rue, il regarda la colonne
Vendôme avec l'envie d'y grimper, comme si c'eût été
un mât de cocagne. Il se sentait léger à jouer à saute-
mouton par-dessus la statue de l'Empereur perché là-
haut dans le ciel.

Il alla déjeuner chez Voisin et but du vin à vingt
francs la bouteille.

Puis il prit un fiacre et fit un tour au Bois. Il regardait les équipages avec un certain mépris, oppressé du
désir de crier aux passants: « Je suis riche aussi, moi.
J'ai deux cent mille francs ! »

Le souvenir de son ministère lui revint. Il s'y fit
conduire, entra délibérément chez son chef et annonça :

— Je viens, monsieur, vous donner ma démission.
J'ai fait un héritage de trois cent mille francs.

Il alla serrer la main de ses anciens collègues et leur
confia ses projets d'existence nouvelle ; puis il dîna au
Café Anglais.

Se trouvant à côté d'un monsieur qui lui parut dis-
tingué, il ne put résister à la démangeaison de lui
confier, avec une certaine coquetterie, qu'il venait
d'hériter de quatre cent mille francs.

Pour la première fois de sa vie il ne s'ennuya pas au
théâtre, et il passa sa nuit avec des filles.

Six mois plus tard il se remariait. Sa seconde femme
était très honnête mais d'un caractère difficile. Elle le
fit beaucoup souffrir.

(1883)

[FARCES ET FARCEURS [1]]

---

1. Les crochets signalent que le titre n'est pas de Maupassant.

LA FARCE

MÉMOIRES D'UN FARCEUR

Nous vivons dans un siècle où les farceurs ont des allures de croque-morts et se nomment : politiciens. On ne fait plus chez nous la vraie farce, la bonne farce, la farce joyeuse, saine et simple de nos pères. Et, pourtant, quoi de plus amusant et de plus drôle que la farce ? Quoi de plus amusant que de mystifier des âmes crédules, que de bafouer des niais, de duper les plus malins, de faire tomber les plus retors en des pièges inoffensifs et comiques ? Quoi de plus délicieux que de se moquer des gens avec talent, de les forcer à rire eux-mêmes de leur naïveté, ou bien, quand ils se fâchent, de se venger par une nouvelle farce ?

Oh ! j'en ai fait, j'en ai fait des farces, dans mon existence. Et on m'en a fait aussi, morbleu ! et de bien bonnes. Oui, j'en ai fait, de désopilantes et de terribles. Une de mes victimes est morte des suites. Ce ne fut une perte pour personne. Je dirai cela un jour ; mais j'aurai grand mal à le faire avec retenue, car ma farce n'était pas convenable, mais pas du tout, pas du tout. Elle eut lieu dans un petit village des environs de Paris. Tous les témoins pleurent encore de rire à ce souvenir, bien que le mystifié en soit mort. Paix à son âme !

J'en veux aujourd'hui raconter deux, la dernière que j'ai subie et la première que j'ai infligée.

Commençons par la dernière, car je la trouve moins amusante, vu que j'en fus victime.

J'allais chasser, à l'automne, chez des amis, en un château de Picardie. Mes amis étaient des farceurs, bien entendu. Je ne veux pas connaître d'autres gens.

Quand j'arrivai, on me fit une réception princière qui me mit en défiance. On tira des coups de fusil ; on m'embrassa, on me cajola comme si on attendait de moi de grands plaisirs ; je me dis : « Attention, vieux furet, on prépare quelque chose. »

Pendant le dîner la gaieté fut excessive, trop grande. Je pensais : « Voilà des gens qui s'amusent double, et sans raison apparente. Il faut qu'ils aient dans l'esprit l'attente de quelque bon tour. C'est à moi qu'on le destine assurément. Attention. »

Pendant toute la soirée on rit avec exagération. Je sentais dans l'air une farce, comme le chien sent le gibier. Mais quoi ? J'étais en éveil, en inquiétude. Je ne laissais passer ni un mot, ni une intention, ni un geste. Tout me semblait suspect, jusqu'à la figure des domestiques.

L'heure de se coucher sonna, et voilà qu'on se mit à me reconduire à ma chambre en procession. Pourquoi ? On me cria bonsoir. J'entrai, je fermai ma porte, et je demeurai debout, sans faire un pas, ma bougie à la main.

J'entendais rire et chuchoter dans le corridor. On m'épiait sans doute. Et j'inspectais de l'œil les murs, les meubles, le plafond, les tentures, le parquet. Je n'aperçus rien de suspect. J'entendis marcher derrière ma porte. On venait assurément regarder à la serrure.

Une idée me vint : « Ma lumière va peut-être s'éteindre tout à coup et me laisser dans l'obscurité. » Alors j'allumai toutes les bougies de la cheminée. Puis je regardai encore autour de moi sans rien découvrir. J'avançai à petits pas faisant le tour de l'appartement. — Rien. — J'inspectai tous les objets l'un après l'autre. — Rien. — Je m'approchai de la fenêtre. Les auvents, de gros auvents en bois plein, étaient demeurés ouverts. Je les fermai avec soin, puis je tirai les rideaux, d'énormes rideaux de velours, et je plaçai une chaise devant, afin de n'avoir rien à craindre du dehors.

Alors je m'assis avec précaution. Le fauteuil était solide. Je n'osais pas me coucher. Cependant le temps marchait. Et je finis par reconnaître que j'étais ridicule. Si on m'espionnait, comme je le supposais, on devait, en attendant le succès de la mystification préparée, rire énormément de ma terreur.

Je résolus donc de me coucher. Mais le lit m'était particulièrement suspect. Je tirai les rideaux. Ils semblaient tenir. Là était le danger pourtant. J'allais peut-être recevoir une douche glacée du ciel-de-lit, ou bien, à peine étendu, m'enfoncer sous terre avec mon sommier. Je cherchais en ma mémoire tous les souvenirs de farces accomplies. Et je ne voulais pas être pris. Ah ! mais non ! Ah ! mais non !

Alors je m'avisai soudain d'une précaution que je jugeai souveraine. Je saisis délicatement le bord du matelas, et je le tirai vers moi avec douceur. Il vint, suivi du drap et des couvertures. Je traînai tous ces objets au beau milieu de la chambre, en face de la porte d'entrée. Je refis là mon lit, le mieux que je pus, loin de la couche suspecte et de l'alcôve inquiétante. Puis, j'éteignis toutes les lumières, et je revins à tâtons me glisser dans mes draps.

Je demeurai au moins encore une heure éveillé tressaillant au moindre bruit. Tout semblait calme dans le château. Je m'endormis.

J'ai dû dormir longtemps, et d'un profond sommeil ; mais soudain je fus réveillé en sursaut par la chute d'un corps pesant abattu sur le mien, et, en même temps, je reçus sur la figure, sur le cou, sur la poitrine un liquide brûlant qui me fit pousser un hurlement de douleur. Et un bruit épouvantable comme si un buffet chargé de vaisselle se fût écroulé m'entra dans les oreilles.

J'étouffais sous la masse tombée sur moi, et qui ne remuait plus. Je tendis les mains, cherchant à reconnaître la nature de cet objet. Je rencontrai une figure, un nez, des favoris. Alors, de toute ma force, je lançai un coup de poing dans ce visage. Mais je reçus immédiatement une grêle de gifles qui me firent sortir, d'un bond, de mes draps trempés, et me sauver, en chemise, dans le corridor, dont j'apercevais la porte ouverte.

Ô stupeur ! il faisait grand jour. On accourut au bruit et on trouva, étendu sur mon lit, le valet de chambre éperdu qui, m'apportant le thé du matin, avait rencontré sur sa route ma couche improvisée, et m'était tombé sur le ventre en me versant, bien malgré lui, mon déjeuner sur la figure.

Les précautions prises de bien fermer les auvents et de me coucher au milieu de ma chambre m'avaient seules fait la farce redoutée.

Ah ! on a ri, ce jour-là !

L'autre farce que je veux dire date de ma première jeunesse. J'avais quinze ans, et je venais passer chaque vacance chez mes parents, toujours dans un château, toujours en Picardie.

Nous avions souvent en visite une vieille dame d'Amiens, insupportable, prêcheuse, hargneuse, grondeuse, mauvaise et vindicative. Elle m'avait pris en haine, je ne sais pourquoi, et elle ne cessait de rapporter contre moi, tournant en mal mes moindres paroles et mes moindres actions. Oh ! la vieille chipie !

Elle s'appelait Mme Dufour, portait une perruque du plus beau noir, bien qu'elle fût âgée d'au moins soixante ans, et posait là-dessus des petits bonnets ridicules à rubans roses. On la respectait parce qu'elle était riche. Moi, je la détestais du fond du cœur et je résolus de me venger de ses mauvais procédés.

Je venais de terminer ma classe de seconde et j'avais été frappé particulièrement, dans le cours de chimie, par les propriétés d'un corps qui s'appelle le phosphure de calcium, et qui, jeté dans l'eau, s'enflamme, détone et dégage des couronnes de vapeur blanche d'une odeur infecte. J'avais chipé, pour m'amuser pendant les vacances, quelques poignées de cette matière assez semblable à l'œil à ce qu'on nomme communément du cristau.

J'avais un cousin du même âge que moi. Je lui communiquai mon projet. Il fut effrayé de mon audace.

Donc, un soir, pendant que toute la famille se tenait

encore au salon, je pénétrai furtivement dans la chambre
de Mme Dufour, et je m'emparai (pardon, Mesdames)
d'un récipient de forme ronde qu'on cache ordinairement non loin de la tête du lit. Je m'assurai qu'il était
parfaitement sec et je déposai dans le fond une poignée,
une grosse poignée, de phosphure de calcium.

Puis j'allai me cacher dans le grenier, attendant
l'heure. Bientôt un bruit de voix et de pas m'annonça
qu'on montait dans les appartements ; puis le silence
se fit. Alors, je descendis nu-pieds, retenant mon souffle,
et j'allai placer mon œil à la serrure de mon ennemie.

Elle rangeait avec soin ses petites affaires. Puis elle
ôta peu à peu ses hardes, endossa un grand peignoir
blanc qui semblait collé sur ses os. Elle prit un verre,
l'emplit d'eau, et enfonçant une main dans sa bouche
comme si elle eût voulu s'arracher la langue, elle en fit
sortir quelque chose de rose et blanc, qu'elle déposa
aussitôt dans l'eau. J'eus peur comme si je venais
d'assister à quelque mystère honteux et terrible. Ce
n'était que son râtelier.

Puis elle enleva sa perruque brune et apparut avec
un petit crâne poudré de quelques cheveux blancs, si
comique que je faillis, cette fois, éclater de rire derrière
la porte. Puis elle fit sa prière, se releva, s'approcha
de mon instrument de vengeance, le déposa par terre
au milieu de la chambre, et se baissant, le recouvrit
entièrement de son peignoir.

J'attendais, le cœur palpitant. Elle était tranquille,
contente, heureuse. J'attendais... heureux aussi, moi,
comme on l'est quand on se venge.

J'entendis d'abord un très léger bruit, un clapote-
ment, puis aussitôt une série de détonations sourdes
comme une fusillade lointaine.

Il se passa, en une seconde, sur le visage de Mme Dufour, quelque chose d'affreux et de surprenant. Ses
yeux s'ouvrirent, se fermèrent, se rouvrirent, puis elle
se leva tout à coup avec une souplesse dont je ne l'aurais
pas crue capable, et elle regarda...

L'objet blanc crépitait, détonait, plein de flammes

rapides et flottantes comme le feu grégeois des Anciens. Et une fumée épaisse s'en élevait, montant vers le plafond, une fumée mystérieuse, effrayante, comme un sortilège.

Que dut-elle penser, la pauvre femme ? Crut-elle à une ruse du Diable ? À une maladie épouvantable ? Crut-elle que ce feu, sorti d'elle, allait lui ronger les entrailles, jaillir comme d'une gueule de volcan ou la faire éclater comme un canon trop chargé ?

Elle demeurait debout, folle d'épouvante, le regard tendu sur le phénomène. Puis tout à coup elle poussa un cri comme je n'en ai jamais entendu et s'abattit sur le dos.

Je me sauvai et je m'enfonçai dans mon lit et je fermai les yeux avec force comme pour me prouver à moi-même que je n'avais rien fait, rien vu, que je n'avais pas quitté ma chambre.

Je me disais : « Elle est morte ! Je l'ai tuée ! » Et j'écoutais anxieusement les rumeurs de la maison.

On allait ; on venait ; on parlait ; puis, j'entendis qu'on riait ; puis, je reçus une pluie de calottes envoyées par la main paternelle.

Le lendemain Mme Dufour était fort pâle. Elle buvait de l'eau à tout moment. Peut-être, malgré les assurances du médecin, essayait-elle d'éteindre l'incendie qu'elle croyait enfermé dans son flanc.

Depuis ce jour, quand on parle devant elle de maladie, elle pousse un profond soupir, et murmure : « Oh ! Madame, si vous saviez ! Il y a des maladies si singulières... »

Elle n'en dit jamais davantage.

(1883)

LA QUESTION DU LATIN

Cette question du latin[1], dont on nous abrutit depuis quelque temps, me rappelle une histoire, une histoire de ma jeunesse.

Je finissais mes études chez un marchand de soupe, d'une grande ville du Centre, à l'institution Robineau, célèbre dans toute la province par la force des études latines qu'on y faisait.

Depuis dix ans, l'institution Robineau battait, à tous les concours, le lycée impérial de la ville et tous les collèges des sous-préfectures, et ses succès constants étaient dus, disait-on, à un pion, un simple pion, M. Piquedent, ou plutôt le père Piquedent.

C'était un de ces demi-vieux tout gris, dont il est impossible de connaître l'âge et dont on devine l'histoire à première vue. Entré comme pion à vingt ans dans une institution quelconque, afin de pouvoir pousser ses études jusqu'à la licence ès lettres d'abord, et jusqu'au doctorat ensuite, il s'était trouvé engrené de telle sorte dans cette vie sinistre qu'il était resté pion toute sa vie. Mais son amour pour le latin ne l'avait pas quitté et le harcelait à la façon d'une passion malsaine. Il continuait à lire les poètes, les prosateurs, les historiens, à les interpréter, à les pénétrer, à les commenter, avec une persévérance qui touchait à la manie.

1. C'est l'époque où, en raison de la démocratisation de l'instruction publique (cf. note 1, p. 172), on commence à s'interroger sérieusement sur les avantages, voire la nécessité, d'un enseignement *moderne*, c'est-à-dire sans latin, considéré comme mieux adapté à la nouvelle population scolaire.

Un jour, l'idée lui vint de forcer tous les élèves de son étude à ne lui répondre qu'en latin ; et il persista dans cette résolution, jusqu'au moment où ils furent capables de soutenir avec lui une conversation entière comme ils l'eussent fait dans leur langue maternelle.

Il les écoutait ainsi qu'un chef d'orchestre écoute répéter ses musiciens, et à tout moment frappant son pupitre de sa règle :

« Monsieur Lefrère, monsieur Lefrère, vous faites un solécisme ! Vous ne vous rappelez donc pas la règle ?... »

« Monsieur Plantel, votre tournure de phrase est toute française et nullement latine. Il faut comprendre le génie d'une langue. Tenez, écoutez-moi... »

Or il arriva que les élèves de l'institution Robineau emportèrent, en fin d'année, tous les prix de thème, version et discours latins.

L'an suivant, le patron, un petit homme rusé comme un singe, dont il avait d'ailleurs le physique grimaçant et grotesque, fit imprimer sur ses programmes, sur ses réclames et peindre sur la porte de son institution :

« Spécialités d'études latines. — Cinq premiers prix remportés dans les cinq classes du lycée.

« Deux prix d'honneur au Concours général avec tous les lycées et collèges de France. »

Pendant dix ans l'institution Robineau triompha de la même façon. Or, mon père, alléché par ces succès, me mit comme externe chez ce Robineau que nous appelions Robinetto ou Robinettino, et me fit prendre des répétitions spéciales avec le père Piquedent, moyennant cinq francs l'heure, sur lesquels le pion touchait deux francs et le patron trois francs. J'avais alors dix-huit ans, et j'étais en philosophie.

Ces répétitions avaient lieu dans une petite chambre qui donnait sur la rue. Il advint que le père Piquedent, au lieu de me parler latin, comme il faisait à l'étude, me raconta ses chagrins en français. Sans parents, sans amis, le pauvre bonhomme me prit en affection et versa dans mon cœur sa misère.

Jamais depuis dix ou quinze ans il n'avait causé seul
à seul avec quelqu'un.

« Je suis comme un chêne dans un désert, disait-il.
Sicut quercus in solitudine. »

Les autres pions le dégoûtaient ; il ne connaissait personne en ville, puisqu'il n'avait aucune liberté pour se
faire des relations.

« Pas même les nuits, mon ami, et c'est le plus dur
pour moi. Tout mon rêve serait d'avoir une chambre
avec mes meubles, mes livres, de petites choses qui
m'appartiendraient et auxquelles les autres ne pourraient pas toucher. Et je n'ai rien à moi, rien que ma
culotte et ma redingote, rien, pas même mon matelas
et mon oreiller ! Je n'ai pas quatre murs où m'enfermer, excepté quand je viens pour donner une leçon dans
cette chambre. Comprenez-vous ça, vous, un homme
qui passe toute sa vie sans avoir jamais le droit, sans
trouver jamais le temps de s'enfermer tout seul, n'importe où, pour penser, pour réfléchir, pour travailler,
pour rêver ? Ah ! mon cher, une clef, la clef d'une
porte qu'on peut fermer, voilà le bonheur, le voilà, le
seul bonheur !

« Ici, pendant le jour, l'étude avec tous ces galopins
qui remuent, et, pendant la nuit le dortoir avec ces
mêmes galopins, qui ronflent. Et je dors dans un lit
public au bout des deux files de ces lits de polissons
que je dois surveiller. Je ne peux jamais être seul,
jamais ! Si je sors, je trouve la rue pleine de monde,
et quand je suis fatigué de marcher, j'entre dans un café
plein de fumeurs et de joueurs de billard. Je vous dis
que c'est un bagne. »

Je lui demandais :

« Pourquoi n'avez-vous pas fait autre chose, monsieur Piquedent ? »

Il s'écriait :

« Eh quoi, mon petit ami, quoi ? Je ne suis ni bottier,
ni menuisier, ni chapelier, ni boulanger, ni coiffeur.
Je ne sais que le latin, moi, et je n'ai pas de diplôme
qui me permette de le vendre cher. Si j'étais docteur,

je vendrais cent francs ce que je vends cent sous ; et
je le fournirais sans doute de moins bonne qualité, car
mon titre suffirait à soutenir ma réputation. »

Parfois il me disait :

« Je n'ai de repos dans la vie que les heures passées
avec vous. Ne craignez rien, vous n'y perdrez pas. À
l'étude, je me rattraperai en vous faisant parler deux
fois plus que les autres. »

Un jour je m'enhardis, et je lui offris une cigarette.
Il me contempla d'abord avec stupeur, puis il regarda
la porte :

« Si on entrait, mon cher !

— Eh bien, fumons à la fenêtre », lui dis-je.

Et nous allâmes nous accouder à la fenêtre sur la rue
en cachant au fond de nos mains arrondies en coquille
les minces rouleaux de tabac.

En face de nous était une boutique de repasseuses :
quatre femmes en caraco blanc promenaient sur le
linge, étalé devant elles, le fer lourd et chaud qui dégageait une buée.

Tout à coup une autre, une cinquième, portant au
bras un large panier qui lui faisait plier la taille, sortit
pour aller rendre aux clients leurs chemises, leurs mouchoirs et leurs draps. Elle s'arrêta sur la porte comme
si elle eût été fatiguée déjà ; puis elle leva les yeux, sourit
en nous voyant fumer, nous jeta, de sa main restée
libre, un baiser narquois d'ouvrière insouciante ; et elle
s'en alla d'un pas lent, en traînant ses chaussures.

C'était une fille de vingt ans, petite, un peu maigre,
pâle, assez jolie, l'air gamin, les yeux rieurs sous des
cheveux blonds mal peignés.

Le père Piquedent, ému, murmura :

« Quel métier, pour une femme ! Un vrai métier de
cheval. »

Et il s'attendrit sur la misère du peuple. Il avait un
cœur exalté de démocrate sentimental et il parlait des
fatigues ouvrières avec des phrases de Jean-Jacques
Rousseau et des larmoiements dans la gorge.

Le lendemain, comme nous étions accoudés à la même

fenêtre, la même ouvrière nous aperçut et nous cria :
« Bonjour les écoliers ! » d'une petite voix drôle, en
nous faisant la nique avec ses mains.

Je lui jetai une cigarette, qu'elle se mit aussitôt à
fumer. Et les quatre autres repasseuses se précipitèrent
sur la porte, les mains tendues, afin d'en avoir aussi.

Et, chaque jour, un commerce d'amitié s'établit entre
les travailleuses du dortoir et les fainéants de la pension.

Le père Piquedent était vraiment comique à voir. Il
tremblait d'être aperçu, car il aurait pu perdre sa place,
et il faisait des gestes timides et farces, toute une mimi-
que d'amoureux sur la scène, à laquelle les femmes
répondaient par une mitraille de baisers.

Une idée perfide me germait dans la tête. Un jour,
en rentrant dans notre chambre, je dis, tout bas, au
vieux pion :

« Vous ne croiriez pas, monsieur Piquedent, j'ai rencontré la petite blanchisseuse ! Vous savez bien, celle
au panier, et je lui ai parlé ! »

Il demanda, un peu troublé par le ton que j'avais
pris :

« Que vous a-t-elle dit ?

— Elle m'a dit... mon Dieu... elle m'a dit... qu'elle
vous trouvait très bien... Au fond, je crois... je crois...
qu'elle est un peu amoureuse de vous... »

Je le vis pâlir ; il reprit :

« Elle se moque de moi, sans doute. Ces choses-là
n'arrivent pas à mon âge. »

Je dis gravement :

« Pourquoi donc ? Vous êtes très bien ! »

Comme je le sentais touché par ma ruse, je n'insis-
tai pas.

Mais, chaque jour, je prétendis avoir rencontré la
petite et lui avoir parlé de lui ; si bien qu'il finit par
me croire et par envoyer à l'ouvrière des baisers ardents
et convaincus.

Or, il arriva qu'un matin, en me rendant à la pension, je la rencontrai vraiment. Je l'abordai sans hésiter comme si je la connaissais depuis dix ans.

« Bonjour, Mademoiselle. Vous allez bien ?

— Fort bien, Monsieur, je vous remercie.

— Voulez-vous une cigarette ?

— Oh ! pas dans la rue.

— Vous la fumerez chez vous.

— Alors, je veux bien.

— Dites donc, Mademoiselle, vous ne savez pas ?

— Quoi donc, Monsieur ?

— Le vieux, mon vieux professeur...

— Le père Piquedent ?

— Oui, le père Piquedent. Vous savez donc son nom ?

— Parbleu ! Eh bien ?

— Eh bien, il est amoureux de vous ! »

Elle se mit à rire comme une folle et s'écria :

« C'te blague !

— Mais non, ce n'est pas une blague. Il me parle de vous tout le temps des leçons. Je parie qu'il vous épousera, moi ! »

Elle cessa de rire. L'idée du mariage rend graves toutes les filles. Puis elle répéta incrédule :

« C'te blague !

— Je vous jure que c'est vrai. »

Elle ramassa son panier posé devant mes pieds :

« Eh bien ! nous verrons », dit-elle.

Et elle s'en alla.

Aussitôt entré à la pension, je pris à part le père Piquedent :

« Il faut lui écrire ; elle est folle de vous. »

Et il écrivit une longue lettre doucement tendre, pleine de phrases et de périphrases, de métaphores et de comparaisons, de philosophie et de galanterie universitaire, un vrai chef-d'œuvre de grâce burlesque, que je me chargeai de remettre à la jeune personne.

Elle la lut avec gravité, avec émotion, puis elle murmura :

« Comme il écrit bien ! On voit qu'il a reçu de l'éducation ! C'est-il vrai qu'il m'épouserait ? »

Je répondis intrépidement :

« Parbleu ! Il en perd la tête.

— Alors il faut qu'il m'invite à dîner dimanche à l'île des Fleurs. »

Je promis qu'elle serait invitée.

Le père Piquedent fut très touché de tout ce que je lui racontai d'elle.

J'ajoutai :

« Elle vous aime, monsieur Piquedent ; et je la crois une honnête fille. Il ne faut pas la séduire et l'abandonner ensuite ! »

Il répondit avec fermeté :

« Moi aussi je suis un honnête homme, mon ami. »

Je n'avais, je l'avoue, aucun projet. Je faisais une farce, une farce d'écolier, rien de plus. J'avais deviné la naïveté du vieux pion, son innocence et sa faiblesse. Je m'amusais sans me demander comment cela tournerait. J'avais dix-huit ans, et je passais pour un madré farceur, au lycée, depuis longtemps déjà.

Donc il fut convenu que le père Piquedent et moi partirions en fiacre jusqu'au bac de la Queue-de-Vache, nous y trouverions Angèle, et je les ferais monter dans mon bateau, car je canotais en ce temps-là. Je les conduirais ensuite à l'île des Fleurs, où nous dînerions tous les trois. J'avais imposé ma présence, pour bien jouir de mon triomphe, et le vieux, acceptant ma combinaison, prouvait bien qu'il perdait la tête en effet en exposant ainsi sa place.

Quand nous arrivâmes au bac, où mon canot était amarré depuis le matin, j'aperçus dans l'herbe, ou plutôt au-dessus des hautes herbes de la berge, une ombrelle rouge énorme, pareille à un coquelicot monstrueux. Sous l'ombrelle nous attendait la petite blanchisseuse endimanchée. Je fus surpris ; elle était vraiment gentille, bien que pâlotte, et gracieuse, bien que d'allure un peu faubourienne.

Le père Piquedent lui tira son chapeau en s'inclinant. Elle lui tendit la main, et ils se regardèrent sans dire un mot. Puis ils montèrent dans mon bateau et je pris les rames.

Ils étaient assis côte à côte, sur le banc d'arrière.
Le vieux parla le premier.

« Voilà un joli temps, pour une promenade en barque. »

Elle murmura :

« Oh ! oui. »

Elle laissait traîner sa main dans le courant, effleurant l'eau de ses doigts, qui soulevaient un mince filet transparent, pareil à une lame de verre. Cela faisait un bruit léger, un gentil clapot, le long du canot.

Quand on fut dans le restaurant, elle retrouva la parole, commanda le dîner : une friture, un poulet et de la salade ; puis elle nous entraîna dans l'île, qu'elle connaissait parfaitement.

Alors elle fut gaie, gamine et même assez moqueuse.

Jusqu'au dessert, il ne fut pas question d'amour. J'avais offert du champagne, et le père Piquedent était gris. Un peu partie elle-même, elle l'appelait :

« Monsieur Piquenez. »

Il dit tout à coup :

« Mademoiselle, M. Raoul vous a communiqué mes sentiments. »

Elle devint sérieuse comme un juge.

« Oui, Monsieur !

— Y répondez-vous ?

— On ne répond jamais à ces questions-là ! »

Il soufflait d'émotion et reprit :

« Enfin, un jour viendra où je pourrai vous plaire ? »

Elle sourit :

« Gros bête ! Vous êtes très gentil.

— Enfin, Mademoiselle, pensez-vous que plus tard, nous pourrions…? »

Elle hésita, une seconde ; puis d'une voix tremblante :

« C'est pour m'épouser que vous dites ça ? Car jamais autrement, vous savez ?

— Oui, Mademoiselle !

— Eh bien ! ça va, monsieur Piquenez ! »

C'est ainsi que ces deux étourneaux se promirent le mariage, par la faute d'un galopin. Mais je ne croyais

pas cela sérieux ; ni eux non plus, peut-être. Une hésitation lui vint à elle :

« Vous savez, je n'ai rien, pas quatre sous. »

Il balbutia, car il était ivre comme Silène[1] :

« Moi, j'ai cinq mille francs d'économies. »

Elle s'écria triomphante :

« Alors nous pourrions nous établir ? »

Il devint inquiet :

« Nous établir quoi ?

— Est-ce que je sais, moi ? Nous verrons. Avec cinq
mille francs, on fait bien des choses. Vous ne voulez
pas que j'aille habiter dans votre pension, n'est-ce
pas ? »

Il n'avait point prévu jusque-là, et il bégayait fort
perplexe :

« Nous établir quoi ? Ça n'est pas commode ! Moi
je ne sais que le latin ! »

Elle réfléchissait à son tour, passant en revue toutes
les professions qu'elle avait ambitionnées.

« Vous ne pourriez pas être médecin ?

— Non, je n'ai pas de diplôme.

— Ni pharmacien ?

— Pas davantage. »

Elle poussa un cri de joie. Elle avait trouvé.

« Alors nous achèterons une épicerie ! Oh ! quelle
chance ! nous achèterons une épicerie ! Pas grosse par
exemple ; avec cinq mille francs on ne va pas loin. »

Il eut une révolte :

« Non, je ne peux pas être épicier... Je suis... je
suis... je suis trop connu... Je ne sais que... que... que
le latin... moi... »

Mais elle lui enfonçait dans la bouche un verre plein
de champagne. Il but et se tut.

Nous remontâmes dans le bateau. La nuit était noire,

---

1. Figure mythologique. Fils de Pan, il fut l'éducateur de Diony-
sos (Bacchus, dieu du vin). Il est représenté comme un vieillard fort
laid, jouisseur et ivrogne.

très noire. Je vis bien, cependant, qu'ils se tenaient par la taille et qu'ils s'embrassèrent plusieurs fois.

Ce fut une catastrophe épouvantable. Notre escapade, découverte, fit chasser le père Piquedent. Et mon père, indigné, m'envoya finir ma philosophie dans la pension Ribaudet.

Je passai mon bachot six semaines plus tard. Puis j'allai à Paris faire mon droit ; et je ne revins dans ma ville natale qu'après deux ans.

Au détour de la rue du Serpent une boutique m'accrocha l'œil. On lisait : *Produits coloniaux Piquedent.* Puis dessous, afin de renseigner les plus ignorants : *Épicerie.*

Je m'écriai :

« *Quantum mutatus ab illo* [1] *!* »

Il leva la tête, lâcha sa cliente et se précipita sur moi les mains tendues.

« Ah ! mon jeune ami, mon jeune ami, vous voici ! Quelle chance ! Quelle chance ! »

Une belle femme, très ronde, quitta brusquement le comptoir et se jeta sur mon cœur. J'eus de la peine à la reconnaître tant elle avait engraissé.

Je demandai :

« Alors, ça va ? »

Piquedent s'était remis à peser :

« Oh ! très bien, très bien, très bien. J'ai gagné trois mille francs nets, cette année !

— Et le latin, monsieur Piquedent ?

— Oh ! mon Dieu, le latin, le latin, le latin, voyez-vous, il ne nourrit pas les hommes ! »

(1886)

_____

1. Latin : « Comme il a changé depuis cette époque-là ! »

LES VINGT-CINQ FRANCS
DE LA SUPÉRIEURE

Ah ! certes, il était drôle, le père Pavilly, avec ses grandes jambes d'araignée et son petit corps, et ses longs bras, et sa tête en pointe surmontée d'une flamme de cheveux rouges sur le sommet du crâne.

C'était un clown, un clown paysan, naturel, né pour faire des farces, pour faire rire, pour jouer des rôles, des rôles simples puisqu'il était fils de paysan, paysan lui-même, sachant à peine lire. Ah ! oui, le bon Dieu l'avait créé pour amuser les autres, les pauvres diables de la campagne qui n'ont pas de théâtres et de fêtes ; et il les amusait en conscience. Au café, on lui payait des tournées pour le garder, et il buvait intrépidement, riant et plaisantant, blaguant tout le monde sans fâcher personne, pendant qu'on se tordait autour de lui.

Il était si drôle que les filles elles-mêmes ne lui résistaient pas, tant elles riaient, bien qu'il fût très laid. Il les entraînait, en blaguant, derrière un mur, dans un fossé, dans une étable, puis il les chatouillait et les pressait, avec des propos si comiques qu'elles se tenaient les côtes en le repoussant. Alors il gambadait, faisait mine de se vouloir pendre, et elles se tordaient, les larmes aux yeux ; il choisissait un moment et les culbutait avec tant d'à-propos qu'elles y passaient toutes, même celles qui l'avaient bravé, histoire de s'amuser.

Donc, vers la fin de juin il s'engagea, pour faire la moisson, chez maître Le Harivau, près de Rouville. Pendant trois semaines entières il réjouit les moissonneurs, hommes et femmes, par ses farces, tant le jour que la nuit. Le jour on le voyait dans la plaine, au milieu des épis fauchés, on le voyait coiffé d'un vieux chapeau de paille qui cachait son toupet roussâtre, ramassant avec ses longs bras maigres et liant en gerbes le blé jaune ; puis s'arrêtant pour esquisser un geste drôle qui faisait rire à travers la campagne le peuple des travailleurs qui ne le quittait point de l'œil. La nuit il se glissait, comme une bête rampante, dans la paille des greniers où dormaient les femmes, et ses mains rôdaient, éveillaient des cris, soulevaient des tumultes. On le chassait à coups de sabots et il fuyait à quatre pattes, pareil à un singe fantastique, au milieu des fusées de gaieté de la chambre tout entière.

Le dernier jour [1], comme le char des moissonneurs, enrubanné et cornemusant, plein de cris, de chants, de joie et d'ivresse, allait sur la grande route blanche, au pas lent de six chevaux pommelés, conduit par un gars en blouse portant cocarde à sa casquette, Pavilly, au milieu des femmes vautrées, dansait un pas de satyre ivre qui tenait, bouche bée, sur les talus des fermes les petits garçons morveux et les paysans stupéfaits de sa structure invraisemblable.

Tout à coup, en arrivant à la barrière de la ferme de maître Le Harivau, il fit un bond en élevant les bras, mais par malheur il heurta, en retombant, le bord de la longue charrette, culbuta par-dessus, tomba sur la roue et rebondit sur le chemin.

Ses camarades s'élancèrent. Il ne bougeait plus, un œil fermé, l'autre ouvert, blême de peur, ses grands membres allongés dans la poussière.

Quand on toucha sa jambe droite, il se mit à pousser des cris et, quand on voulut le mettre debout, il s'abattit.

— Je crais ben qu'il a une patte cassée, dit un homme.

---

1. La fin de la moisson était traditionnellement célébrée par une grande fête, offerte par le fermier aux ouvriers et ouvrières agricoles.

Il avait, en effet, une jambe cassée.

Maître Le Harivau le fit étendre sur une table, et un cavalier courut à Rouville pour chercher le médecin, qui arriva une heure après.

Le fermier fut très généreux et annonça qu'il payerait le traitement de l'homme à l'hôpital.

Le docteur emporta donc Pavilly dans sa voiture et le déposa dans un dortoir peint à la chaux où sa fracture fut réduite.

Dès qu'il comprit qu'il n'en mourrait pas et qu'il allait être soigné, guéri, dorloté, nourri à rien faire, sur le dos, entre deux draps, Pavilly fut saisi d'une joie débordante, et il se mit à rire d'un rire silencieux et continu qui montrait ses dents gâtées.

Dès qu'une sœur approchait de son lit, il lui faisait des grimaces de contentement, clignait de l'œil, tordait sa bouche, remuait son nez qu'il avait très long et mobile à volonté. Ses voisins de dortoir, tout malades qu'ils étaient, ne pouvaient se tenir de rire, et la sœur supérieure venait souvent à son lit pour passer un quart d'heure d'amusement. Il trouvait pour elle des farces plus drôles, des plaisanteries inédites et comme il portait en lui le germe de tous les cabotinages, il se faisait dévot pour lui plaire, parlait du bon Dieu avec des airs sérieux d'homme qui sait les moments où il ne faut plus badiner.

Un jour, il imagina de lui chanter des chansons. Elle fut ravie et revint plus souvent ; puis, pour utiliser sa voix, elle lui apporta un livre de cantiques. On le vit alors assis dans son lit, car il commençait à se remuer, entonnant d'une voix de fausset les louanges de l'Éternel, de Marie et du Saint-Esprit, tandis que la grosse bonne sœur, debout à ses pieds, battait la mesure avec un doigt en lui donnant l'intonation. Dès qu'il put marcher, la supérieure lui offrit de le garder quelque temps de plus pour chanter les offices dans la chapelle, tout en servant la messe et remplissant aussi les fonctions de sacristain. Il accepta. Et pendant un mois entier on le vit, vêtu d'un surplis blanc, et boitillant, entonner les répons et les psaumes avec des ports de tête si plaisants que le nombre des fidèles augmenta, et qu'on désertait la paroisse pour venir à vêpres à l'hôpital.

Mais comme tout finit en ce monde, il fallut bien le congédier quand il fut tout à fait guéri. La supérieure, pour le remercier, lui fit cadeau de vingt-cinq francs.

Dès que Pavilly se vit dans la rue avec cet argent dans sa poche, il se demanda ce qu'il allait faire. Retournerait-il au village ? Pas avant d'avoir bu un coup certainement, ce qui ne lui était pas arrivé depuis longtemps, et il entra dans un café. Il ne venait pas à la ville plus d'une fois ou deux par an, et il lui était resté, d'une de ces visites en particulier, un souvenir confus et enivrant d'orgie.

Donc il demanda un verre de fine qu'il avala d'un trait pour graisser le passage, puis il s'en fit verser un second afin d'en prendre le goût.

Dès que l'eau-de-vie, forte et poivrée, lui eut touché le palais et la langue, réveillant plus vive, après cette longue sobriété, la sensation aimée et désirée de l'alcool qui caresse, et pique, et aromatise, et brûle la bouche, il comprit qu'il boirait la bouteille et demanda tout de suite ce qu'elle valait, afin d'économiser sur le détail. On la lui compta trois francs, qu'il paya ; puis il commença à se griser avec tranquillité.

Il y mettait pourtant de la méthode, voulant garder assez de conscience pour d'autres plaisirs. Donc aussitôt qu'il se sentit sur le point de voir saluer les cheminées il se leva, et s'en alla, en quête d'une maison de filles.

Il la trouva, non sans peine, après l'avoir demandée à un charretier qui ne la connaissait pas, à un facteur qui le renseigna mal, à un boulanger qui se mit à jurer en le traitant de vieux porc, et, enfin, à un militaire qui l'y conduisit obligeamment, en l'engageant à choisir la Reine.

Pavilly, bien qu'il fût à peine midi, entra dans ce lieu de délices où il fut reçu par une bonne qui voulait le mettre à la porte. Mais il la fit rire par une grimace, montra trois francs, prix normal des consommations spéciales du lieu, et la suivit avec peine le long d'un escalier fort sombre qui menait au premier étage.

Quand il fut entré dans une chambre il réclama la venue de la Reine et l'attendit en buvant un nouveau coup au goulot même de sa bouteille.

La porte s'ouvrit, une fille parut. Elle était grande, grasse, rouge, énorme. D'un coup d'œil sûr, d'un coup d'œil de connaisseur, elle toisa l'ivrogne écroulé sur un siège et lui dit :

— T'as pas honte à c't'heure-ci ?

Il balbutia :

— De quoi, princesse ?

— Mais de déranger une dame avant qu'elle ait seulement mangé la soupe.

Il voulut rire.

— Y a pas d'heure pour les braves.

— Y a pas d'heure non plus pour se saouler, vieux pot.

Pavilly se fâcha.

— Je sieus pas un pot, d'abord, et puis je sieus pas saoul.

— Pas saoul ?

— Non, je sieus pas saoul.

— Pas saoul, tu pourrais pas seulement te tenir debout.

Elle le regardait avec une colère rageuse de femme dont les compagnes dînent.

Il se dressa.

— Mé, mé, que je danserais une polka.

Et, pour prouver sa solidité, il monta sur la chaise, fit une pirouette et sauta sur le lit où ses gros souliers vaseux plaquèrent deux taches épouvantables.

— Ah ! salaud ! cria la fille.

S'élançant, elle lui jeta un coup de poing dans le ventre, un tel coup de poing que Pavilly perdit l'équilibre, bascula sur les pieds de la couche, fit une complète cabriole, retomba sur la commode entraînant avec lui la cuvette et le pot à l'eau, puis s'écroula par terre en poussant des hurlements.

Le bruit fut si violent et ses cris si perçants que toute la maison accourut, monsieur, madame, la servante et le personnel.

Monsieur, d'abord, voulut ramasser l'homme, mais, dès qu'il l'eut mis debout, le paysan perdit de nouveau l'équilibre, puis se mit à vociférer qu'il avait la jambe cassée, l'autre, la bonne, la bonne !

C'était vrai. On courut chercher un médecin. Ce fut justement celui qui avait soigné Pavilly chez maître Le Harivau.

— Comment, c'est encore vous ? dit-il.

— Oui, m'sieu.

— Qu'est-ce que vous avez ?

— L'autre qu'on m'a cassée itou, m'sieu l'docteur.

— Qu'est-ce qui vous a fait ça, mon vieux ?

— Une femelle donc.

Tout le monde écoutait. Les filles en peignoir, en cheveux, la bouche encore grasse du dîner interrompu, madame furieuse, monsieur inquiet.

— Ça va faire une vilaine histoire, dit le médecin. Vous savez que la municipalité vous voit d'un mauvais œil. Il faudrait tâcher qu'on ne parlât point de cette affaire-là.

— Comment faire ? demanda monsieur.

— Mais, le mieux serait d'envoyer cet homme à l'hôpital, d'où il sort, d'ailleurs, et de payer son traitement.

Monsieur répondit :

— J'aime encore mieux ça que d'avoir des histoires.

Donc Pavilly, une demi-heure après, rentrait ivre et geignant dans le dortoir d'où il était sorti une heure plus tôt.

La supérieure leva les bras, affligée, car elle l'aimait, et souriante, car il ne lui déplaisait pas de le revoir.

— Eh bien ! mon brave, qu'est-ce que vous avez ?

— L'autre jambe cassée, madame la bonne sœur.

— Ah ! vous êtes donc encore monté sur une voiture de paille, vieux farceur ?

Et Pavilly, confus et sournois, balbutia :

— Non... non... Pas cette fois... pas cette fois... Non... non... C'est point d'ma faute, point d'ma faute... C'est une paillasse[1] qu'en est cause.

Elle ne put en tirer d'autre explication et ne sut jamais que cette rechute était due à ses vingt-cinq francs.

(1888)

---

1. Au sens propre : matelas garni de paille. Populaire : prostituée de bas étage.

TOINE

I

On le connaissait à dix lieues aux environs le père Toine, le gros Toine, Toine-ma-Fine, Antoine Mâcheblé, dit Brûlot, le cabaretier de Tournevent.

Il avait rendu célèbre le hameau enfoncé dans un pli du vallon qui descendait vers la mer, pauvre hameau paysan composé de dix maisons normandes entourées de fossés et d'arbres.

Elles étaient là, ces maisons, blotties dans ce ravin couvert d'herbe et d'ajonc, derrière la courbe qui avait fait nommer ce lieu Tournevent. Elles semblaient avoir cherché un abri dans ce trou comme les oiseaux qui se cachent dans les sillons les jours d'ouragan, un abri contre le grand vent de mer, le vent du large, le vent dur et salé, qui ronge et brûle comme le feu, dessèche et détruit comme les gelées d'hiver.

Mais le hameau tout entier semblait être la propriété d'Antoine Mâcheblé, dit Brûlot, qu'on appelait d'ailleurs aussi souvent Toine et Toine-ma-Fine, par suite d'une locution dont il se servait sans cesse :

— Ma Fine est la première de France.

Sa Fine, c'était son cognac, bien entendu.

Depuis vingt ans il abreuvait le pays de sa Fine et de ses brûlots, car chaque fois qu'on lui demandait :

— Qu'est-ce que j'allons bé, pé Toine ?

Il répondait invariablement :

— Un brûlot [1], mon gendre, ça chauffe la tripe et
ça nettoie la tête ; y a rien de meilleur pour le corps.

Il avait aussi cette coutume d'appeler tout le monde
« mon gendre », bien qu'il n'eût jamais eu de fille
mariée ou à marier.

Ah ! oui, on le connaissait Toine Brûlot, le plus gros
homme du canton, et même de l'arrondissement. Sa
petite maison semblait dérisoirement trop étroite et trop
basse pour le contenir, et quand on le voyait debout
sur sa porte où il passait des journées entières, on se
demandait comment il pourrait entrer dans sa demeure.
Il y entrait chaque fois que se présentait un consom-
mateur, car Toine-ma-Fine était invité de droit à pré-
lever son petit verre sur tout ce qu'on buvait chez lui.

Son café avait pour enseigne : « Au Rendez-vous des
Amis », et il était bien, le pé Toine, l'ami de toute la
contrée. On venait de Fécamp et de Montivilliers pour
le voir et pour rigoler en l'écoutant, car il aurait fait
rire une pierre de tombe, ce gros homme. Il avait une
manière de blaguer les gens sans les fâcher, de cligner
de l'œil pour exprimer ce qu'il ne disait pas, de se taper
sur la cuisse dans ses accès de gaieté qui vous tiraient
le rire du ventre malgré vous, à tous les coups. Et puis
c'était une curiosité rien que de le regarder boire. Il
buvait tant qu'on lui en offrait, et de tout, avec une
joie dans son œil malin, une joie qui venait de son double plaisir, plaisir de se régaler d'abord et d'amasser
des gros sous, ensuite, pour sa régalade [2].

Les farceurs du pays lui demandaient :

— Pourquoi que tu ne bé point la mé, pé Toine ?

Il répondait :

— Y a deux choses qui m'opposent [3], primo qu'a
l'est salée, et deusio qu'i faudrait la mettre en bouteille,
vu que mon abdomin n'est point pliable pour bé à c'te
tasse-là !

1. Eau-de-vie flambée avec du sucre.
2. Action de régaler.
3. Normandisme : cf. note 3, p. 53.

Et puis il fallait l'entendre se quereller avec sa femme ! C'était une telle comédie qu'on aurait payé sa place de bon cœur. Depuis trente ans qu'ils étaient mariés, ils se chamaillaient tous les jours. Seulement Toine rigolait tandis que sa bourgeoise se fâchait. C'était une grande paysanne, marchant à longs pas d'échassier, et portant sur un corps maigre et plat une tête de chat-huant en colère. Elle passait son temps à élever des poules dans une petite cour, derrière le cabaret, et elle était renommée pour la façon dont elle savait engraisser les volailles.

Quand on donnait un repas à Fécamp chez les gens de la haute, il fallait, pour que le dîner fût goûté, qu'on y mangeât une pensionnaire de la mé Toine.

Mais elle était née de mauvaise humeur et elle avait continué à être mécontente de tout. Fâchée contre le monde entier, elle en voulait principalement à son mari. Elle lui en voulait de sa gaieté, de sa renommée, de sa santé et de son embonpoint. Elle le traitait de propre à rien, parce qu'il gagnait de l'argent sans rien faire, de sapas[1], parce qu'il mangeait et buvait comme dix hommes ordinaires, et il ne se passait point de jour sans qu'elle déclarât d'un air exaspéré :

— Ça serait-il point mieux dans l'étable à cochons un quétou[2] comme ça ? C'est que d'la graisse que ça en fait mal au cœur.

— Espère[3], espère un brin ; j'verrons c'qu'arrivera, j'verrons ben ! ça crèvera comme un sac à grain, ce gros bouffi !

Toine riait de tout son cœur en se tapant sur le ventre et répondait :

— Eh ! la mé Poule, ma planche, tâche d'engraisser comme ça d'la volaille. Tâche pour voir.

Et relevant sa manche sur son bras énorme :

---

1. Normandisme, de *saper* : manger gloutonnement. Gourmand, goinfre.
2. Normandisme : porc.
3. Archaïsme et provincialisme : attends.

— En v'là un aileron, la mè, en v'là un.

Et les consommateurs tapaient du poing sur les tables en se tordant de joie, tapaient du pied sur la terre du sol, et crachaient par terre dans un délire de gaieté.

La vieille furieuse reprenait :

— Espère un brin... espère un brin... j'verrons c'qu'arrivera... ça crèvera comme un sac à grain...

Et elle s'en allait furieuse, sous les rires des buveurs.

Toine, en effet, était surprenant à voir, tant il était devenu épais et gros, rouge et soufflant. C'était un de ces êtres énormes sur qui la mort semble s'amuser, avec des ruses, des gaietés et des perfidies bouffonnes, rendant irrésistiblement comique son travail lent de destruction. Au lieu de se montrer comme elle fait chez les autres, la gueuse, de se montrer dans les cheveux blancs, dans la maigreur, dans les rides, dans l'affaissement croissant qui fait dire avec un frisson : « Bigre ! comme il a changé ! » elle prenait plaisir à l'engraisser, celui-là, à le faire monstrueux et drôle, à l'enluminer de rouge et de bleu, à le souffler, à lui donner l'apparence d'une santé surhumaine ; et les déformations qu'elle inflige à tous les êtres devenaient chez lui risibles, cocasses, divertissantes, au lieu d'être sinistres et pitoyables.

— Espère un brin, espère un brin, répétait la mère Toine, j'verrons c'qu'arrivera.

II

Il arriva que Toine eut une attaque et tomba paralysé. On coucha ce colosse dans la petite chambre derrière la cloison du café, afin qu'il pût entendre ce qu'on disait à côté, et causer avec les amis, car sa tête était demeurée libre, tandis que son corps, un corps énorme, impossible à remuer, à soulever, restait frappé d'immobilité. On espérait, dans les premiers temps, que ses grosses jambes reprendraient quelque énergie, mais cet espoir disparut bientôt, et Toine-ma-Fine passa ses jours et ses nuits dans son lit qu'on ne retapait qu'une fois par semaine, avec le secours de quatre voisins qui enlevaient le cabaretier par les quatre membres pendant qu'on retournait sa paillasse.

Il demeurait gai pourtant, mais d'une gaieté différente, plus timide, plus humble, avec des craintes de petit enfant devant sa femme qui piaillait toute la journée :

— Le v'là, le gros sapas, le v'là, le propre à rien, le faigniant, ce gros soulot ! C'est du propre, c'est du propre !

Il ne répondait plus. Il clignait seulement de l'œil derrière le dos de la vieille et il se retournait sur sa couche, seul mouvement qui lui demeurât possible. Il appelait cet exercice faire un « va-t-au nord », ou un « va-t-au sud ».

Sa grande distraction maintenant c'était d'écouter les conversations du café, et de dialoguer à travers le mur quand il reconnaissait les voix des amis ; il criait :

— Hé, mon gendre, c'est té Célestin ?

Et Célestin Maloisel répondait :

— C'est mé, pé Toine. C'est-il que tu regalopes, gros lapin ?

Toine-ma-Fine prononçait :

— Pour galoper, point encore. Mais je n'ai point maigri, l'coffre est bon.

Bientôt il fit venir les plus intimes dans sa chambre et on lui tenait compagnie, bien qu'il se désolât de voir qu'on buvait sans lui. Il répétait :

— C'est ça qui me fait deuil, mon gendre, de n'pus goûter d'ma Fine, nom d'un nom. L'reste, j'men gargarise, mais de ne point bé mé ça fait deuil.

Et la tête de chat-huant de la mère Toine apparaissait dans la fenêtre. Elle criait :

— Guêtez-le [1], guêtez-le, à c't'heure ce gros faigniant, qu'i faut nourrir, qu'i faut laver, qu'i faut nettoyer comme un porc.

---

1. Normandisme, cf. note 1, p. 79.

Et quand la vieille avait disparu, un coq aux plumes rouges sautait parfois sur la fenêtre, regardait d'un œil rond et curieux dans la chambre, puis poussait son cri sonore. Et parfois aussi, une ou deux poules volaient jusqu'au pied du lit, cherchant des miettes sur le sol.

Les amis de Toine-ma-Fine désertèrent bientôt la salle du café, pour venir, chaque après-midi, faire la causette autour du lit du gros homme. Tout couché qu'il était, ce farceur de Toine, il les amusait encore. Il aurait fait rire le diable, ce malin-là. Ils étaient trois qui reparaissaient tous les jours : Célestin Maloisel, un grand maigre, un peu tordu comme un tronc de pommier, Prosper Horslaville, un petit sec avec un nez de furet, malicieux, futé comme un renard, et Césaire Paumelle, qui ne parlait jamais, mais qui s'amusait tout de même.

On apportait une planche de la cour, on la posait au bord du lit et on jouait aux dominos [1] pardi, et on faisait de rudes parties, depuis deux heures jusqu'à six.

Mais la mère Toine devint bientôt insupportable. Elle ne pouvait tolérer que son gros faigniant d'homme continuât à se distraire, en jouant aux dominos dans son lit ; et chaque fois qu'elle voyait une partie commencée, elle s'élançait avec fureur, culbutait la planche, saisissait le jeu, le rapportait dans le café et déclarait que c'était assez de nourrir ce gros suiffeux [2] à ne rien faire sans le voir encore se divertir comme pour narguer le pauvre monde qui travaillait toute la journée.

Célestin Maloisel et Césaire Paumelle courbaient la tête, mais Prosper Horslaville excitait la vieille, s'amusait de ses colères.

La voyant un jour plus exaspérée que de coutume, il lui dit :

— Hé ! la mé, savez-vous c'que j'f'rais, mé, si j'étais de vous ?

---

1. Jeu très populaire dans les cafés. Cf. Flaubert, *Dictionnaire des idées reçues* : « Domino : se joue d'autant mieux quand on est gris. » Cf. aussi *L'Ivrogne*, p. 234.
2. Normandisme : gras, adipeux.

Elle attendit qu'il s'expliquât, fixant sur lui son œil de chouette.

Il reprit :

— Il est chaud comme un four, vot'homme, qui n'sort point d'son lit. Eh ben, mé, j'li f'rais couver des œufs.

Elle demeura stupéfaite, pensant qu'on se moquait d'elle, considérant la figure mince et rusée du paysan qui continua :

— J'y mettrais cinq sous un bras, cinq sous l'autre, l'même jour que je donnerais la couvée à une poule. Ça naîtrait d'même. Quand ils seraient éclos j'porterais à vot'poule les poussins de vot'homme pour qu'a les élève. Ça vous en f'rait d'la volaille, la mé !

La vieille interdite demanda :

— Ça se peut-il ?

L'homme reprit :

— Si ça s'peut ? Pourqué que ça n'se pourrait point ? Pisqu'on fait ben couver d's œufs dans une boîte chaude, on peut ben en mett' couver dans un lit.

Elle fut frappée par ce raisonnement et s'en alla, songeuse et calmée.

Huit jours plus tard elle entra dans la chambre de Toine avec son tablier plein d'œufs. Et elle dit :

— J'viens d'mett' la jaune au nid avec dix œufs. En v'là dix pour té. Tâche de n'point les casser.

Toine, éperdu, demanda :

— Qué que tu veux ?

Elle répondit :

— J'veux, qu'tu les couves, propre à rien.

Il rit d'abord ; puis, comme elle insistait, il se fâcha, il résista, il refusa résolument de laisser mettre sous ses gros bras cette graine de volaille que sa chaleur ferait éclore.

Mais la vieille, furieuse, déclara :

— Tu n'auras point d'fricot [1] tant que tu n'les prendras point. J'verrons ben c'qu'arrivera.

_____
1. Populaire : nourriture, repas.

Toine, inquiet, ne répondit rien.

Quand il entendit sonner midi, il appela :

— Hé ! la mé, la soupe est-il cuite ?

La vieille cria de sa cuisine :

— Y a point de soupe pour té, gros faigniant.

Il crut qu'elle plaisantait et attendit, puis il pria, supplia, jura, fit des « va-t-au nord » et des « va-t-au sud » désespérés, tapa la muraille à coups de poing, mais il dut se résigner à laisser introduire dans sa couche cinq œufs contre son flanc gauche. Après quoi il eut sa soupe. Quand ses amis arrivèrent, ils le crurent tout à fait mal, tant il paraissait drôle et gêné.

Puis on fit la partie de tous les jours. Mais Toine semblait n'y prendre aucun plaisir et n'avançait la main qu'avec des lenteurs et des précautions infinies.

— T'as donc l'bras noué, demandait Horslaville.

Toine répondit :

— J'ai quasiment t'une lourdeur dans l'épaule.

Soudain, on entendit entrer dans le café. Les joueurs se turent.

C'était le maire avec l'adjoint. Ils demandèrent deux verres de Fine et se mirent à causer des affaires du pays. Comme ils parlaient à voix basse, Toine Brûlot voulut coller son oreille contre le mur, et, oubliant ses œufs, il fit un brusque « va-t-au nord » qui le coucha sur une omelette.

Au juron qu'il poussa, la mère Toine accourut, et devinant le désastre, le découvrit d'une secousse. Elle demeura d'abord immobile, indignée, trop suffoquée pour parler devant le cataplasme jaune collé sur le flanc de son homme.

Puis, frémissant de fureur, elle se rua sur le paralytique et se mit à lui taper de grands coups sur le ventre, comme lorsqu'elle lavait son linge au bord de la mare. Ses mains tombaient l'une après l'autre avec un bruit sourd, rapides comme les pattes d'un lapin qui bat du tambour.

Les trois amis de Toine riaient à suffoquer, toussant, éternuant, poussant des cris, et le gros homme effaré parait les attaques de sa femme avec prudence, pour ne point casser encore les cinq œufs qu'il avait de l'autre côté.

III

Toine fut vaincu. Il dut couver, il dut renoncer aux parties de dominos, renoncer à tout mouvement, car la vieille le privait de nourriture avec férocité chaque fois qu'il cassait un œuf.

Il demeurait sur le dos, l'œil au plafond, immobile, les bras soulevés comme des ailes, échauffant contre lui les germes de volailles enfermés dans les coques blanches.

Il ne parlait plus qu'à voix basse comme s'il eût craint le bruit autant que le mouvement, et il s'inquiétait de la couveuse jaune qui accomplissait dans le poulailler la même besogne que lui.

Il demandait à sa femme :

— La jaune a-t-elle mangé anuit [1] ?

Et la vieille allait de ses poules à son homme et de son homme à ses poules, obsédée, possédée par la préoccupation des petits poulets qui mûrissaient dans le lit et dans le nid.

Les gens du pays qui savaient l'histoire s'en venaient, curieux et sérieux, prendre des nouvelles de Toine. Ils entraient à pas légers comme on entre chez les malades et demandaient avec intérêt :

— Eh bien ! ça va-t-il ?

Toine répondait :

— Pour aller, ça va, mais j'ai maujeure [2] tant que ça m'échauffe. J'ai des fremis [3] qui me galopent sur la peau.

Or, un matin, sa femme entra très émue et déclara :

1. Provincialisme : cette nuit, ce soir.
2. Normandisme : démangeaison.
3. Normandisme : fourmis.

— La jaune en a sept. Y avait trois œufs de mauvais.

Toine sentit battre son cœur. — Combien en aurait-il, lui ?

Il demanda :

— Ce sera tantôt ? — avec une angoisse de femme qui va devenir mère.

La vieille répondit d'un air furieux, torturée par la crainte d'un insuccès :

— Faut croire !

Ils attendirent. Les amis prévenus que les temps étaient proches arrivèrent bientôt inquiets eux-mêmes.

On en jasait dans les maisons. On allait s'informer aux portes voisines.

Vers trois heures, Toine s'assoupit. Il dormait maintenant la moitié des jours. Il fut réveillé soudain par un chatouillement inusité sous le bras droit. Il y porta aussitôt la main gauche et saisit une bête couverte de duvet jaune, qui remuait dans ses doigts.

Son émotion fut telle, qu'il se mit à pousser des cris, et il lâcha le poussin qui courut sur sa poitrine. Le café était plein de monde. Les buveurs se précipitèrent, envahirent la chambre, firent cercle comme autour d'un saltimbanque, et la vieille étant arrivée cueillit avec précaution la bestiole blottie sous la barbe de son mari.

Personne ne parlait plus. C'était par un jour chaud d'avril. On entendait par la fenêtre ouverte glousser la poule jaune appelant ses nouveau-nés.

Toine, qui suait d'émotion, d'angoisse, d'inquiétude, murmura :

— J'en ai encore un sous le bras gauche, à c't'heure.

Sa femme plongea dans le lit sa grande main maigre, et ramena un second poussin, avec des mouvements soigneux de sage-femme.

Les voisins voulurent le voir. On se le repassa, en le considérant attentivement comme s'il eût été un phénomène.

Pendant vingt minutes, il n'en naquit pas, puis quatre sortirent en même temps de leurs coquilles.

Ce fut une grande rumeur parmi les assistants. Et

Toine sourit, content de son succès, commençant à
s'enorgueillir de cette paternité singulière. On n'en avait
pas souvent vu comme lui, tout de même ! C'était un
drôle d'homme vraiment !

Il déclara :

— Ça fait six. Nom de nom qué baptême.

Et un grand rire s'éleva dans le public. D'autres personnes emplissaient le café. D'autres encore attendaient
devant la porte.

On se demandait :

— Combien qu'i en a ?

— Y en a six.

La mère Toine portait à la poule cette famille nouvelle, et la poule gloussait éperdument, hérissait ses plumes, ouvrait les ailes toutes grandes pour abriter la
troupe grossissante de ses petits.

— En v'là encore un ! cria Toine.

Il s'était trompé, il y en avait trois ! Ce fut un triomphe. Le dernier creva son enveloppe à sept heures du
soir. Tous les œufs étaient bons ! Et Toine, affolé de
joie, délivré, glorieux, baisa sur le dos le frêle animal,
faillit l'étouffer avec ses lèvres. Il voulut le garder dans
son lit, celui-là, jusqu'au lendemain, saisi par une tendresse de mère pour cet être si petiot qu'il avait donné
à la vie ; mais la vieille l'emporta comme les autres sans
écouter les supplications de son homme.

Les assistants, ravis, s'en allèrent en devisant de l'événement, et Horslaville, resté le dernier, demanda :

— Dis donc, pé Toine tu m'invites à fricasser l'premier, pas vrai ?

À cette idée de fricassée, le visage de Toine s'illu-
mina, et le gros homme répondit :

— Pour sûr que je t'invite, mon gendre.

(1885)

MON ONCLE SOSTHÈNE

À Paul Ginisty[1].

Mon oncle Sosthène était un libre penseur comme il en existe beaucoup, un libre penseur par bêtise. On est souvent religieux de la même façon. La vue d'un prêtre le jetait en des fureurs inconcevables ; il lui montrait le poing, lui faisait des cornes, et touchait du fer derrière son dos, ce qui indique déjà une croyance, la croyance au mauvais œil. Or, quand il s'agit de croyances irraisonnées, il faut les avoir toutes ou n'en pas avoir du tout. Moi qui suis aussi libre penseur, c'est-à-dire un révolté contre tous les dogmes que fit inventer la peur de la mort, je n'ai pas de colère contre les temples, qu'ils soient catholiques, apostoliques, romains, protestants, russes, grecs, bouddhistes, juifs, musulmans. Et puis, moi, j'ai une façon de les considérer et de les expliquer. Un temple, c'est un hommage à l'inconnu. Plus la pensée s'élargit, plus l'inconnu diminue, plus les temples s'écroulent. Mais, au lieu d'y mettre des encensoirs, j'y placerais des télescopes et des microscopes et des machines électriques. Voilà !

Mon oncle et moi nous différions sur presque tous les points. Il était patriote, moi je ne le suis pas, parce que le patriotisme, c'est encore une religion. C'est l'œuf des guerres.

1. Journaliste (il a donné dans *Gil Blas* des critiques très favorables, voire enthousiastes, de plusieurs recueils de Maupassant) et romancier d'obédience naturaliste (*La Fange*, 1882 ; *Les Rastaquouères*, 1883 ; *L'Amour à trois*, 1884, préfacé par Maupassant).

Mon oncle était franc-maçon. Moi, je déclare les francs-maçons plus bêtes que les vieilles dévotes. C'est mon opinion et je la soutiens. Tant qu'à avoir une religion, l'ancienne me suffirait.

Ces nigauds-là ne font qu'imiter les curés. Ils ont pour symbole un triangle au lieu d'une croix. Ils ont des églises qu'ils appellent des Loges, avec un tas de cultes divers : le rite Écossais, le rite Français, le Grand-Orient, une série de balivernes à crever de rire.

Puis, qu'est-ce qu'ils veulent ? Se secourir mutuellement en se chatouillant le fond de la main ? Je n'y vois pas de mal. Ils ont mis en pratique le précepte chrétien : « Secourez-vous les uns les autres. » La seule différence consiste dans le chatouillement. Mais, est-ce la peine de faire tant de cérémonies pour prêter cent sous à un pauvre diable ? Les religieux, pour qui l'aumône et le secours sont un devoir et un métier, tracent en tête de leurs épîtres trois lettres : J.M.J. Les francs-maçons posent trois points en queue de leur nom. Dos à dos, compères.

Mon oncle me répondait : « Justement nous élevons religion contre religion. Nous faisons de la libre pensée l'arme qui tuera le cléricalisme. La franc-maçonnerie est la citadelle où sont enrôlés tous les démolisseurs de divinités. »

Je ripostais : « Mais, mon bon oncle (au fond je disais : ''vieille moule''), c'est justement ce que je vous reproche. Au lieu de détruire, vous organisez la concurrence : ça fait baisser les prix, voilà tout. Et puis encore, si vous n'admettiez parmi vous que des libres penseurs, je comprendrais ; mais vous recevez tout le monde. Vous avez des catholiques en masse, même des chefs du parti. Pie IX fut des vôtres, avant d'être pape. Si vous appelez une Société ainsi composée une citadelle contre le cléricalisme, je la trouve faible, votre citadelle. »

Alors, mon oncle, clignant de l'œil, ajoutait : « Notre véritable action, notre action la plus formidable a lieu en politique. Nous sapons, d'une façon continue et sûre, l'esprit monarchique. »

Cette fois j'éclatais. « Ah ! oui, vous êtes des malins !
Si vous me dites que la Franc-Maçonnerie est une usine
à élections, je vous l'accorde ; qu'elle sert de machine
à faire voter pour les candidats de toutes nuances, je
ne le nierai jamais ; qu'elle n'a d'autre fonction que
de berner le bon peuple, de l'enrégimenter pour le faire
aller à l'urne comme on envoie au feu les soldats, je
serai de votre avis ; qu'elle est utile, indispensable
même à toutes les ambitions politiques parce qu'elle
change chacun de ses membres en agent électoral, je
vous crierai : « C'est clair comme le soleil ! » Mais si
vous me prétendez qu'elle sert à saper l'esprit monarchique, je vous ris au nez.

« Considérez-moi un peu cette vaste et mystérieuse
association démocratique, qui a eu pour grand maître,
en France, le prince Napoléon sous l'Empire ; qui a
pour grand maître, en Allemagne, le prince héritier ;
en Russie le frère du tsar ; dont font partie le roi
Humbert et le prince de Galles ; et toutes les caboches
couronnées du globe ! »

Cette fois mon oncle me glissait dans l'oreille : « C'est
vrai ; mais tous ces princes servent nos projets sans s'en
douter.

— Et réciproquement, n'est-ce pas ? »

Et j'ajoutais en moi : « Tas de niais ! »

Et il fallait voir mon oncle Sosthène offrir à dîner
à un franc-maçon.

Ils se rencontraient d'abord et se touchaient les mains
avec un air mystérieux tout à fait drôle, on voyait qu'ils
se livraient à une série de pressions secrètes. Quand je
voulais mettre mon oncle en fureur, je n'avais qu'à lui
rappeler que les chiens aussi ont une manière toute
franc-maçonnique de se reconnaître.

Puis mon oncle emmenait son ami dans les coins,
comme pour lui confier des choses considérables ; puis,
à table, face à face, ils avaient une façon de se considérer, de croiser leurs regards, de boire avec un coup
d'œil comme pour se répéter sans cesse : « Nous en
sommes, hein ! »

Et penser qu'ils sont ainsi des millions sur la terre qui s'amusent à ces simagrées ! J'aimerais encore mieux être jésuite.

Or il y avait dans notre ville un vieux jésuite qui était la bête noire de mon oncle Sosthène. Chaque fois qu'il le rencontrait ou seulement s'il l'apercevait de loin, il murmurait : « Crapule, va ! » Puis, me prenant le bras, il me confiait dans l'oreille : « Tu verras que ce gredin-là me fera du mal un jour ou l'autre. Je le sens. »

Mon oncle disait vrai. Et voici comment l'accident se produisit par ma faute.

Nous approchions de la semaine sainte. Alors, mon oncle eut l'idée d'organiser un dîner gras pour le vendredi, mais un vrai dîner, avec andouille et cervelas. Je résistai tant que je pus ; je disais : « Je ferai gras comme toujours ce jour-là, mais tout seul, chez moi.C'est idiot, votre manifestation. Pourquoi manifester ? En quoi cela vous gêne-t-il que des gens ne mangent pas de viande ? »

Mais mon oncle tint bon. Il invita trois amis dans le premier restaurant de la ville ; et comme c'était lui qui payait, je ne refusai pas non plus de manifester.

Dès quatre heures, nous occupions une place en vue au café Pénélope, le mieux fréquenté, et mon oncle Sosthène, d'une voix forte, racontait notre menu.

À six heures on se mit à table. À dix heures on mangeait encore et nous avions bu, à cinq, dix-huit bouteilles de vin fin, plus quatre de champagne. Alors mon oncle proposa ce qu'il appelait la « tournée de l'archevêque ». On plaçait en ligne, devant soi, six petits verres qu'on remplissait avec des liqueurs différentes ; puis il les fallait vider coup sur coup pendant qu'un des assistants comptait jusqu'à vingt. C'était stupide ; mais mon oncle Sosthène trouvait cela « de circonstance ».

À onze heures, il était gris comme un chantre. Il le fallut emporter en voiture et mettre au lit, et déjà on pouvait prévoir que sa manifestation anticléricale allait tourner en une épouvantable indigestion.

Comme je rentrais à mon logis, gris moi-même, mais d'une ivresse gaie, une idée machiavélique, et qui satisfaisait tous mes instincts de scepticisme, me traversa la tête.

Je rajustai ma cravate, je pris un air désespéré, et j'allai sonner comme un furieux à la porte du vieux jésuite. Il était sourd ; il me fit attendre. Mais comme j'ébranlais toute la maison à coups de pied, il parut enfin, en bonnet de coton, à sa fenêtre, et demanda : « Qu'est-ce qu'on me veut ? »

Je criai : « Vite, vite, mon révérend père, ouvrez-moi ; c'est un malade désespéré qui réclame votre saint ministère ! »

Le pauvre bonhomme passa tout de suite un pantalon et descendit sans soutane. Je lui racontai d'une voix haletante, que mon oncle, le libre penseur, saisi soudain d'un malaise terrible qui faisait prévoir une très grave maladie, avait été pris d'une grande peur de la mort, et qu'il désirait le voir, causer avec lui, écouter ses conseils, connaître mieux les croyances, se rapprocher de l'Église, et, sans doute, se confesser, puis communier, pour franchir, en paix avec lui-même, le redoutable pas.

Et j'ajoutai d'un ton frondeur : « Il le désire, enfin. Si cela ne lui fait pas de bien cela ne lui fera toujours pas de mal. »

Le vieux jésuite, effaré, ravi, tout tremblant, me dit : « Attendez-moi une minute, mon enfant, je viens. » Mais j'ajoutai : « Pardon, mon révérend père, je ne vous accompagnerai pas, mes convictions ne me le permettent point. J'ai même refusé de venir vous chercher ; aussi je vous prierai de ne pas avouer que vous m'avez vu, mais de vous dire prévenu de la maladie de mon oncle par une espèce de révélation. »

Le bonhomme y consentit et s'en alla, d'un pas rapide, sonner à la porte de mon oncle Sosthène. La servante qui soignait le malade ouvrit bientôt et je vis la soutane noire disparaître dans cette forteresse de la libre pensée.

Je me cachai sous une porte voisine pour attendre l'événement. Bien portant, mon oncle eût assommé le jésuite, mais je le savais incapable de remuer un bras, et je me demandais avec une joie délirante quelle invraisemblable scène allait se jouer entre ces deux antagonistes ? Quelle lutte ? quelle explication ? quelle stupéfaction ? quel brouillamini ? et quel dénouement à cette situation sans issue, que l'indignation de mon oncle rendrait plus tragique encore !

Je riais tout seul à me tenir les côtes ; je me répétais à mi-voix : « Ah ! la bonne farce, la bonne farce ! »

Cependant il faisait froid, et je m'aperçus que le jésuite restait bien longtemps. Je me disais : « Ils s'expliquent. »

Une heure passa, puis deux, puis trois. Le révérend père ne sortait point. Qu'était-il arrivé ? Mon oncle était-il mort de saisissement en le voyant ? Ou bien avait-il tué l'homme en soutane ? Ou bien s'étaient-ils entre-mangés ? Cette dernière supposition me sembla peu vraisemblable, mon oncle me paraissant en ce moment incapable d'absorber un gramme de nourriture de plus. Le jour se leva.

Inquiet, et n'osant pas entrer à mon tour, je me rappelai qu'un de mes amis demeurait juste en face. J'allai chez lui ; je lui dis la chose, qui l'étonna et le fit rire, et je m'embusquai à sa fenêtre.

À neuf heures, il prit ma place, et je dormis un peu. À deux heures, je le remplaçai à mon tour. Nous étions démesurément troublés.

À six heures, le jésuite sortit d'un air pacifique et satisfait, et nous le vîmes s'éloigner d'un pas tranquille.

Alors honteux et timide, je sonnai à mon tour à la porte de mon oncle. La servante parut. Je n'osai l'interroger et je montai, sans rien dire.

Mon oncle Sosthène, pâle, défait, abattu, l'œil morne, les bras inertes, gisait dans son lit. Une petite image de piété était piquée au rideau avec une épingle.

On sentait fortement l'indigestion dans la chambre.

Je dis : « Eh bien, mon oncle, vous êtes couché ? Ça ne va donc pas ? »

Il répondit d'une voix accablée : « Oh ! mon pauvre enfant, j'ai été bien malade, j'ai failli mourir.

— Comment ça, mon oncle ?

— Je ne sais pas ; c'est bien étonnant. Mais ce qu'il y a de plus étrange, c'est que le père jésuite qui sort d'ici, tu sais, ce brave homme que je ne pouvais souffrir, eh bien, il a eu une révélation de mon état, et il est venu me trouver. »

Je fus pris d'un effroyable besoin de rire. « Ah ! vraiment ?

— Oui, il est venu. Il a entendu une voix qui lui disait de se lever et de venir parce que j'allais mourir. C'est une révélation. »

Je fis semblant d'éternuer pour ne pas éclater. J'avais envie de me rouler par terre.   Au bout d'une minute, je repris d'un ton indigné, malgré des fusées de gaieté : « Et vous l'avez reçu, mon oncle, vous ? un libre penseur ? un franc-maçon ? Vous ne l'avez pas jeté dehors ? »

Il parut confus, et balbutia : « Écoute donc, c'était si étonnant, si étonnant, si providentiel ! Et puis il m'a parlé de mon père. Il a connu mon père autrefois.

— Votre père, mon oncle ?

— Oui, il paraît qu'il a connu mon père.

— Mais ce n'est pas une raison pour recevoir un jésuite.

— Je le sais bien, mais j'étais malade, si malade ! Et il m'a soigné avec un grand dévouement toute la nuit. Il a été parfait. C'est lui qui m'a sauvé. Ils sont un peu médecins, ces gens-là.

— Ah ! il vous a soigné toute la nuit. Mais vous m'avez dit tout de suite qu'il sortait seulement d'ici.

— Oui, c'est vrai. Comme il s'était montré excellent à mon égard, je l'ai gardé à déjeuner. Il a mangé là auprès de mon lit, sur une petite table, pendant que je prenais une tasse de thé.

— Et... il a fait gras ? »

Mon oncle eut un mouvement froissé, comme si je venais de commettre une grosse inconvenance, et il ajouta :

« Ne plaisante pas, Gaston, il y a des railleries déplacées. Cet homme m'a été en cette occasion plus dévoué qu'aucun parent ; j'entends qu'on respecte ses convictions. »

Cette fois, j'étais atterré ; je répondis néanmoins : « Très bien, mon oncle. Et après le déjeuner, qu'avez-vous fait ?

— Nous avons joué une partie de bésigue, puis il a dit son bréviaire, pendant que je lisais un petit livre qu'il avait sur lui, et qui n'est pas mal écrit du tout.

— Un livre pieux, mon oncle ?

— Oui et non, ou plutôt non, c'est l'histoire de leurs missions dans l'Afrique centrale. C'est plutôt un livre de voyage et d'aventures. C'est très beau ce qu'ils ont fait là, ces hommes. »

Je commençais à trouver que ça tournait mal. Je me levai : « Allons, adieu, mon oncle, je vois que vous quittez la franc-maçonnerie pour la religion. Vous êtes un renégat. »

Il fut encore un peu confus et murmura : « Mais la religion est une espèce de franc-maçonnerie. »

Je demandai : « Quand revient-il, votre jésuite ? » Mon oncle balbutia : « Je... je ne sais pas, peut-être demain... ce n'est pas sûr. »

Et je sortis absolument abasourdi.

Elle a mal tourné, ma farce ! Mon oncle est converti radicalement. Jusque-là, peu m'importait. Clérical ou franc-maçon, pour moi c'est bonnet blanc et blanc bonnet ; mais le pis, c'est qu'il vient de tester, oui de tester, et de me déshériter, monsieur, en faveur du père jésuite.

(1882)

LE VOLEUR

« Puisque je vous dis qu'on ne la croira pas.

— Racontez tout de même.

— Je le veux bien. Mais j'éprouve d'abord le besoin de vous affirmer que mon histoire est vraie en tous points, quelque invraisemblable qu'elle paraisse. Les peintres seuls ne s'étonneront point, surtout les vieux qui ont connu cette époque de charges furieuses, cette époque où l'esprit farceur sévissait si bien qu'il nous hantait encore dans les circonstances les plus graves. »

Et le vieil artiste se mit à cheval sur une chaise.

Ceci se passait dans la salle à manger d'un hôtel de Barbizon [1].

Il reprit : « Donc nous avions dîné ce soir-là chez le pauvre Sorieul [2], aujourd'hui mort, le plus enragé de nous. Nous étions trois seulement : Sorieul, moi, et Le Poittevin, je crois ; mais je n'oserais affirmer que c'était lui. Je parle, bien entendu, du peintre de marine Eugène Le Poittevin, mort aussi, et non du paysagiste bien vivant et plein de talent [3].

« Dire que nous avions dîné chez Sorieul, cela signifie

1. Ce village de Seine-et-Marne est resté célèbre comme lieu de séjour des peintres paysagistes qui, vers 1830, voulurent peindre les paysages selon la nature et non plus selon les principes de l'Académie. Les peintres les plus connus de l'« école de Barbizon » sont Camille Corot (1796-1875) et Théodore Rousseau (1812-1867).
2. Peintre (1824-1871) spécialisé dans les sujets historiques et militaires.
3. Eugène Le Poittevin (1806-1870), peintre et graveur spécialisé dans les scènes normandes et les marines. — Louis Le Poittevin, cousin de Maupassant, était le fils d'Alfred, frère de Laure Le Poittevin, la mère de Maupassant.

que nous étions gris. Le Poittevin seul avait gardé sa raison, un peu noyée, il est vrai, mais claire encore. Nous étions jeunes, en ce temps-là. Étendus sur des tapis, nous discourions extravagamment dans la petite chambre qui touchait à l'atelier. Sorieul, le dos à terre, les jambes sur une chaise, parlait batailles, discourait sur les uniformes de l'Empire, et soudain, se levant, il prit dans sa grande armoire aux accessoires une tenue complète de hussard et s'en revêtit. Après quoi il contraignit Le Poittevin à se costumer en grenadier. Et comme celui-ci résistait, nous l'empoignâmes, et après l'avoir déshabillé, nous l'introduisîmes dans un uniforme immense où il fut englouti.

« Je me déguisai moi-même en cuirassier. Et Sorieul nous fit exécuter un mouvement compliqué. Puis il s'écria : "Puisque nous sommes ce soir des soudards, buvons comme des soudards."

« Un punch fut allumé, avalé, puis une seconde fois la flamme s'éleva sur le bol rempli de rhum. Et nous chantions à pleine gueule des chansons anciennes, des chansons que braillaient jadis les vieux troupiers de la grande armée.

« Tout à coup Le Poittevin, qui restait, malgré tout, presque maître de lui, nous fit taire ; puis, après un silence de quelques secondes, il dit à mi-voix : "Je suis sûr qu'on a marché dans l'atelier." Sorieul se leva comme il put, et s'écria : "Un voleur ! quelle chance !" Puis, soudain, il entonna *La Marseillaise* :

Aux armes, citoyens !

« Et, se précipitant sur une panoplie, il nous équipa, selon nos uniformes. J'eus une sorte de mousquet et un sabre ; Le Poittevin, un gigantesque fusil à baïon-nette, et Sorieul, ne trouvant pas ce qu'il fallait, s'empara d'un pistolet d'arçon qu'il glissa dans sa cein-ture, et d'une hache d'abordage qu'il brandit. Puis il ouvrit avec précaution la porte de l'atelier, et l'armée entra sur le territoire suspect.

« Quand nous fûmes au milieu de la vaste pièce

encombrée de toiles immenses, de meubles, d'objets singuliers et inattendus, Sorieul nous dit : "Je me nomme général. Tenons un conseil de guerre. Toi, les cuirassiers, tu vas couper la retraite à l'ennemi, c'est-à-dire donner un tour de clef à la porte. Toi, les grenadiers, tu seras mon escorte."

« J'exécutai le mouvement commandé, puis je rejoignis le gros des troupes qui opérait une reconnaissance.

« Au moment où j'allais le rattraper derrière un grand paravent, un bruit furieux éclata. Je m'élançai, portant toujours une bougie à la main. Le Poittevin venait de traverser d'un coup de baïonnette la poitrine d'un mannequin dont Sorieul fendait la tête à coups de hache. L'erreur reconnue, le général commanda : "Soyons prudents", et les opérations recommencèrent.

« Depuis vingt minutes au moins on fouillait tous les coins et recoins de l'atelier, sans succès, quand Le Poittevin eut l'idée d'ouvrir un immense placard. Il était sombre et profond, j'avançai mon bras qui tenait la lumière, et je reculai stupéfait ; un homme était là, un homme vivant qui m'avait regardé.

« Immédiatement, je refermai le placard à deux tours de clef, et on tint de nouveau conseil.

« Les avis étaient très partagés. Sorieul voulait enfumer le voleur, Le Poittevin parlait de le prendre par la famine. Je proposai de faire sauter le placard avec de la poudre.

« L'avis de Le Poittevin prévalut, et, pendant qu'il montait la garde avec son grand fusil, nous allâmes chercher le reste du punch et nos pipes, puis on s'installa devant la porte fermée, et on but au prisonnier.

« Au bout d'une demi-heure, Sorieul dit : "C'est égal, je voudrais bien le voir de près. Si nous nous emparions de lui par la force ?"

« Je criai : "Bravo !" chacun s'élança sur ses armes ; la porte du placard fut ouverte, et Sorieul, armant son pistolet qui n'était pas chargé, se précipita le premier.

« Nous le suivîmes en hurlant. Ce fut une bousculade effroyable dans l'ombre, et après cinq minutes d'une lutte invraisemblable, nous ramenâmes au jour une sorte de vieux bandit à cheveux blancs, sordide et déguenillé.

« On lui lia les pieds et les mains, puis on l'assit dans un fauteuil. Il ne prononça pas une parole.

« Alors Sorieul, pénétré d'une ivresse solennelle, se tourna vers nous : ''Maintenant nous allons juger ce misérable.''

« J'étais tellement gris que cette proposition me parut toute naturelle.

« Le Poittevin fut chargé de présenter la défense et moi de soutenir l'accusation.

« Il fut condamné à mort à l'unanimité moins une voix, celle de son défenseur.

« ''Nous allons l'exécuter'', dit Sorieul. Mais un scrupule lui vint : ''Cet homme ne doit pas mourir privé des secours de la religion. Si on allait chercher un prêtre ?'' J'objectai qu'il était tard. Alors Sorieul me proposa de remplir cet office et il exhorta le criminel à se confesser dans mon sein.

« L'homme, depuis cinq minutes, roulait des yeux épouvantés, se demandant à quel genre d'êtres il avait affaire. Alors il articula d'une voix creuse, brûlée par l'alcool : ''Vous voulez rire, sans doute.'' Mais Sorieul l'agenouilla de force, et, par crainte que ses parents eussent omis de le faire baptiser, il lui versa sur le crâne un verre de rhum.

« Puis il lui dit :

''Confesse-toi à monsieur ; ta dernière heure a sonné.''

« Éperdu, le vieux gredin se mit à crier : ''Au secours !'' avec une telle force qu'on fut contraint de le bâillonner pour ne pas réveiller tous les voisins. Alors il se roula par terre, ruant et se tordant, renversant les meubles, crevant les toiles. À la fin, Sorieul impatienté, cria : ''Finissons-en.'' Et visant le misérable étendu par terre, il pressa la détente de son pistolet. Le chien tomba avec un petit bruit sec. Emporté par l'exemple, je tirai à mon tour. Mon fusil, qui était à pierre, lança une étincelle dont je fus surpris.

« Alors Le Poittevin prononça gravement ces paroles : "Avons-nous bien le droit de tuer cet homme ?"

« Sorieul, stupéfait, répondit : "Puisque nous l'avons condamné à mort !"

« Mais Le Poittevin reprit : "On ne fusille pas les civils, celui-ci doit être livré au bourreau. Il faut le conduire au poste."

« L'argument nous parut concluant. On ramassa l'homme, et comme il ne pouvait marcher, il fut placé sur une planche de table à modèle, solidement attaché, et je l'emportai avec Le Poittevin, tandis que Sorieul, armé jusqu'aux dents, fermait la marche.

« Devant le poste, la sentinelle nous arrêta. Le chef de poste, mandé, nous reconnut et, comme chaque jour il était témoin de nos farces, de nos scies, de nos inventions invraisemblables, il se contenta de rire et refusa notre prisonnier.

« Sorieul insista ; alors le soldat nous invita sévèrement à retourner chez nous sans faire de bruit.

« La troupe se remit en route et rentra dans l'atelier. Je demandai : "Qu'allons-nous faire du voleur ?"

« Le Poittevin, attendri, affirma qu'il devait être bien fatigué, cet homme. En effet, il avait l'air agonisant, ainsi ficelé, bâillonné, ligaturé sur sa planche.

« Je fus pris à mon tour d'une pitié violente, une pitié d'ivrogne, et enlevant son bâillon, je lui demandai : "Eh bien, mon pauv'vieux, comment ça va-t-il ?"

« Il gémit : "J'en ai assez, nom d'un chien !" Alors Sorieul devint paternel. Il le délivra de tous ses liens, le fit asseoir, le tutoya, et, pour le réconforter, nous nous mîmes tous trois à préparer bien vite un nouveau punch. Le voleur, tranquille dans son fauteuil, nous regardait. Quand la boisson fut prête, on lui tendit un verre ; nous lui aurions volontiers soutenu la tête et on trinqua.

« Le prisonnier but autant qu'un régiment. Mais comme le jour commençait à paraître, il se leva et, d'un air fort calme : "Je vais être obligé de vous quitter, parce qu'il faut que je rentre chez moi."

« Nous fûmes désolés : on voulut le retenir encore, mais il se refusa à rester plus longtemps.

« Alors on se serra la main, et Sorieul, avec sa bougie, l'éclaira dans le vestibule, criant : ''Prenez garde à la marche sous la porte cochère.''

On riait franchement autour du conteur. Il se leva, alluma sa pipe, et il ajouta, en se campant en face de nous :

« Mais le plus drôle de mon histoire, c'est qu'elle est vraie. »

(1882)

L'IVROGNE

I

Le vent du nord soufflait en tempête, emportant par le ciel d'énormes nuages d'hiver, lourds et noirs, qui jetaient en passant sur la terre des averses furieuses.

La mer démontée mugissait et secouait la côte, précipitant sur le rivage des vagues énormes, lentes et baveuses, qui s'écroulaient avec des détonations d'artillerie. Elles s'en venaient tout doucement, l'une après l'autre, hautes comme des montagnes, éparpillant dans l'air, sous les rafales, l'écume blanche de leurs têtes ainsi qu'une sueur de monstres.

L'ouragan s'engouffrait dans le petit vallon d'Yport, sifflait et gémissait, arrachant les ardoises des toits, brisant les auvents, abattant les cheminées, lançant dans les rues de telles poussées de vent qu'on ne pouvait marcher qu'en se tenant aux murs, et que les enfants eussent été enlevés comme des feuilles et jetés dans les champs par-dessus les maisons.

On avait halé les barques de pêche jusqu'au pays, par crainte de la mer qui allait balayer la plage à marée pleine, et quelques matelots, cachés derrière le ventre rond des embarcations couchées sur le flanc, regardaient cette colère du ciel et de l'eau.

Puis ils s'en allaient peu à peu, car la nuit tombait sur la tempête, enveloppant d'ombre l'Océan affolé, et tout le fracas des éléments en furie.

Deux hommes restaient encore, les mains dans les poches, le dos rond sous les bourrasques, le bonnet de laine enfoncé jusqu'aux yeux, deux grands pêcheurs normands, au collier de barbe rude, à la peau brûlée par les rafales salées du large, aux yeux bleus piqués d'un grain noir au milieu, ces yeux perçants des marins qui voient au bout de l'horizon, comme un oiseau de proie.

Un d'eux disait :

— Allons, viens-t'en, Jérémie. J'allons passer l'temps aux dominos. C'est mé qui paye.

L'autre hésitait encore, tenté par le jeu et l'eau-de-vie, sachant bien qu'il allait encore s'ivrogner s'il entrait chez Paumelle, retenu aussi par l'idée de sa femme restée toute seule dans sa masure.

Il demanda :

— On dirait qu' t'as fait une gageure de m' soûler tous les soirs. Dis-mé qué qu'ça te rapporte, pisque tu payes toujours ?

Et il riait tout de même à l'idée de toute cette eau-de-vie bue aux frais d'un autre ; il riait d'un rire content de Normand en bénéfice.

Mathurin, son camarade, le tirait toujours par le bras.

— Allons, viens-t'en, Jérémie. C'est pas un soir à rentrer, sans rien de chaud dans le ventre. Qué qu'tu crains ? Ta femme va-t-il pas bassiner ton lit ?

Jérémie répondait :

— L'aut' soir que je n'ai point pu r'trouver la porte... Qu'on m'a quasiment r'pêché dans le ruisseau d'vant chez nous !

Et il riait encore à ce souvenir de pochard, et il allait tout doucement vers le café de Paumelle, dont la vitre illuminée brillait ; il allait, tiré par Mathurin et poussé par le vent, incapable de résister à ces deux forces.

La salle basse était pleine de matelots, de fumée et de cris. Tous ces hommes, vêtus de laine, les coudes sur les tables, vociféraient pour se faire entendre. Plus il entrait de buveurs, plus il fallait hurler dans le vacarme des voix et des dominos tapés sur le marbre, histoire de faire plus de bruit encore.

Jérémie et Mathurin allèrent s'asseoir dans un coin et commencèrent une partie, et les petits verres disparaissaient, l'un après l'autre, dans la profondeur de leurs gorges.

Puis ils jouèrent d'autres parties, burent d'autres petits verres. Mathurin versait toujours, en clignant de l'œil au patron, un gros homme aussi rouge que du feu et qui rigolait, comme s'il eût su quelque longue farce ; et Jérémie engloutissait l'alcool, balançait sa tête, poussait des rires pareils à des rugissements en regardant son compère d'un air hébété et content.

Tous les clients s'en allaient. Et, chaque fois que l'un d'eux ouvrait la porte du dehors pour partir, un coup de vent entrait dans le café, remuait en tempête la lourde fumée des pipes, balançait les lampes au bout de leurs chaînettes et faisait vaciller leurs flammes ; et on entendait tout à coup le choc profond d'une vague s'écroulant et le mugissement de la bourrasque.

Jérémie, le col desserré, prenait des poses de soûlard, une jambe étendue, un bras tombant ; et de l'autre main il tenait ses dominos.

Ils restaient seuls maintenant avec le patron, qui s'était approché, plein d'intérêt.

Il demanda :

— Eh ben, Jérémie, ça va-t-il, à l'intérieur ? Es-tu rafraîchi à force de t'arroser ?

Et Jérémie bredouilla :

— Pus qu'il en coule, pus qu'il fait sec, là-dedans.

Le cafetier regardait Mathurin d'un air finaud. Il dit :

— Et ton fré, Mathurin, ous qu'il est à c't' heure ?

Le marin eut un rire muet :

— Il est au chaud, t'inquiète pas.

Et tous deux regardèrent Jérémie, qui posait triomphalement le double six en annonçant :

— V'là le syndic [1].

---

1. Ce terme désigne ici le double-six, pièce maîtresse au jeu de dominos, par analogie sans doute avec le *Syndic des gens de mer* qui, chargé de l'inscription maritime, était considéré par les marins comme un chef, un maître.

Quand ils eurent achevé la partie, le patron déclara :

— Vous savez, mes gars, mé, j' va m' mettre au portefeuille. J' vous laisse une lampe et pi l' litre. Y en a pour vingt sous à bord. Tu fermeras la porte au-dehors, Mathurin, et tu glisseras la clef d'sous l'auvent comme t'as fait l'aut' nuit.

Mathurin répliqua :

— T'inquiète pas. C'est compris.

Paumelle serra la main de ses deux clients tardifs, et monta lourdement son escalier en bois. Pendant quelques minutes, son pesant pas résonna dans la petite maison ; puis un lourd craquement révéla qu'il venait de se mettre au lit.

Les deux hommes continuèrent à jouer ; de temps en temps, une rage plus forte de l'ouragan secouait la porte, faisait trembler les murs, et les deux buveurs levaient la tête comme si quelqu'un allait entrer. Puis Mathurin prenait le litre et remplissait le verre de Jérémie. Mais soudain, l'horloge suspendue sur le comptoir sonna minuit. Son timbre enroué ressemblait à un choc de casseroles, et les coups vibraient longtemps, avec une sonorité de ferraille.

Mathurin aussitôt se leva, comme un matelot dont le quart est fini :

— Allons, Jérémie, faut décaniller.

L'autre se mit en mouvement avec plus de peine, prit son aplomb en s'appuyant à la table ; puis il gagna la porte et l'ouvrit pendant que son compagnon éteignait la lampe.

Lorsqu'ils furent dans la rue, Mathurin ferma la boutique ; puis il dit :

— Allons, bonsoir, à demain.

Et il disparut dans les ténèbres.

II

Jérémie fit trois pas, puis oscilla, étendit les mains, rencontra un mur qui le soutint debout et se remit en marche en trébuchant. Par moments une bourrasque, s'engouffrant dans la rue étroite, le lançait en avant, le faisait courir quelques pas ; puis quand la violence de la trombe cessait, il s'arrêtait net, ayant perdu son pousseur, et il se remettait à vaciller sur ses jambes capricieuses d'ivrogne.

Il allait, d'instinct, vers sa demeure comme les oiseaux vont au nid. Enfin, il reconnut sa porte et il se mit à la tâter pour découvrir la serrure et placer la clef dedans. Il ne trouvait pas le trou et jurait à mi-voix. Alors il tapa dessus à coups de poing, appelant sa femme pour qu'elle vînt l'aider :

— Mélina ! Hé ! Mélina !

Comme il s'appuyait contre le battant pour ne point tomber, il céda, s'ouvrit, et Jérémie, perdant son appui, entra chez lui en s'écroulant, alla rouler sur le nez au milieu de son logis, et il sentit que quelque chose de lourd lui passait sur le corps, puis s'enfuyait dans la nuit.

Il ne bougeait plus, ahuri de peur, éperdu, dans une épouvante du diable, des revenants, de toutes les choses mystérieuses des ténèbres, et il attendit longtemps sans oser faire un mouvement. Mais, comme il vit que rien ne remuait plus, un peu de raison lui revint, de la raison trouble de pochard.

Et il s'assit, tout doucement. Il attendit encore long-temps, et, s'enhardissant enfin, il prononça :

— Mélina !

Sa femme ne répondit pas.

Alors, tout d'un coup, un doute traversa sa cervelle obscurcie, un doute indécis, un soupçon vague. Il ne bougeait point ; il restait là, assis par terre, dans le noir, cherchant ses idées, s'accrochant à des réflexions incomplètes et trébuchantes comme ses pieds.

Il demanda de nouveau :

— Dis-mé qui que c'était, Mélina ? Dis-mé qui que c'était. Je te ferai rien.

Il attendit. Aucune voix ne s'éleva dans l'ombre. Il raisonnait tout haut, maintenant.

— Je sieus-ti bu, tout de même ! Je sieus-ti bu ! C'est li qui m'a boissonné comma, çu manant ; c'est li, pour que je rentre point. J'sieus-ti bu !

Et il reprenait :

— Dis-mé qui que c'était, Mélina, ou j'vas faire qué-que malheur.

Après avoir attendu de nouveau, il continuait, avec une logique lente et obstinée d'homme soûl :

— C'est li qui m'a r'tenu chez ce fainéant de Paumelle ; et l's autres soirs itou, pour que je rentre point. C'est quéque complice. Ah ! charogne !

Lentement il se mit sur les genoux. Une colère sourde le gagnait, se mêlant à la fermentation des boissons.

Il répéta :

— Dis-mé qui qu' c'était, Mélina, ou j'vas cogner, j' te préviens !

Il était debout maintenant, frémissant d'une colère foudroyante, comme si l'alcool qu'il avait au corps se fût enflammé dans ses veines. Il fit un pas, heurta une chaise, la saisit, marcha encore, rencontra le lit, le palpa et sentit dedans le corps chaud de sa femme.

Alors, affolé de rage, il grogna :

— Ah ! t'étais là, saleté, et tu n' répondais point.

Et, levant la chaise qu'il tenait dans sa poigne robuste de matelot, il l'abattit devant lui avec une furie exaspérée. Un cri jaillit de la couche ; un cri éperdu, déchirant. Alors il se mit à frapper comme un batteur dans une grange. Et rien, bientôt, ne remua plus. La chaise s'envolait en morceaux ; mais un pied lui restait à la main, et il tapait toujours, en haletant.

Puis soudain il s'arrêta pour demander :

— Diras-tu qui qu' c'était, à c't' heure ?

Mélina ne répondit pas.

Alors, rompu de fatigue, abruti par sa violence, il se rassit par terre, s'allongea et s'endormit.

Quand le jour parut, un voisin, voyant sa porte ouverte, entra. Il aperçut Jérémie qui ronflait sur le sol, où gisaient les débris d'une chaise, et, dans le lit, une bouillie de chair et de sang.

(1884)

DOSSIER HISTORIQUE ET LITTÉRAIRE

I - REPÈRES BIOGRAPHIQUES

1850 Naissance de René, Albert, Guy de Maupassant
(5 août) au château de Miromesnil, commune de
Tourville-sur-Arques (Seine-Maritime). Ou, plus pro-
bablement, rue Sous-le-Bois à Fécamp.
Père : Gustave (de) Maupassant (1821-1899). Galant,
libertin, amateur d'art et dépensier. Rentier, puis,
après la ruine de son père, agent de change et notaire
à Paris. Famille bourgeoise d'origine lorraine, ano-
blie en 1757 ; la particule, abandonnée semble-t-il pendant la Révolution, est rétablie par un jugement du
tribunal civil de Rouen en 1846.
Mère : Laure Le Poittevin (1821-1904). Intelligente et
cultivée. Santé fragile : nervosité maladive. Par son
frère Alfred (1816-1848), liens amicaux avec le poète
Louis Bouilhet (1822-1869) et surtout Gustave Flaubert (1821-1880). Famille de riche bourgeoisie normande (Rouen, Fécamp).
La famille Maupassant vit d'abord, de 1849 à 1853,
au château de Miromesnil (Tourville-sur-Arques, près
de Dieppe), puis, de 1854 à 1859, au château de
Grainville-Ymauville près du Havre.

1856 Naissance d'Hervé, qui mourra fou et interné en 1889.

1859- Installation de la famille à Paris. Études au lycée
1863 Napoléon (aujourd'hui Henri IV). Séparation des
parents (officielle à partir de 1863) après des années
de mésentente. Les enfants reviennent en Normandie
avec leur mère, qui a acheté la villa des Verguies à Étretat. Enfance libre dans la campagne normande, contacts
avec les paysans cauchois : « J'ai grandi sur les rivages de la mer grise et froide du Nord, dans une petite
ville de pêche toujours battue par le vent, par la pluie
et les embruns et toujours pleine d'odeurs de poissons,
de poissons séchés dans la maison brune coiffée de cheminées de brique dont la fumée portait au loin, sur
la campagne, des odeurs fortes de harengs » (*La Vie
errante*, 1890).

1863-   Études secondaires au séminaire d'Yvetot (jusqu'en
1869   1867), « couvent triste où règnent les curés, l'hypo-
        crisie, l'ennui [...], d'où s'exhale une odeur de sou-
        tane qui se répand dans toute la ville d'Yvetot et qu'on
        garde malgré soi les premiers jours de vacances » (let-
        tre d'avril 1868 à Louis Le Poittevin). Farceur et
        rêveur, écrit des vers tour à tour mélancoliques et licen-
        cieux. En classe de rhétorique, participe à une société
        libertine, l'Oasis, ce qui lui vaut d'être expulsé de
        l'établissement. Interne au lycée Corneille de Rouen.
        Son correspondant, Louis Bouilhet, l'encourage dans
        ses essais poétiques et l'introduit chez Flaubert, à
        Croisset. Après la mort de Bouilhet, Flaubert prend
        la relève : « Il faut encourager ton fils dans le goût
        qu'il a pour les vers, parce que les lettres consolent
        de bien des infortunes et parce qu'il aura peut-être du
        talent ; qui sait ? [...] Je crois notre jeune garçon un
        peu flâneur et médiocrement âpre au travail. Je vou-
        drais lui voir entreprendre une œuvre de longue haleine
        [...]. Avec le temps, il gagnera de l'originalité, une
        manière individuelle de voir et de sentir (car tout est
        là) [...]. Le principal, en ce monde, est de tenir son
        âme dans une région haute, loin des fanges bourgeoi-
        ses et démocratiques. Le culte de l'Art donne de
        l'orgueil ; on n'en a jamais trop. Telle est ma morale »
        (lettre de Flaubert à Laure de Maupassant, 23 février
        1873). Flaubert devient ainsi le maître à penser et à
        écrire du jeune Maupassant et c'est lui qui l'orientera
        vers la prose narrative : « Chaque fois qu'il me sem-
        ble avoir oublié mon métier, je relis ses livres. C'est
        le maître, le vrai maître. Nous autres romanciers, nous
        devons y recourir sans cesse, comme au plus parfait
        et plus harmonieux des artistes [1] » (1880).
        Reçu bachelier en 1869. S'inscrit à la faculté de droit
        de Paris et s'installe dans le même immeuble que son
        père.

1870-   Engagé volontaire dès le début des hostilités, il vit la
1871   débâcle, l'invasion, le siège de Paris. Fin 1871, il par-
        vient à payer un remplaçant et retrouve la vie civile.

---

1. Cf. aussi « Le Roman » (1887) in *Pierre et Jean*, disponible
dans la même collection, n° 6020.

1872   Entre au ministère de la Marine et des Colonies.

1873-   Initiation littéraire (aime Zola, admire Flaubert) ; ren-
1874   contres, canotage (fascination de l'eau) : la colonie
        d'Aspergopolis.

1875-   Représentation de *À la feuille de Rose, maison tur-*
1876   *que*, « une pièce *absolument lubrique* ».
        Débuts dans les lettres ; publications dans diverses
        revues, sous le nom de Guy de Valmont.
        Pendant toute cette période, séjours réguliers à Étre-
        tat. À Paris, grâce à Flaubert, fréquente les milieux
        littéraires : Zola, Daudet, Goncourt, Tourgueniev.
        Rencontre aussi Mallarmé, Villiers de l'Isle-Adam,
        Huysmans. Guidé par Flaubert, écrit ses premiers
        contes (*La Main d'écorché*, publié en 1875 dans
        l'*Almanach Lorrain de Pont-à-Mousson*). Participe au
        groupe de Médan, constitué autour de Zola, avec
        Alexis, Céard, Hennique, Huysmans...

1877   Songe à écrire un roman. Premières manifestations de
        troubles physiques liés à la syphilis. Le 2 mars, écrit
        à Robert Pinchon, dit La Tôque : « J'ai la vérole !
        Enfin ! La vraie ! [...] et j'en suis fier, morbleu, et
        je méprise par-dessus tout les bourgeois. »
        16 avril, dîner présidé par Zola, Flaubert et Gourmont,
        qui marque les débuts officiels du naturalisme.
        Seconde représentation de *À la feuille de Rose*. Flau-
        bert : « Ah ! c'est rafraîchissant ! » ; Edmond de
        Goncourt : « C'est lugubre... »

1878   Lié aux naturalistes ; passe au ministère de l'Instruc-
        tion publique. Flaubert : « Il *faut* travailler [...] plus
        que ça. [...] Trop de putains, trop de canotage, trop
        d'exercice ! »

1879   Voyages (Bretagne, Jersey) ; travaux littéraires. *Une
        fille* : poursuivi « pour outrage à la moralité publique
        et religieuse et aux bonnes mœurs ».

1880   *Les Soirées de Médan* (recueil collectif où figure *Boule
        de suif*) ; prend un congé (sera rayé des cadres en
        1882) ; publication du volume *Des vers* ; mort de Flau-
        bert (8 mai) ; voyage en Corse (septembre-octobre) ;
        relations féminines (Gisèle d'Estoc, Hermine Lecomte
        du Noüy) ; violentes migraines, « paralysie de l'accom-
        modation de l'œil droit ».

1881   *La Maison Tellier*. Voyage en Algérie suivi de chroniques où le romancier dénonce le colonialisme français. Collabore désormais à *Gil Blas* sous le pseudonyme de Maufrigneuse.

1882   *Mademoiselle Fifi*.

1883   Troubles de la vue. Naissance de Georges Litzelmann, le premier des trois enfants naturels de Maupassant. Avec les droits d'auteur de *La Maison Tellier*, se fait construire, près d'Étretat, « La Guillette » où il séjournera dès lors très régulièrement. *Contes de la bécasse ; Clair de Lune ; Une Vie* (le roman auquel il songeait depuis 1877).

1884   *Miss Harriet ; Les Sœurs Rondoli ; Yvette ; Au Soleil*. Liaison avec la comtesse Potocka. Début des troubles nerveux. S'intéresse aux travaux de Charcot sur l'hystérie, alors très à la mode.

1885   *Bel-Ami ; Contes du Jour et de la Nuit ; Toine*. Voyages en Italie et en Sicile. Aggravation des troubles de la vue. Cure à Châtelguyon.

1886   *Monsieur Parent ; La Petite Roque*. Séjours en mer. Phénomènes de dédoublement.

1887   *Mont-Oriol ; Le Horla*.

1888-   Voyages dans le Midi et en Algérie.
1889   *Pierre et Jean* (avec une « préface » très importante : « Le Roman ») ; *Fort comme la mort ; Le Rosier de Madame Husson ; La Main gauche*. Mort de son frère dément.

1890   *L'Inutile beauté ; Notre cœur*. États maniaco-dépressifs.

1891   *Musotte* au théâtre du Gymnase. La dépression s'aggrave. Commence la rédaction de *L'Angélus*, roman qui restera inachevé et sera publié en l'état après sa mort (*Revue de Paris*, 1er avril 1895). Au Dr Cazalis : « C'est la mort imminente et je suis fou. »

1892   Tentative de suicide dans la nuit du 1er au 2 janvier, au chalet de l'Isère. Clinique du Dr Blanche à Passy. Délires. Edmond de Goncourt : « Maupassant est en train de s'animaliser. »

1893   6 juillet : mort de Guy de Maupassant.

II - COMPOSITION DU VOLUME

Ce volume rassemble, regroupés sous quatre rubriques (« Histoires normandes », « Histoires grivoises », « Adultères mondains et bourgeois », « Farces et farceurs »), des textes d'époques différentes dont la plupart appartiennent à des recueils publiés du vivant de Maupassant, où ils voisinent avec des récits d'une tout autre tonalité, grave voire tragique. Nous donnons ici, pour chaque récit, dans l'ordre chronologique, la date de la première publication et celle de la publication en recueil.

LE GÂTEAU (*Gil Blas*, 19 janvier 1882), sous le pseudonyme de Maufrigneuse. Repris dans le recueil posthume *Le Père Milon*, 1899.

LE VOLEUR (*Gil Blas*, 21 juin 1882) (Maufrigneuse), *Mademoiselle Fifi*, deuxième édition augmentée, 1883.

MON ONCLE SOSTHÈNE (*Gil Blas*, 12 août 1882) (Maufrigneuse), *Les Sœurs Rondoli*, 1884.

LE REMPLAÇANT (*Gil Blas*, 2 janvier 1883) (Maufrigneuse), *Mademoiselle Fifi*, édition de 1883.

LES BIJOUX (*Gil Blas*, 27 mars 1883) (Maufrigneuse), *Clair de lune*, 1883.

LA SERRE (*Gil Blas*, 26 juin 1883) (Maufrigneuse). Repris dans le recueil posthume *Le Colporteur*, 1900.

LA FENÊTRE (*Gil Blas*, 10 juillet 1883), *Le Rosier de Madame Husson*, 1888.

LE CAS DE MADAME LUNEAU (*Gil Blas*, 21 août 1883) (Maufrigneuse), *Les Sœurs Rondoli*, 1884.

DÉCORÉ ! (*Gil Blas*, 13 novembre 1883) (Maufrigneuse), *Les Sœurs Rondoli*, 1884.

LA FARCE (*Gil Blas*, 18 décembre 1883) (Maufrigneuse), *Le Colporteur*, 1900.

UNE VENTE (*Gil Blas*, 22 février 1884), *Le Rosier de Madame Husson*, 1888.

L'IVROGNE (*Le Gaulois*, 20 avril 1884), *Contes du Jour et de la Nuit*, 1885.

LE CRIME AU PÈRE BONIFACE (*Gil Blas*, 24 juin 1884), *Contes du Jour et de la Nuit*, 1885.

LA CONFESSION (*Gil Blas*, 12 août 1884), *Le Rosier de Madame Husson*, 1888.

BOMBARD (*Gil Blas*, 28 octobre 1884), *Toine*, 1885.

TRIBUNAUX RUSTIQUES (*Gil Blas*, 25 novembre 1884) (Maufrigneuse), *Monsieur Parent*, 1886.

TOINE (*Gil Blas*, 6 janvier 1885) (Maufrigneuse), *Toine*, 1885.

LE MOYEN DE ROGER (*Gil Blas*, 3 mars 1885) (Maufrigneuse), *Toine*, 1885.

LA CONFIDENCE (*Gil Blas*, 20 août 1885), *Monsieur Parent*, 1886.

LA BÊTE À MAÎT' BELHOMME (*Gil Blas*, 22 septembre 1885), *Monsieur Parent*, 1886.

AU BOIS (*Gil Blas*, 22 juin 1886), *Le Horla*, 1887.

JOSEPH (*Gil Blas*, 21 juillet 1886), *Le Horla*, 1887.

LA QUESTION DU LATIN (*Le Gaulois*, 2 septembre 1886), *Le Colporteur*, 1900.

UNE SOIRÉE (*Gil Blas*, 29 mars 1887), *Le Rosier de Madame Husson*, 1888.

LE ROSIER DE MADAME HUSSON (*La Nouvelle Revue*, 15 juin 1887), *Le Rosier de Madame Husson*, 1888.

LE LAPIN (*Gil Blas*, 18 juillet 1887), *La Main gauche*, 1889.

LES ÉPINGLES (*Gil Blas*, 10 janvier 1888), *Le Rosier de Madame Husson*, 1888.

LES VINGT-CINQ FRANCS DE LA SUPÉRIEURE (*Gil Blas*, 28 mars 1888), *L'Inutile Beauté*, 1890.

D'autres récits de la même veine, normande, grivoise ou farcesque, n'ont pas été repris dans ce volume. Ainsi, par exemple, *Un Normand, Farce normande, La Rouille, Un coq chanta* ou *Ce cochon de Morin*, que l'on trouvera dans le volume *Contes de la Bécasse et autres contes de chasseurs*, disponible dans la même collection, n° 6096.

III - LA NORMANDIE DE MAUPASSANT

Qu'il en célèbre les charmes, en souligne les grotesques ou en dénonce les vices, Maupassant, tout au long de son œuvre — récits brefs ou romans — comme dans sa vie, n'a jamais cessé de faire retour aux paysages, aux mœurs et aux habitants de sa Normandie natale. Nous proposons ici, en complément aux « Histoires normandes » retenues dans ce volume, un petit florilège de cette veine régionaliste, florilège sélectif qui laisse délibérément hors champ la version noire du « normandisme » maupassantien.

1) PAYSAGES ET DÉCORS

Panoramas :

. . . .

8 mai. — Quelle journée admirable ! J'ai passé toute la matinée étendu sur l'herbe, devant ma maison, sous l'énorme platane qui la couvre, l'abrite et l'ombrage tout entière. J'aime ce pays, et j'aime y vivre parce que j'y ai mes racines, ces profondes et délicates racines, qui attachent un homme à la terre où sont nés et morts ses aïeux, qui l'attachent à ce qu'on pense et à ce qu'on mange, aux usages comme aux nourritures, aux locutions locales, aux intonations des paysans, aux odeurs du sol, des villages et de l'air lui-même.

J'aime ma maison où j'ai grandi. De mes fenêtres, je vois la Seine qui coule, le long de mon jardin, derrière la route, presque chez moi, la grande et large Seine, qui va de Rouen au Havre, couverte de bateaux qui passent.

À gauche, là-bas, Rouen, la vaste ville aux toits bleus, sous le peuple pointu des clochers gothiques. Ils sont innombrables, frêles et larges, dominés par la flèche de fonte de la cathédrale, et pleins de cloches qui sonnent dans l'air bleu des belles matinées, jetant jusqu'à moi leur doux et lointain bourdonnement de fer, leur chant d'airain que la brise m'apporte, tantôt plus fort et tantôt plus affaibli, suivant qu'elle s'éveille ou s'assoupit.

Comme il faisait bon ce matin !

Vers onze heures, un long convoi de navires, traînés par un remorqueur gros comme une mouche, et qui râlait de peine en vomissant une fumée épaisse, défila devant ma grille.

Après deux goélettes anglaises, dont le pavillon rouge ondoyait sur le ciel, venait un superbe trois-mâts brésilien, tout blanc, admirablement propre et luisant. Je le saluai, je ne sais pourquoi, tant ce navire me fit plaisir à voir.

Le Horla, 1887.

On dominait l'immense vallée, longue et large que le fleuve clair parcourait d'un bout à l'autre, avec de grandes ondulations. On le voyait venir de là-bas, taché par des îles nombreuses et décrivant une courbe avant de traverser Rouen. Puis la ville apparaissait sur la rive droite, un peu noyée dans la brume matinale, avec des éclats de soleil sur ses toits, et ses mille clochers légers, pointus ou trapus, frêles et travaillés comme des bijoux géants, ses tours carrées ou rondes coiffées de couronnes héraldiques, ses beffrois, ses clochetons, tout le peuple gothique des sommets d'églises que dominait la flèche aiguë de la cathédrale, surprenante aiguille de bronze, laide, étrange et démesurée, la plus haute qui soit au monde.

Mais en face, de l'autre côté du fleuve, s'élevaient rondes et renflées à leur faîte, les minces cheminées d'usines du vaste faubourg de Saint-Sever.

Plus nombreuses que leurs frères les clochers, elles dressaient jusque dans la campagne lointaine leurs longues colonnes de briques et soufflaient dans le ciel bleu leur haleine noire de charbon.

Et la plus élevée de toutes, aussi haute que la pyramide de Chéops, le second des sommets dus au travail humain, presque l'égale de sa fière commère la flèche de la cathédrale, la grande pompe à feu de la *foudre* semblait la reine du peuple travailleur et fumant des usines, comme sa voisine était la reine de la foule pointue des monuments sacrés.

Là-bas, derrière la ville ouvrière, s'étendait une forêt de sapins ; et la Seine, ayant passé entre les deux cités, continuait sa route, longeait une grande côte onduleuse boisée en haut et montrant par places ses os de pierre blanche, puis elle disparaissait à l'horizon après avoir encore décrit une longue courbe arrondie. On voyait des navires montant et descendant le fleuve, traînés par des barques à vapeur grosses comme des mouches, et qui crachaient une fumée épaisse. Des îles, étalées sur l'eau, s'alignaient toujours l'une au bout de l'autre, ou bien laissant entre elles de grands intervalles, comme les grains inégaux d'un chapelet verdoyant.

Bel-Ami, 1885.

Nous venions de sortir de Rouen et nous suivions au grand trot la route de Jumièges. La légère voiture filait, traversant les prairies ; puis le cheval se mit au pas pour monter la côte de Canteleu.

C'est là un des horizons les plus magnifiques qui soient au monde. Derrière nous Rouen, la ville aux églises, aux clochers gothiques, travaillés comme des bibelots d'ivoire ; en face, Saint-Sever, le faubourg aux manufactures qui dresse ses mille cheminées fumantes sur le grand ciel vis-à-vis des mille clochetons sacrés de la vieille cité.

Ici la flèche de la cathédrale, le plus haut sommet des monuments humains ; et là-bas, la « Pompe à feu » de la « Foudre », sa rivale presque aussi démesurée, et qui passe d'un mètre la plus géante des pyramides d'Égypte.

Devant nous la Seine se déroulait, ondulante, semée d'îles, bordée à droite de blanches falaises que couronnait une forêt, à gauche de prairies immenses qu'une autre forêt limitait, là-bas, tout là-bas.

De place en place, des grands navires à l'ancre le long des berges du large fleuve. Trois énormes vapeurs s'en allaient, à la queue leu leu, vers Le Havre ; et un chapelet de bâtiments, formé d'un trois-mâts, de deux goélettes et d'un brick, remontait vers Rouen, traîné par un petit remorqueur vomissant un nuage de fumée noire.

[...]

Nous avions gagné le sommet de la côte. La route s'enfonçait dans l'admirable forêt de Roumare.

L'automne, l'automne merveilleux, mêlait son or et sa pourpre aux dernières verdures restées vives, comme si des gouttes de soleil fondu avaient coulé du ciel dans l'épaisseur des bois.

On traversa Duclair, puis, au lieu de continuer sur Jumièges, mon ami tourna vers la gauche et, prenant un chemin
de traverse, s'enfonça dans les taillis.

Et bientôt, du sommet d'une grande côte nous découvrions
de nouveau la magnifique vallée de la Seine, et le fleuve tor-
tueux s'allongeant à nos pieds.

Un Normand, 1882.

Fermes :

Depuis un mois, le large soleil jette aux champs sa flamme
cuisante. La vie radieuse éclôt sous cette averse de feu ; la
terre est verte à perte de vue. Jusqu'aux bords de l'horizon,
le ciel est bleu. Les fermes normandes semées par la plaine
semblent, de loin, de petits bois, enfermées dans leur cein-
ture de hêtres élancés. De près, quand on ouvre la barrière
vermoulue, on croit voir un jardin géant, car tous les antiques pommiers, osseux comme les paysans, sont en fleur. Les
vieux troncs noirs, crochus, tortus, alignés par la cour, étalent
sous le ciel leur dômes éclatants, blancs et roses. Le doux parfum de leur épanouissement se mêle aux grasses senteurs des
étables ouvertes et aux vapeurs du fumier qui fermente, couvert de poules.

Il est midi. La famille dîne à l'ombre du poirier planté
devant la porte : le père, la mère, les quatre enfants, les deux
servantes et les trois valets. On ne parle guère. On mange la
soupe, puis on découvre le plat de fricot plein de pommes
de terre au lard.

De temps en temps, une servante se lève et va remplir au
cellier la cruche au cidre.

Le Père Milon, 1883.

J'ai connu les rendez-vous dans les fossés pleins de prime-
vères, derrière l'étable où dorment les vaches, et sur la paille
des greniers encore tièdes de la chaleur du jour. J'ai des
souvenirs de grosse toile grise sur des chairs élastiques et rudes,
et des regrets de naïves et franches caresses, plus délicates en
leur brutalité sincère, que les subtils plaisirs obtenus de femmes charmantes et distinguées.

Mais ce qu'on aime surtout dans ces courses à l'aventure,

c'est la campagne, les bois, les levers de soleil, les crépuscules, les clairs de lune. Ce sont, pour les peintres, des voyages de noce avec la terre. On est seul tout près d'elle dans ce long rendez-vous tranquille. On se couche dans une prairie, au milieu des marguerites et des coquelicots, et, les yeux ouverts, sous une claire tombée de soleil, on regarde au loin le petit village avec son clocher pointu qui sonne midi.

On s'assied au bord d'une source qui sort au pied d'un chêne, au milieu d'une chevelure d'herbes frêles, hautes, luisantes de vie. On s'agenouille, on se penche, on boit cette eau froide et transparente qui vous mouille la moustache et le nez, on la boit avec un plaisir physique, comme si on baisait la source, lèvre à lèvre. Parfois, quand on rencontre un trou, le long de ces minces cours d'eau, on s'y plonge, tout nu, et on sent sur sa peau, de la tête aux pieds, comme une caresse glacée et délicieuse, le frémissement du courant vif et léger.

On est gai sur la colline, mélancolique au bord des étangs, exalté lorsque le soleil se noie dans un océan de nuages sanglants et qu'il jette aux rivières des reflets rouges. Et, le soir, sous la lune qui passe au fond du ciel, on songe à mille choses singulières qui ne vous parviendraient point à l'esprit sous la brûlante clarté du jour.

Donc, en errant ainsi par ce pays même où nous sommes cette année, j'arrivai un soir au petit village de Bénouville, sur la falaise, entre Yport et Étretat. Je venais de Fécamp en suivant la côte, la haute côte droite comme une muraille, avec ses saillies de rochers crayeux tombant à pic dans la mer. J'avais marché depuis le matin sur ce gazon ras, fin et souple comme un tapis qui pousse au bord de l'abîme sous le vent salé du large. Et, chantant à plein gosier, allant à grands pas, regardant tantôt la fuite lente et arrondie d'une mouette promenant sur le ciel bleu la courbe blanche de ses ailes, tantôt, sur la mer verte, la voile brune d'une barque de pêche, j'avais passé un jour heureux d'insouciance et de liberté.

On m'indiqua une petite ferme où on logeait des voyageurs, sorte d'auberge tenue par une paysanne au milieu d'une cour normande entourée d'un double rang de hêtres.

Quittant la falaise, je gagnai donc le hameau enfermé dans ses grands arbres et je me présentai chez la mère Lecacheur.

C'était une vieille campagnarde ridée, sévère, qui semblait toujours recevoir les pratiques à contrecœur, avec une sorte de méfiance.

Nous étions en mai ; les pommiers épanouis couvraient la cour d'un toit de fleurs parfumées, semaient incessamment une pluie tournoyante de folioles roses qui tombaient sans fin sur les gens et sur l'herbe.

Je demandai : « Eh bien, madame Lecacheur, avez-vous une chambre pour moi ? »

Étonnée de voir que je savais son nom, elle répondit : « C'est selon, tout est loué. On pourrait voir tout de même. »

En cinq minutes nous fûmes d'accord, et je déposai mon sac sur le sol de terre d'une pièce rustique, meublée d'un lit, de deux chaises, d'une table et d'une cuvette. Elle donnait dans la cuisine, grande, enfumée, où les pensionnaires prenaient leurs repas avec les gens de la ferme et la patronne, qui était veuve.

Je me lavai les mains, puis je ressortis. La vieille faisait fricasser un poulet pour le dîner dans sa large cheminée où pendait la crémaillère noire de fumée.

Miss Harriet, 1883.

Le baron du Treilles m'avait dit :

« Voulez-vous venir faire l'ouverture de la chasse avec moi dans ma ferme de Marinville ? Vous me raviriez, mon cher. D'ailleurs, je suis tout seul. Cette chasse est d'un accès si difficile, et la maison où je couche si primitive que je n'y puis mener que des amis tout à fait intimes. »

J'avais accepté.

Nous partîmes donc le samedi par le chemin de fer, ligne de Normandie. À la station d'Almivare on descendit, et le baron René, me montrant un char à bancs campagnard attelé d'un cheval peureux que maintenait un grand paysan à cheveux blancs, me dit :

« Votre équipage, mon cher. »

L'homme tendit la main à son propriétaire, et le baron la serra vivement en demandant :

« Eh bien, maître Lebrument, ça va ?

— Toujou d' même, m'sieu l' Baron. »

Nous montâmes dans cette cage à poulets suspendue et secouée sur deux roues démesurées. Et le jeune cheval, après un écart violent, partit au galop en nous projetant en l'air comme des balles ; chaque retour sur le banc de bois me faisait un mal horrible.

Le paysan répétait de sa voix calme et monotone :

« Là, là, tout beau, tout beau, Moutard, tout beau. »

Mais Moutard n'écoutait guère et gambadait comme un chevreau.

Nos deux chiens, derrière nous, dans la partie vide de la cage, s'étaient dressés et reniflaient l'air des plaines où passaient des odeurs de gibier.

Le baron regardait au loin, d'un œil triste, la grande campagne normande, ondulante et mélancolique, pareille à un immense parc anglais, à un parc démesuré, où les cours des fermes entourées de deux ou quatre rangs d'arbres, et pleines de pommiers trapus qui font invisibles les maisons, dessinent à perte de vue les perspectives de futaies, de bouquets de bois et de massifs que cherchent les jardiniers artistes en traçant les lignes des propriétés princières. Et René du Treilles murmura soudain :

« J'aime cette terre ; j'y ai mes racines. »

C'était un Normand pur, haut et large, un peu ventru, de la vieille race des aventuriers qui allaient fonder des royaumes sur le rivage de tous les océans. Il avait environ cinquante ans, dix ans de moins peut-être que le fermier qui nous conduisait. Celui-là était un maigre, un paysan tout en os couverts de peau sans chair, un de ces hommes qui vivent un siècle.

Après deux heures de route par des chemins pierreux, à travers cette plaine verte et toujours pareille, la guimbarde entra dans une de ces cours à pommiers, et elle s'arrêta devant un vieux bâtiment délabré où une vieille servante attendait à côté d'un jeune gars qui saisit le cheval.

On entra dans la ferme. La cuisine enfumée était haute et vaste. Les cuivres et les faïences brillaient, éclairés par les reflets de l'âtre. Un chat dormait sur une chaise ; un chien dormait sous la table. On sentait, là-dedans, le lait, la pomme, la fumée, et cette odeur innommable des vieilles maisons paysannes, odeur du sol, des murs, des meubles, odeur des vieilles soupes répandues, des vieux lavages et des vieux habitants, odeur des bêtes et des gens mêlés, des choses et des êtres, odeur du temps, du temps passé.

Je ressortis pour regarder la cour. Elle était très grande, pleine de pommiers antiques, trapus et tortus, et couverts de fruits, qui tombaient dans l'herbe, autour d'eux. Dans cette cour, le parfum normand des pommes était aussi violent que celui des orangers fleuris sur les rivages du Midi.

Quatre lignes de hêtres entouraient cette enceinte. Ils étaient si hauts qu'ils semblaient atteindre les nuages, à cette heure de nuit tombante, et leurs têtes, où passait le vent du soir, s'agitaient et chantaient une plainte interminable et triste.

Je rentrai. Le baron se chauffait les pieds et écoutait son fermier parler des choses du pays. Il racontait les mariages, les naissances, les morts, puis la baisse des grains et les nouvelles du bétail. La Veularde (une vache achetée à Veules) avait fait son veau à la mi-juin. Le cidre n'avait pas été fameux, l'an dernier. Les pommes d'abricot continuaient à disparaître de la contrée.

Puis on dîna. Ce fut un bon dîner de campagne, simple et abondant, long et tranquille. Et, tout le temps du repas, je remarquai l'espèce particulière d'amicale familiarité qui m'avait frappé, d'abord, entre le baron et le paysan.

Le Fermier, 1886.

2) NORMANDES ET NORMANDS

Mère et fille :

Le soleil de midi tombe en large pluie sur les champs. Ils s'étendent, onduleux, entre les bouquets d'arbres des fermes, et les récoltes diverses, les seigles mûrs et les blés jaunissants, les avoines d'un vert clair, les trèfles d'un vert sombre, étalent un grand manteau rayé, remuant et doux sur le ventre nu de la terre.

Là-bas, au sommet d'une ondulation, en rangée comme des soldats, une interminable ligne de vaches, les unes couchées, les autres debout, clignant leurs gros yeux sous l'ardente lumière, ruminent et pâturent un trèfle aussi vaste qu'un lac.

Et deux femmes, la mère et la fille, vont, d'une allure balancée l'une devant l'autre, par un étroit sentier creusé dans les récoltes, vers ce régiment de bêtes.

Elles portent chacune deux seaux de zinc maintenus loin du corps par un cerceau de barrique ; et le métal, à chaque pas qu'elles font, jette une flamme éblouissante et blanche sous le soleil qui le frappe.

Elles ne parlent point. Elles vont traire les vaches. Elles arrivent, posent à terre un seau, et s'approchent des deux premières bêtes, qu'elles font lever d'un coup de sabot dans les côtes. L'animal se dresse, lentement, d'abord sur ses jambes de devant, puis soulève avec plus de peine sa large croupe, qui semble alourdie par l'énorme mamelle de chair blonde et pendante.

Et les deux Malivoire, mère et fille, à genoux sous le ventre de la vache, tirent par un vif mouvement des mains sur le pis gonflé, qui jette, à chaque pression, un mince fil de lait dans le seau. La mousse un peu jaune monte aux bords et les femmes vont de bête en bête jusqu'au bout de la longue file.

Dès qu'elles ont fini d'en traire une, elles la déplacent, lui donnant à pâturer un bout de verdure intacte.

Puis elles repartent, plus lentement, alourdies par la charge du lait, la mère devant, la fille derrière.

Mais celle-ci brusquement s'arrête, pose son fardeau, s'assied et se met à pleurer.

L'Aveu, 1884.

« Une belle fille... » :

Cela lui était venu, un dimanche, après la messe. Il sortait de l'église et suivait le chemin creux qui le reconduisait chez lui, quand il se trouva derrière la Martine qui rentrait chez elle.

Le père marchait à côté de sa fille, d'un pas important de fermier riche. Dédaignant la blouse, il portait une sorte de veston de drap gris et il était coiffé d'un chapeau melon à larges bords.

Elle, serrée dans un corset qu'elle ne laçait qu'une fois par semaine, s'en allait droite, la taille étranglée, les épaules larges, les hanches saillantes, en se dandinant un peu.

Coiffée d'un chapeau à fleurs confectionné par une modiste d'Yvetot, elle montrait tout entière sa nuque forte, ronde, souple où ses petits cheveux follets voltigeaient, roussis par le grand air et le soleil.

Lui, Benoist, ne voyait que son dos ; mais il connaissait bien le visage qu'elle avait, sans qu'il l'eût cependant jamais remarqué plus que ça.

Et tout d'un coup, il se dit : « Nom d'un nom, c'est une belle fille tout de même que la Martine. » Il la regardait aller, l'admirant brusquement, se sentant pris d'un désir. Il n'avait point besoin de revoir la figure, non. Il gardait les yeux plantés

sur sa taille, se répétant à lui-même, comme s'il eût parlé :
« Nom d'un nom, c'est une belle fille. »

La Martine, 1883.

Fille et garçon de ferme :

Comme le temps était fort beau, les gens de la ferme avaient
dîné plus vite que de coutume et s'en étaient allés dans les
champs.

Rose, la servante, demeura toute seule au milieu de la vaste
cuisine où un reste de feu s'éteignait dans l'âtre sous la mar-
mite pleine d'eau chaude. Elle puisait à cette eau par moments
et lavait lentement sa vaisselle, s'interrompant pour regarder deux carrés lumineux que le soleil, à travers la fenêtre,
plaquait sur la longue table, et dans lesquels apparaissaient
les défauts des vitres.

Trois poules très hardies cherchaient des miettes sous les
chaises. Des odeurs de basse-cour, des tiédeurs fermentées
d'étable entraient par la porte entrouverte ; et dans le silence
du midi brûlant on entendait chanter les coqs.

Quand la fille eut fini sa besogne, essuyé la table, nettoyé
la cheminée et rangé les assiettes sur le haut dressoir au fond
près de l'horloge en bois au tic-tac sonore, elle respira, un
peu étourdie, oppressée sans savoir pourquoi. Elle regarda
les murs d'argile noircis, les poutres enfumées du plafond où
pendaient des toiles d'araignée, des harengs saurs et des rangées d'oignons ; puis elle s'assit, gênée par les émanations
anciennes que la chaleur de ce jour faisait sortir de la terre
battue du sol où avaient séché tant de choses répandues depuis
si longtemps. Il s'y mêlait aussi la saveur âcre du laitage qui
crémait au frais dans la pièce à côté. Elle voulut cependant
se mettre à coudre comme elle en avait l'habitude, mais la
force lui manqua et elle alla respirer sur le seuil.

Alors, caressée par l'ardente lumière, elle sentit une douceur qui lui pénétrait au cœur, un bien-être coulant dans ses
membres.

Devant la porte, le fumier dégageait sans cesse une petite
vapeur miroitante. Les poules se vautraient dessus, couchées
sur le flanc, et grattaient un peu d'une seule patte pour trouver
des vers. Au milieu d'elles, le coq, superbe, se dressait. À
chaque instant il en choisissait une et tournait autour avec
un petit gloussement d'appel. La poule se levait nonchalam-

ment et le recevait d'un air tranquille, pliant les pattes et le supportant sur ses ailes ; puis elle secouait ses plumes d'où sortait de la poussière et s'étendait de nouveau sur le fumier, tandis que lui chantait, comptant ses triomphes ; et dans toutes les cours tous les coqs lui répondaient, comme si, d'une ferme à l'autre, ils se fussent envoyé des défis amoureux.

La servante les regardait sans penser ; puis elle leva les yeux et fut éblouie par l'éclat des pommiers en fleur, tout blancs comme des têtes poudrées.

Soudain un jeune poulain, affolé de gaieté, passa devant elle en galopant. Il fit deux fois le tour des fossés plantés d'arbres, puis s'arrêta brusquement et tourna la tête comme étonné d'être seul.

Elle aussi se sentait une envie de courir, un besoin de mouvement et, en même temps, un désir de s'étendre, d'allonger ses membres, de se reposer dans l'air immobile et chaud. Elle fit quelques pas, indécise, fermant les yeux, saisie par un bien-être bestial ; puis, tout doucement, elle alla chercher les œufs au poulailler. Il y en avait treize, qu'elle prit et rapporta. Quand ils furent serrés dans le buffet, les odeurs de la cuisine l'incommodèrent de nouveau et elle sortit pour s'asseoir un peu sur l'herbe.

La cour de ferme, enfermée par les arbres, semblait dormir. L'herbe haute, où les pissenlits jaunes éclataient comme des lumières, était d'un vert puissant, d'un vert tout neuf de printemps. L'ombre des pommiers se ramassait en rond à leurs pieds ; et les toits de chaume des bâtiments, au sommet desquels poussaient des iris aux feuilles pareilles à des sabres, fumaient un peu comme si l'humidité des écuries et des granges se fût envolée à travers la paille.

La servante arriva sous le hangar où l'on rangeait les chariots et les voitures. Il y avait là, dans le creux du fossé, un grand trou vert plein de violettes dont l'odeur se répandait, et, par-dessus le talus, on apercevait la campagne, une vaste plaine où poussaient les récoltes, avec des bouquets d'arbres par endroits et, de place en place, des groupes de travailleurs lointains, tout petits comme des poupées, des chevaux blancs pareils à des jouets, traînant une charrue d'enfant poussée par un bonhomme haut comme le doigt.

Elle alla prendre une botte de paille dans un grenier et la jeta dans ce trou pour s'asseoir dessus ; puis, n'étant pas à son aise, elle défit le lien, éparpilla son siège et s'étendit sur le dos, les deux bras sous sa tête et les jambes allongées.

Tout doucement elle fermait les yeux, assoupie dans une mollesse délicieuse. Elle allait même s'endormir tout à fait, quand elle sentit deux mains qui lui prenaient la poitrine, et elle se redressa d'un bond. C'était Jacques, le garçon de ferme, un grand Picard bien découplé, qui la courtisait depuis quelque temps. Il travaillait ce jour-là dans la bergerie, et, l'ayant vue s'étendre à l'ombre, il était venu à pas de loup, retenant son haleine, les yeux brillants, avec des brins de paille dans les cheveux.

Il essaya de l'embrasser, mais elle le gifla, forte comme lui ; et, sournois, il demanda grâce. Alors ils s'assirent l'un près de l'autre et ils causèrent amicalement. Ils parlèrent du temps qui était favorable aux moissons, de l'année qui s'annonçait bien, de leur maître, un brave homme, puis des voisins, du pays tout entier, d'eux-mêmes, de leur village, de leur jeunesse, de leurs souvenirs, des parents qu'ils avaient quittés pour longtemps, pour toujours peut-être. Elle s'attendrit en pensant à cela, et lui, avec son idée fixe, se rapprochait, se frottait contre elle, frémissant, tout envahi par le désir. Elle disait :

— Ya bien longtemps que je n'ai vu maman ; c'est dur tout de même d'être séparées tant que ça.

Et son œil perdu regardait au loin, à travers l'espace, jusqu'au village abandonné là-bas, là-bas, vers le nord.

Lui, tout à coup, la saisit par le cou et l'embrassa de nouveau ; mais, de son poing fermé, elle le frappa en pleine figure si violemment qu'il se mit à saigner du nez ; et il se leva pour aller appuyer sa tête contre un tronc d'arbre. Alors elle fut attendrie et, se rapprochant de lui, elle demanda :

— Ça te fait mal ?

Mais il se mit à rire. Non, ce n'était rien ; seulement elle avait tapé juste sur le milieu. Il murmurait : « Cré coquin ! » et il la regardait avec admiration, pris d'un respect, d'une affection tout autre, d'un commencement d'amour vrai pour cette grande gaillarde si solide.

Quand le sang eut cessé de couler, il lui proposa de faire un tour, craignant, s'ils restaient ainsi côte à côte, la rude poigne de sa voisine. Mais d'elle-même elle lui prit le bras, comme font les promis le soir, dans l'avenue, et elle lui dit :

— Ça n'est pas bien, Jacques, de me mépriser comme ça.

Il protesta. Non, il ne la méprisait pas, mais il était amoureux, voilà tout.

— Alors tu me veux bien en mariage ? dit-elle.

Il hésita, puis il se mit à la regarder de côté pendant qu'elle
tenait ses yeux perdus au loin devant elle. Elle avait les joues
rouges et pleines, une large poitrine saillante sous l'indienne
de son caraco, de grosses lèvres fraîches, et sa gorge, presque nue, était semée de petites gouttes de sueur. Il se sentit
repris d'envie, et, la bouche dans son oreille, il murmura :
— Oui, je veux bien.
Alors elle lui jeta ses bras au cou et elle l'embrassa si longtemps qu'ils en perdaient haleine tous les deux.

Histoire d'une fille de ferme, 1881.

On l'appelait Saint-Antoine, parce qu'il se nommait
Antoine, et aussi peut-être parce qu'il était bon vivant, joyeux,
farceur, puissant mangeur et fort buveur, et vigoureux trous-
seur de servantes, bien qu'il eût plus de soixante ans.
C'était un grand paysan du pays de Caux, haut en couleur,
gros de poitrine et de ventre, et perché sur de longues jambes qui semblaient trop maigres pour l'ampleur du corps.
Veuf, il vivait seul avec sa bonne et ses deux valets dans
sa ferme qu'il dirigeait en madré compère, soigneux de ses
intérêts, entendu dans les affaires et dans l'élevage du bétail,
et dans la culture de ses terres. Ses deux fils et ses trois filles,
mariés avec avantage, vivaient aux environs, et venaient, une
fois par mois, dîner avec le père. Sa vigueur était célèbre dans
tout le pays d'alentour ; on disait en manière de proverbe :
« Il est fort comme Saint-Antoine. »

Saint-Antoine, 1883.

Un Normand à la capitale... :

Et il retourna s'accouder à la fenêtre, juste au moment où
un train sortait du tunnel avec un bruit subit et violent. Il
s'en allait là-bas, à travers les champs et les plaines, vers la
mer. Et le souvenir de ses parents entra au cœur de Duroy.
Il allait passer près d'eux, ce convoi, à quelques lieues seulement de leur maison. Il la revit, la petite maison, au haut
de la côte, dominant Rouen et l'immense vallée de la Seine,
à l'entrée du village de Canteleu.
Son père et sa mère tenaient un petit cabaret, une guin-
guette où les bourgeois des faubourgs venaient déjeuner le

dimanche : *À la Belle-Vue*. Ils avaient voulu faire de leur fils un monsieur, et l'avaient mis au collège. Ses études finies et son baccalauréat manqué, il était parti pour le service avec l'intention de devenir officier, colonel, général. Mais, dégoûté de l'état militaire bien avant d'avoir fini ses cinq années, il avait rêvé de faire fortune à Paris.

Il y était venu, son temps expiré, malgré les prières du père et de la mère, qui, leur songe envolé, voulaient le garder maintenant. À son tour, il espérait un avenir ; il entrevoyait le triomphe au moyen d'événements encore confus dans son esprit, qu'il saurait assurément faire naître et seconder.

Il avait eu au régiment des succès de garnison, des bonnes fortunes faciles et même des aventures dans un monde plus élevé, ayant séduit la fille d'un percepteur qui voulait tout quitter pour le suivre, et la femme d'un avoué qui avait tenté de se noyer par désespoir d'être délaissée.

Ses camarades disaient de lui : « C'est un malin, c'est un roublard, c'est un débrouillard qui saura se tirer d'affaire. » Et il s'était promis en effet d'être un malin, un roublard et un débrouillard.

Sa conscience native de Normand, frottée par la pratique quotidienne de l'existence de garnison, distendue par les exemples de maraudages en Afrique, de bénéfs illicites, de supercheries suspectes, fouettée aussi par les idées d'honneur qui ont cours dans l'armée, par les bravades militaires, les sentiments patriotiques, les histoires magnanimes racontées entre sous-off et par la gloriole du métier, était devenue une sorte de boîte à triple fond où l'on trouvait de tout.

Mais le désir d'arriver y régnait en maître.

Bel-Ami, 1885.

Un infirme à la ferme :

C'était un paysan, le fils d'un fermier normand. Tant que le père et la mère vécurent, on eut à peu près soin de lui ; il ne souffrit guère que de son horrible infirmité ; mais dès que les vieux furent partis, l'existence atroce commença. Recueilli par une sœur, tout le monde dans la ferme le traitait comme un gueux qui mange le pain des autres. À chaque repas, on lui reprochait la nourriture ; on l'appelait fainéant, manant ; et bien que son beau-frère se fût emparé de sa part d'héritage, on lui donnait à regret la soupe, juste assez pour qu'il ne mourût point.

Il avait une figure toute pâle, et deux grands yeux blancs comme des pains à cacheter ; et il demeurait impassible sous l'injure, tellement enfermé en lui-même qu'on ignorait s'il la sentait. Jamais d'ailleurs il n'avait connu aucune tendresse, sa mère l'ayant toujours un peu rudoyé, ne l'aimant guère ; car aux champs les inutiles sont des nuisibles, et les paysans feraient volontiers comme les poules qui tuent les infirmes d'entre elles.

Sitôt la soupe avalée, il allait s'asseoir devant la porte en été, contre la cheminée en hiver, et il ne remuait plus jusqu'au soir. Il ne faisait pas un geste, pas un mouvement ; seules ses paupières, qu'agitait une sorte de souffrance nerveuse, retombaient parfois sur la tache blanche de ses yeux. Avait-il un esprit, une pensée, une conscience nette de sa vie ? Personne ne se le demandait.

Pendant quelques années, les choses allèrent ainsi. Mais son impuissance à rien faire autant que son impassibilité finirent par exaspérer ses parents, et il devint un souffre-douleur, une sorte de bouffon-martyr, de proie donnée à la férocité native, à la gaieté sauvage des brutes qui l'entouraient.

On imagina toutes les farces cruelles que sa cécité put inspirer. Et, pour se payer de ce qu'il mangeait, on fit de ses repas des heures de plaisir pour les voisins et de supplice pour l'impotent.

Les paysans des maisons prochaines s'en venaient à ce divertissement ; on se le disait de porte en porte, et la cuisine de la ferme se trouvait pleine chaque jour. Tantôt on posait sur la table, devant son assiette où il commençait à puiser le bouillon, quelque chat ou quelque chien. La bête avec son instinct flairait l'infirmité de l'homme et, tout doucement, s'approchait, mangeait sans bruit, lapant avec délicatesse ; et quand un clapotis de langue un peu bruyant avait éveillé l'attention du pauvre diable, elle s'écartait prudemment pour éviter le coup de cuiller qu'il envoyait au hasard devant lui.

Alors c'étaient des rires, des poussées, des trépignements des spectateurs tassés le long des murs. Et lui, sans jamais dire un mot, se remettait à manger de la main droite, tandis que, de la gauche avancée, il protégeait et défendait son assiette.

Tantôt on lui faisait mâcher des bouchons, du bois, des feuilles ou même des ordures, qu'il ne pouvait distinguer.

Puis, on se lassa même des plaisanteries ; et le beau-frère enrageant de toujours le nourrir, le frappa, le gifla sans cesse, riant des efforts inutiles de l'autre pour parer les coups ou les rendre. Ce fut alors un jeu nouveau : le jeu des claques. Et les valets de charrue, le goujat, les servantes, lui lançaient à tout moment leur main par la figure, ce qui imprimait à ses paupières un mouvement précipité. Il ne savait où se cacher et demeurait sans cesse les bras étendus pour éviter les approches.

Enfin, on le contraignit à mendier. On le postait sur les routes les jours de marché, et, dès qu'il entendait un bruit de pas ou le roulement d'une voiture, il tendait son chapeau en balbutiant : « La charité, s'il vous plaît. »

Mais le paysan n'est pas prodigue, et, pendant des semaines entières, il ne rapportait pas un sou.

L'Aveugle, 1882.

Couple de Normands :

Un tiède soleil d'automne tombait dans la cour de ferme, par-dessus les grands hêtres des fossés. Sous le gazon tondu par les vaches, la terre, imprégnée de pluie récente, était moite, enfonçait sous les pieds avec un bruit d'eau ; et les pommiers chargés de pommes semaient leurs fruits d'un vert pâle, dans le vert foncé de l'herbage.

Quatre jeunes génisses paissaient, attachées en ligne, et meuglaient par moments vers la maison ; les volailles mettaient un mouvement coloré sur le fumier, devant l'étable, et grattaient, remuaient, caquetaient, tandis que les deux coqs chantaient sans cesse, cherchaient des vers pour leurs poules qu'ils appelaient d'un gloussement vif.

La barrière de bois s'ouvrit ; un homme entra, âgé de quarante ans peut-être, mais qui semblait vieux de soixante, ridé, tortu, marchant à grands pas lents, alourdis par le poids de lourds sabots pleins de paille. Ses bras trop longs pendaient des deux côtés du corps. Quand il approcha de la ferme, un roquet jaune, attaché au pied d'un énorme poirier, à côté d'un baril qui lui servait de niche, remua la queue, puis se mit à japper en signe de joie. L'homme cria :

— À bas, Finot !

Le chien se tut.

Une paysanne sortit de la maison. Son corps osseux, large et plat, se dessinait sous un caraco de laine qui serrait la taille. Une jupe grise, trop courte, tombait jusqu'à la moitié des jambes, cachées en des bas bleus, et elle portait aussi des sabots pleins de paille. Un bonnet blanc, devenu jaune, couvrait quelques cheveux collés au crâne, et sa figure brune, maigre, laide, édentée, montrait cette physionomie sauvage et brute qu'ont souvent les faces des paysans.

L'homme demanda :

— Comment qu'y va ?

La femme répondit :

— M'sieu le curé dit que c'est la fin, qu'il n'passera point la nuit.

Ils entrèrent tous deux dans la maison.

Après avoir traversé la cuisine, ils pénétrèrent dans la chambre, basse, noire, à peine éclairée par un carreau, devant lequel tombait une loque d'indienne normande. Les grosses poutres du plafond, brunies par le temps, noires et enfumées, traversaient la pièce de part en part, portant le mince plancher du grenier, où couraient, jour et nuit, des troupeaux de rats.

Le Vieux, 1884.

En famille :

C'étaient deux paysans, l'homme et la femme, qui marchaient d'un pas irrégulier, en se balançant et se heurtant parfois de l'épaule. L'homme était petit, trapu, rouge et un peu ventru, vigoureux malgré son âge ; la femme, grande, sèche, voûtée, triste, la vraie femme de peine des champs qui a travaillé dès l'enfance et qui n'a jamais ri, tandis que le mari blaguait en buvant avec les pratiques.

Madeleine aussi était descendue de voiture et elle regardait venir ces deux pauvres êtres avec un serrement de cœur, une tristesse qu'elle n'avait point prévue. Ils ne reconnaissaient point leur fils, ce beau monsieur, et ils n'auraient jamais deviné leur bru dans cette belle dame en robe claire.

Ils allaient, sans parler, et vite, au-devant de l'enfant attendu, sans regarder ces personnes de la ville que suivait une voiture.

Ils passaient. Georges, qui riait, cria : « Bonjou, pé Duroy. »

Ils s'arrêtèrent net, tous les deux, stupéfaits d'abord, puis

abrutis de surprise. La vieille se remit la première et balbutia, sans faire un pas : « C'est-ti té, not' fieu ? »

Le jeune homme répondit : « Mais oui, c'est moi, la mé
Duroy ! » Et marchant à elle il l'embrassa sur les deux joues,
d'un gros baiser de fils. Puis il frotta ses tempes contre les
tempes du père, qui avait ôté sa casquette, une casquette à
la mode de Rouen, en soie noire, très haute, pareille à celles
des marchands de bœufs.

Puis Georges annonça : « Voilà ma femme. » Et les deux
campagnards regardèrent Madeleine. Ils la regardèrent
comme on regarde un phénomène, avec une crainte inquiète,
jointe à une sorte d'approbation satisfaite chez le père, à une
inimitié jalouse chez la mère.

L'homme, qui était d'un naturel joyeux, tout imbibé par
une gaieté de cidre doux et d'alcool, s'enhardit et demanda,
avec une malice au coin de l'œil :

« J'pouvons-t-il l'embrasser tout d'même ? »

Le fils répondit : « Parbleu. » Et Madeleine, mal à l'aise,
tendit ses deux joues aux bécots sonores du paysan qui
s'essuya les lèvres d'un revers de la main.

La vieille, à son tour, baisa sa belle-fille avec une réserve
hostile. Non, ce n'était point la bru de ses rêves, la grosse
et fraîche fermière, rouge comme une pomme et ronde comme
une jument poulinière. Elle avait l'air d'une traînée, cette
dame-là, avec ses falbalas et son musc. Car tous les parfums,
pour la vieille, étaient du musc.

Et on se remit en marche à la suite du fiacre qui portait
la malle des nouveaux époux.

Le vieux prit son fils par le bras, et le retenant en arrière,
il demanda avec intérêt :

« Eh ben, ça va-t-il, les affaires ?

— Mais oui, très bien.

— Allons, suffit, tant mieux ! Dis-mé, ta femme, est-i
aisée ? »

Georges répondit : « Quarante mille francs. »

Le père poussa un léger sifflement d'admiration et ne put
que murmurer : « Bougre ! » tant il fut ému par la somme.
Puis il ajouta avec une conviction sérieuse : « Nom d'un nom,
c'est une belle femme. » Car il la trouvait de son goût, lui.
Et il avait passé pour connaisseur, dans le temps.

Madeleine et la mère marchaient côte à côte, sans dire un
mot. Les deux hommes les rejoignirent.

On arrivait au village, un petit village en bordure sur la

route, formé de dix maisons de chaque côté, maisons de bourg et masures de fermes, les unes en briques, les autres en argile, celles-ci coiffées de chaume et celles-là d'ardoises. Le café du père Duroy : *À la Belle-Vue*, une bicoque composée d'un rez-de-chaussée et d'un grenier, se trouvait à l'entrée du pays, à gauche. Une branche de pin, accrochée sur la porte, indiquait, à la mode ancienne, que les gens altérés pouvaient entrer.

Le couvert était mis dans la salle du cabaret, sur deux tables rapprochées et cachées par deux serviettes. Une voisine, venue pour aider au service, salua d'une grande révérence en voyant apparaître une aussi belle dame, puis reconnaissant Georges, elle s'écria : « Seigneur Jésus, c'est-i té, petiot ? »

Il répondit gaiement : « Oui, c'est moi ! la mé Brulin ! »

Et il l'embrassa aussitôt comme il avait embrassé père et mère.

Puis il se tourna vers sa femme : « Viens dans notre chambre, dit-il, tu te débarrasseras de ton chapeau. »

Il la fit entrer par la porte de droite dans une pièce froide, carrelée, toute blanche, avec ses murs peints à la chaux et son lit aux rideaux de coton. Un crucifix au-dessus d'un bénitier, et deux images coloriées représentant Paul et Virginie sous un palmier bleu et Napoléon Ier sur un cheval jaune, ornaient seuls cet appartement propre et désolant.

Dès qu'ils furent seuls, il embrassa Madeleine : « Bonjour, Made. Je suis content de revoir les vieux. Quand on est à Paris, on n'y pense pas, et puis quand on se retrouve, ça fait plaisir tout de même. »

Mais le père criait en tapant du poing la cloison :

« Allons, allons, la soupe est cuite. »

Et il fallut se mettre à table.

Ce fut un long déjeuner de paysans avec une suite de plats mal assortis, une andouille après un gigot, une omelette après l'andouille. Le père Duroy, mis en joie par le cidre et quelques verres de vin, lâchait le robinet de ses plaisanteries de choix, celles qu'il réservait pour les grandes fêtes, histoires grivoises et malpropres arrivées à ses amis, affirmait-il. Georges, qui les connaissait toutes, riait cependant, grisé par l'air natal, ressaisi par l'amour inné du pays, des lieux familiers dans l'enfance, par toutes les sensations, tous les souvenirs retrouvés, toutes les choses d'autrefois revues, des riens, une marque de couteau dans une porte, une chaise boiteuse rappelant un petit fait, des odeurs de sol, le grand souffle de résine et d'arbres venu de la forêt voisine, les senteurs du logis, du ruisseau, du fumier.

La mère Duroy ne parlait point, toujours triste et sévère, épiant de l'œil sa bru avec une haine éveillée dans le cœur, une haine de vieille travailleuse, de vieille rustique aux doigts usés, aux membres déformés par les dures besognes, contre cette femme de ville qui lui inspirait une répulsion de maudite, de réprouvée, d'être impur fait pour la fainéantise et le péché. Elle se levait à tout moment pour aller chercher les plats, pour verser dans les verres la boisson jaune et aigre de la carafe ou le cidre roux mousseux et sucré des bouteilles dont le bouchon sautait comme celui de la limonade gazeuse.

Bel-Ami, 1885.

3) MŒURS NORMANDES

Voisinage :

Les deux chaumières étaient côte à côte, au pied d'une colline, proches d'une petite ville de bains. Les deux paysans besognaient dur sur la terre féconde pour élever tous leurs petits. Chaque ménage en avait quatre. Devant les deux portes voisines, toute la marmaille grouillait du matin au soir. Les deux aînés avaient six ans et les deux cadets quinze mois environ ; les mariages, et ensuite les naissances, s'étaient produits à peu près simultanément dans l'une et l'autre maison.

Les deux mères distinguaient à peine leurs produits dans le tas ; et les deux pères confondaient tout à fait. Les huit noms dansaient dans leur tête, se mêlaient sans cesse ; et quand il fallait en appeler un, les hommes souvent en criaient trois avant d'arriver au véritable.

La première des deux demeures, en venant de la station d'eaux de Rolleport, était occupée par les Tuvache, qui avaient trois filles et un garçon ; l'autre masure abritait les Vallin, qui avaient une fille et trois garçons.

Tout cela vivait péniblement de soupe, de pommes de terre et de grand air. À sept heures, le matin, puis à midi, puis à six heures, le soir, les ménagères réunissaient leurs mioches pour donner la pâtée, comme des gardeurs d'oies assemblent leurs bêtes. Les enfants étaient assis, par rang d'âge, devant la table en bois, vernie par cinquante ans d'usage. Le dernier moutard avait à peine la bouche au niveau de la planche.

On posait devant eux l'assiette creuse pleine de pain molli dans l'eau où avaient cuit les pommes de terre, un demi-chou et trois oignons ; et toute la ligne mangeait jusqu'à plus faim. La mère empâtait elle-même le petit. Un peu de viande au pot-au-feu, le dimanche, était une fête pour tous ; et le père, ce jour-là, s'attardait au repas en répétant : « Je m'y ferais bien tous les jours. »

Aux Champs, 1882.

La foire :

Sur toutes les routes autour de Goderville, les paysans et leurs femmes s'en venaient vers le bourg ; car c'était jour de marché. Les mâles allaient, à pas tranquilles, tout le corps en avant à chaque mouvement de leurs longues jambes torses, déformées par les rudes travaux, par la pesée sur la charrue qui fait en même temps monter l'épaule et dévier la taille, par le fauchage des blés qui fait écarter les genoux pour prendre un aplomb solide, par toutes les besognes lentes et pénibles de la campagne. Leur blouse bleue, empesée, brillante, comme vernie, ornée au col et aux poignets d'un petit dessin de fil blanc, gonflée autour de leur torse osseux, semblait un ballon prêt à s'envoler, d'où sortaient une tête, deux bras et deux pieds.

Les uns tiraient au bout d'une corde une vache, un veau. Et leurs femmes, derrière l'animal, lui fouettaient les reins d'une branche encore garnie de feuilles, pour hâter sa marche. Elles portaient au bras de larges paniers d'où sortaient des têtes de poulets par-ci, des têtes de canards par-là. Et elles marchaient d'un pas plus court et plus vif que leurs hommes, la taille sèche, droite et drapée dans un petit châle étriqué, épinglé sur leur poitrine plate, la tête enveloppée d'un linge blanc collé sur les cheveux et surmontée d'un bonnet.

Puis, un char à bancs passait, au trot saccadé d'un bidet, secouant étrangement deux hommes assis côte à côte et une femme dans le fond du véhicule, dont elle tenait le bord pour atténuer les durs cahots.

Sur la place de Goderville, c'était une foule, une cohue d'humains et de bêtes mélangés. Les cornes des bœufs, les hauts chapeaux à longs poils des paysans riches et les coiffes des paysannes émergeaient à la surface de l'assemblée. Et les voix criardes, aiguës, glapissantes, formaient une clameur continue et sauvage que dominait parfois un grand éclat poussé par la robuste poitrine d'un campagnard en gaieté, ou le long meuglement d'une vache attachée au mur d'une maison.

Tout cela sentait l'étable, le lait et le fumier, le foin et la sueur, dégageait cette saveur aigre, affreuse, humaine et bestiale, particulière aux gens des champs.

Maître Hauchecorne, de Bréauté, venait d'arriver à Goderville, et il se dirigeait vers la place, quand il aperçut par terre un petit bout de ficelle. Maître Hauchecorne, économe en vrai Normand, pensa que tout était bon à ramasser qui peut servir ; et il se baissa péniblement, car il souffrait de rhumatismes. Il prit, par terre, le morceau de corde mince, et il se disposait à le rouler avec soin, quand il remarqua, sur le seuil de sa porte, maître Malandain, le bourrelier, qui le regardait. Ils avaient eu des affaires ensemble au sujet d'un licol, autrefois, et ils étaient restés fâchés, étant rancuniers tous deux. Maître Hauchecorne fut pris d'une sorte de honte d'être vu ainsi, par son ennemi, cherchant dans la crotte un bout de ficelle. Il cacha brusquement sa trouvaille sous sa blouse, puis dans la poche de sa culotte ; puis il fit semblant de chercher encore par terre quelque chose qu'il ne trouvait point, et il s'en alla vers le marché, la tête en avant, courbé en deux par ses douleurs.

Il se perdit aussitôt dans la foule criarde et lente, agitée par les interminables marchandages. Les paysans tâtaient les vaches, s'en allaient, revenaient, perplexes, toujours dans la crainte d'être mis dedans, n'osant jamais se décider, épiant l'œil du vendeur, cherchant sans fin à découvrir la ruse de l'homme et le défaut de la bête.

Les femmes, ayant posé à leurs pieds leurs grands paniers, en avaient tiré leurs volailles qui gisaient par terre, liées par les pattes, l'œil effaré, la crête écarlate.

Elles écoutaient les propositions, maintenaient leurs prix, l'air sec, le visage impassible, ou bien tout à coup, se décidant au rabais proposé, criaient au client qui s'éloignait lentement :

— C'est dit, maît' Anthime. J' vous l' donne.

Puis, peu à peu, la place se dépeupla, et l'*Angélus* sonnant midi, ceux qui demeuraient trop loin se répandirent dans les auberges.

Chez Jourdain, la grande salle était pleine de mangeurs, comme la vaste cour était pleine de véhicules de toute race, charrettes, cabriolets, chars à bancs, tilburys, carrioles innom-

mables, jaunes de crotte, déformées, rapiécées, levant au ciel,
comme deux bras, leurs brancards, ou bien le nez par terre
et le derrière en l'air.

Tout contre les dîneurs attablés, l'immense cheminée, pleine
de flamme claire, jetait une chaleur vive dans le dos de la
rangée de droite. Trois broches tournaient, chargées de poulets, de pigeons et de gigots ; et une délectable odeur de viande
rôtie et de jus ruisselant sur la peau rissolée, s'envolait de
l'âtre, allumait les gaietés, mouillait les bouches.

Toute l'aristocratie de la charrue mangeait là, chez maît'
Jourdain, aubergiste et maquignon, un malin qui avait des
écus.

Les plats passaient, se vidaient comme les brocs de cidre
jaune. Chacun racontait ses affaires, ses achats et ses ven-
tes. On prenait des nouvelles des récoltes. Le temps était bon
pour les verts, mais un peu mucre pour les blés.

La Ficelle, 1883.

Le contrat...

Mais deux jours plus tard, après le déjeuner, alors que
Julien partait à cheval, un grand gars de vingt-deux à vingt-
cinq ans, vêtu d'une blouse bleue toute neuve, aux plis raides, aux manches ballonnées, boutonnées aux poignets, fran-
chit sournoisement la barrière, comme s'il eût été embusqué
là depuis le matin, se glissa le long du fossé des Couillard,
contourna le château et s'approcha à pas suspects du baron
et des deux femmes, assis toujours sous le platane.

Il avait ôté sa casquette en les apercevant, et il s'avançait
en saluant, avec des mines embarrassées.

Dès qu'il fut assez près pour se faire entendre, il bredouilla :
« Votre serviteur, monsieur le Baron, Madame et la compagnie. » Puis, comme on ne lui parlait pas, il annonça : « C'est
moi que je suis Désiré Lecoq. »

Ce nom ne révélant rien, le baron demanda : « Que voulez-
vous ? »

Alors le gars se troubla tout à fait devant la nécessité
d'expliquer son cas. Il balbutia en baissant et en relevant les
yeux coup sur coup, de sa casquette qu'il tenait aux mains
au sommet du toit du château : « C'est m'sieu l'Curé qui m'a
touché deux mots au sujet de c't'affaire... » puis il se tut par
crainte d'en trop lâcher, et de compromettre ses intérêts.

Le baron, sans comprendre, reprit : « Quelle affaire ? Je ne sais pas, moi. »

L'autre alors, baissant la voix, se décida : « C't'affaire d' vot' bonne... la Rosalie... »

Jeanne, ayant deviné, se leva et s'éloigna avec son enfant dans ses bras. Et le baron prononça : « Approchez-vous », puis il montra la chaise que sa fille venait de quitter.

Le paysan s'assit aussitôt en murmurant : « Vous êtes bien honnête. » Puis il attendit comme s'il n'avait plus rien à dire. Au bout d'un assez long silence il se décida enfin, et, levant son regard vers le ciel bleu : « En v'là du biau temps pour la saison. C'est la terre, qui n'en profite pour c' qu'y a déjà d' semé. » Et il se tut de nouveau.

Le baron s'impatientait ; il attaqua brusquement la question, d'un ton sec : « Alors, c'est vous qui épousez Rosalie ? »

L'homme aussitôt devint inquiet, troublé dans ses habitudes de cautèle normande. Il répliqua d'une voix plus vive, mis en défiance : « C'est selon, p't'être que oui, p't'être que non, c'est selon. »

Mais le baron s'irritait de ces tergiversations : « Sacrebleu ! répondez franchement : est-ce pour ça que vous venez, oui ou non ? La prenez-vous, oui ou non ? »

L'homme, perplexe, ne regardait plus que ses pieds : « Si c'est c' que dit m'sieur l' Curé, j' la prends ; mais si c'est c' que dit m'sieur Julien, j' la prends point.

— Qu'est-ce que vous a dit M. Julien ?

— M'sieu Julien i m'a dit qu' j'aurais quinze cents francs ; et m'sieur l' Curé i m'a dit que j' n'aurais vingt mille ; j' veux ben pour vingt mille, mais j' veux point pour quinze cents. »

Alors la baronne, qui restait enfoncée en son fauteuil, devant l'attitude anxieuse du rustre, se mit à rire par petites secousses. Le paysan la regarda de coin, d'un œil mécontent, ne comprenant pas cette gaieté, et il attendit.

Le baron, que ce marchandage gênait, y coupa court : « J'ai dit à M. le Curé que vous auriez la ferme de Barville, votre vie durant, pour revenir ensuite à l'enfant. Elle vaut vingt mille francs. Je n'ai qu'une parole. Est-ce fait, oui ou non ? »

L'homme sourit d'un air humble et satisfait, et devenu soudain loquace : « Oh ! pour lors, je n' dis pas non. N'y avait qu' ça qui m'opposait. Quand m'sieur l' Curé m'na parlé, j' voulais ben tout d' suite, pardi, et pi j'étais ben aise d' satisfaire m'sieur l' Baron, qui me r'vaudra ça, je m' le disais.

C'est-i pas vrai, quand on s'oblige, entre gens, on se r'trouve toujours plus tard ; et on se r'vaut ça. Mais m'sieur Julien m'a v'nu trouver ; et c' n'était pu qu' quinze cents. J' m'ai dit : "Faut savoir", et j' suis v'nu. C'est pas pour dire, j'avais confiance, mais j' voulais savoir. I n'est qu' les bons comptes qui font les bons amis, pas vrai, m'sieur l' Baron... »

Il fallut l'arrêter ; le baron demanda :

« Quand voulez-vous conclure le mariage ? »

Alors l'homme redevint brusquement timide, plein d'embarras. Il finit par dire, en hésitant : « J' frons-ti point d'abord un p'tit papier ? »

Le baron, cette fois, se fâcha : « Mais, nom d'un chien ! puisque vous aurez le contrat de mariage. C'est là le meilleur des papiers. »

Le paysan s'obstinait : « En attendant, j' pourrions ben en faire un bout tout d'même, ça nuit toujours pas. »

Le baron se leva pour en finir : « Répondez oui ou non, et tout de suite. Si vous ne voulez plus, dites-le, j'ai un autre prétendant. »

Alors la peur du concurrent affola le Normand rusé. Il se décida, tendit la main comme après l'achat d'une vache : « Topez-là, m'sieur l' Baron, c'est fait. Couillon qui s'en dédit. »

Le baron topa, puis cria : « Ludivine ! » La cuisinière montra sa tête à la fenêtre : « Apportez une bouteille de vin. » On trinqua pour arroser l'affaire conclue. — Et le gars partit d'un pied plus allègre.

On ne dit rien de cette visite à Julien. Le contrat fut préparé en grand secret, puis, une fois les bans publiés, la noce eut lieu un lundi matin.

Une voisine portait le mioche à l'église, derrière les nouveaux époux, comme une sûre promesse de fortune. Et personne, dans le pays, ne s'étonna ; on enviait seulement Désiré Lecoq. Il était né coiffé, disait-on avec un sourire malin où n'entrait point d'indignation.

Julien fit une scène terrible, qui abrégea le séjour de ses beaux-parents aux Peuples. Jeanne les vit repartir sans une tristesse trop profonde, Paul étant devenu pour elle une source inépuisable de bonheur.

Une vie, 1883.

La noce :

La procession se déroulait dans le chemin creux ombragé par les grands arbres poussés sur les talus des fermes. Les jeunes mariés venaient d'abord, puis les parents, puis les invités, puis les pauvres du pays, et les gamins qui tournaient autour du défilé, comme des mouches, passaient entre les rangs, grimpaient aux branches pour mieux voir.

Le marié était un beau gars, Jean Patu, le plus riche fermier du pays. C'était, avant tout, un chasseur frénétique qui perdait le bon sens à satisfaire cette passion, et dépensait de l'argent gros comme lui pour ses chiens, ses gardes, ses furets et ses fusils.

La mariée, Rosalie Roussel, avait été fort courtisée par tous les partis des environs, car on la trouvait avenante, et on la savait bien dotée ; mais elle avait choisi Patu, peut-être parce qu'il lui plaisait mieux que les autres, mais plutôt encore, en Normande réfléchie, parce qu'il avait plus d'écus.

Lorsqu'ils tournèrent la grande barrière de la ferme maritale, quarante coups de fusil éclatèrent sans qu'on vît les tireurs cachés dans les fossés. À ce bruit, une grosse gaieté saisit les hommes qui gigotaient lourdement en leurs habits de fête ; et Patu, quittant sa femme, sauta sur un valet qu'il apercevait derrière un arbre, empoigna son arme, et lâcha lui-même un coup de feu en gambadant comme un poulain.

Puis on se remit en route sous les pommiers déjà lourds de fruits, à travers l'herbe haute, au milieu des veaux qui regardaient de leurs gros yeux, se levaient lentement et restaient debout, le mufle tendu vers la noce.

Les hommes redevenaient graves en approchant du repas. Les uns, les riches, étaient coiffés de hauts chapeaux de soie luisants, qui semblaient dépaysés en ce lieu ; les autres portaient d'anciens couvre-chefs à poils longs, qu'on aurait dits en peau de taupe ; les plus humbles étaient couronnés de casquettes.

Toutes les femmes avaient des châles lâchés dans le dos, et dont elles tenaient les bouts sur leurs bras avec cérémonie. Ils étaient rouges, bigarrés, flamboyants, ces châles ; et leur éclat semblait étonner les poules noires sur le fumier, les canards au bord de la mare, et les pigeons sur les toits de chaume.

Tout le vert de la campagne, le vert de l'herbe et des arbres, semblait exaspéré au contact de cette pourpre ardente et les deux couleurs ainsi voisines devenaient aveuglantes sous le feu du soleil de midi.

La grande ferme paraissait attendre là-bas, au bout de la voûte des pommiers. Une sorte de fumée sortait de la porte et des fenêtres ouvertes, et une odeur épaisse de mangeaille s'exhalait du vaste bâtiment, de toutes ses ouvertures, des murs eux-mêmes.

Comme un serpent, la suite des invités s'allongeait à travers la cour. Les premiers, atteignant la maison, brisaient la chaîne, s'éparpillaient, tandis que là-bas il en entrait toujours par la barrière ouverte. Les fossés maintenant étaient garnis de gamins et de pauvres curieux ; et les coups de fusil ne cessaient pas, éclatant de tous les côtés à la fois, mêlant à l'air une buée de poudre et cette odeur qui grise comme de l'absinthe.

Devant la porte, les femmes tapaient sur leurs robes pour en faire tomber la poussière, dénouaient les oriflammes qui servaient de rubans à leurs chapeaux, défaisaient leurs châles et les posaient sur leurs bras, puis entraient dans la maison pour se débarrasser définitivement de ces ornements.

La table était mise dans la grande cuisine, qui pouvait contenir cent personnes.

On s'assit à deux heures. À huit heures on mangeait encore. Les hommes déboutonnés, en bras de chemise, la face rougie, engloutissaient comme des gouffres. Le cidre jaune luisait, joyeux, clair et doré, dans les grands verres, à côté du vin coloré, du vin sombre, couleur de sang.

Entre chaque plat on faisait un trou, le trou normand, avec un verre d'eau-de-vie qui jetait du feu dans les corps et de la folie dans les têtes.

De temps en temps, un convive plein comme une barrique, sortait jusqu'aux arbres prochains, se soulageait, puis rentrait avec une faim nouvelle aux dents.

Les fermières, écarlates, oppressées, les corsages tendus comme des ballons, coupées en deux par le corset, gonflées du haut et du bas, restaient à table par pudeur. Mais une d'elles, plus gênée, étant sortie, toutes alors se levèrent à la suite. Elles revenaient plus joyeuses, prêtes à rire. Et les lourdes plaisanteries commencèrent.

C'étaient des bordées d'obscénités lâchées à travers la table, et toutes sur la nuit nuptiale. L'arsenal de l'esprit paysan fut vidé. Depuis cinq ans, les mêmes grivoiseries servaient aux mêmes occasions, et, bien que chacun les connût, elles portaient encore, faisaient partir en un rire retentissant les deux enfilées de convives.

Un vieux à cheveux gris appelait : « Les voyageurs pour Mézidon en voiture. » Et c'étaient des hurlements de gaieté.

Farce normande, 1882.

Le baptême :

Devant la porte de la ferme, les hommes endimanchés attendaient. Le soleil de mai versait sa claire lumière sur les pommiers épanouis, ronds comme d'immenses bouquets blancs, roses et parfumés, et qui mettaient sur la cour entière un toit de fleurs. Ils semaient sans cesse autour d'eux une neige de pétales menus, qui voltigeaient et tournoyaient en tombant dans l'herbe haute, où les pissenlits brillaient comme des flammes, où les coquelicots semblaient des gouttes de sang.

Une truie somnolait sur le bord du fumier, le ventre énorme, les mamelles gonflées, tandis qu'une troupe de petits porcs tournaient autour, avec leur queue roulée comme une corde.

Tout à coup, là-bas, derrière les arbres des fermes, la cloche de l'église tinta. Sa voix de fer jetait dans le ciel joyeux son appel faible et lointain. Des hirondelles filaient comme des flèches à travers l'espace bleu qu'enfermaient les grands hêtres immobiles. Une odeur d'étable passait parfois, mêlée au souffle doux et sucré des pommiers.

Un des hommes debout devant la porte se tourna vers la maison et cria :

— Allons, allons, Mélina, v'là que ça sonne !

Il avait peut-être trente ans. C'était un grand paysan, que les longs travaux des champs n'avaient point encore courbé ni déformé. Un vieux, son père, noueux comme un tronc de chêne, avec des poignets bossués et des jambes torses, déclara :

— Les femmes, c'est jamais prêt, d'abord.

Les deux autres fils du vieux se mirent à rire, et l'un, se tournant vers le frère aîné, qui avait appelé le premier, lui dit :

— Va les quérir, Polyte. All' viendront point avant midi.

Et le jeune homme entra dans sa demeure.

Une bande de canards arrêtés près des paysans se mit à crier en battant des ailes ; puis ils partirent vers la mare de leur pas lent et balancé.

Alors, sur la porte demeurée ouverte, une grosse femme parut qui portait un enfant de deux mois. Les brides blanches de son haut bonnet lui pendaient sur le dos, retombant sur un châle rouge, éclatant comme un incendie, et le moutard, enveloppé de linges blancs, reposait sur le ventre en bosse de la garde.

Puis la mère, grande et forte, sortit à son tour, à peine âgée de dix-huit ans, fraîche et souriante, tenant le bras de son homme. Et les deux grand-mères vinrent ensuite, fanées ainsi que de vieilles pommes, avec une fatigue évidente dans leurs reins forcés, tournés depuis longtemps par les patientes et rudes besognes. Une d'elles était veuve ; elle prit le bras du grand-père, demeuré devant la porte, et ils partirent en tête du cortège, derrière l'enfant et la sage-femme. Et le reste de la famille se mit en route à la suite. Les plus jeunes portaient des sacs de papier pleins de dragées.

Là-bas, la petite cloche sonnait sans repos, appelant de toute sa force le frêle marmot attendu. Des gamins montaient sur les fossés ; des gens apparaissaient aux barrières ; des filles de ferme restaient debout entre deux seaux pleins de lait qu'elles posaient à terre pour regarder le baptême.

Et la garde, triomphante, portait son fardeau vivant, évitait les flaques d'eau dans les chemins creux, entre les talus plantés d'arbres. Et les vieux venaient avec cérémonie, marchant un peu de travers, vu l'âge et les douleurs ; et les jeunes avaient envie de danser, et ils regardaient les filles qui venaient les voir passer ; et le père et la mère allaient gravement, plus sérieux, suivant cet enfant qui les remplacerait, plus tard, dans la vie, qui continuerait dans le pays leur nom, le nom des Dentu, bien connu par le canton.

Ils débouchèrent dans la plaine et prirent à travers les champs pour éviter le long détour de la route.

On apercevait l'église maintenant, avec son clocher pointu. Une ouverture le traversait juste au-dessous du toit d'ardoises ; et quelque chose remuait là-dedans, allant et venant d'un mouvement vif, passant et repassant derrière l'étroite fenêtre. C'était la cloche qui sonnait toujours, criant au nouveau-né de venir, pour la première fois, dans la maison du bon Dieu.

Un chien s'était mis à suivre. On lui jetait des dragées, il gambadait autour des gens.

La porte de l'église était ouverte. Le prêtre, un grand garçon à cheveux rouges, maigre et fort, un Dentu aussi, lui, oncle du petit, encore un frère du père, attendait devant l'autel. Et il baptisa suivant les rites son neveu Prosper-César, qui se mit à pleurer en goûtant le sel symbolique.

Quand la cérémonie fut achevée, la famille demeura sur le seuil pendant que l'abbé quittait son surplis ; puis on se remit en route. On allait vite maintenant, car on pensait au dîner. Toute la marmaille du pays suivait, et, chaque fois qu'on lui jetait une poignée de bonbons, c'était une mêlée furieuse, des luttes corps à corps, des cheveux arrachés ; et le chien aussi se jetait dans le tas pour ramasser les sucreries, tiré par la queue, par les oreilles, par les pattes, mais plus obstiné que les gamins.

Le Baptême, 1884.

IV - UNE AUTRE NORMANDIE

Pas davantage que Maupassant, Barbey d'Aurevilly n'a jamais su guérir de son enfance normande. Elle ne cesse de faire retour dans ses romans (L'Ensorcelée, Le Chevalier des Touches, Un prêtre marié) *tout comme dans le recueil des* Diaboliques. *Mais la Normandie de Barbey est une tout autre province imaginaire que la Normandie de Maupassant. Une Normandie héroïque, tragique et grandiose dont les hommes et les femmes (nobles ruinés, drapés dans le deuil de leurs privilèges et de leurs illusions, ou paysans que le reflux de l'Histoire a laissés en marge du progrès) demeurent les héritiers des conquérants jadis venus du Nord et les ultimes témoins des traditions aristocratiques et catholiques de la France de l'Ancien Régime.*

Nous proposons ici, en contrepoint des « histoires normandes » de Maupassant, quelques extraits du plus célèbre des « romans normands » de Barbey d'Aurevilly, L'Ensorcelée *(1854).*

1) PAYSAGE NORMAND :
LA LANDE DE LESSAY

La lande de Lessay est une des plus considérables de cette portion de la Normandie qu'on appelle la presqu'île du Cotentin. Pays de culture, de vallées fertiles, d'herbages verdoyants, de rivières poissonneuses, le Cotentin, cette Tempé de la France, cette terre grasse et remuée, a pourtant, comme la Bretagne, sa voisine, la Pauvresse-aux-Genêts, de ces parties stériles et nues où l'homme passe et où rien ne vient, sinon une herbe rare et quelques bruyères bientôt desséchées. Ces lacunes de culture, ces places vides de végétation, ces terres chauves pour ainsi dire, forment d'ordinaire un frappant contraste avec les terrains qui les environnent. Elles sont à ces pays cultivés des oasis arides, comme il y a dans les sables du désert des oasis de verdure. Elles jettent dans ces paysages frais, riants et féconds, de soudaines interruptions de mélancolie, des airs soucieux, des aspects sévères. Elles les ombrent d'une estompe plus noire... Généralement, ces landes ont un horizon assez borné. Le voyageur, en y entrant, les parcourt d'un regard et en aperçoit la limite. De partout, les haies des champs labourés les circonscrivent. Mais, si, par exception, on en trouve d'une vaste largeur de circuit, on ne saurait dire l'effet qu'elles produisent sur l'imagination de ceux qui les traversent, de quel charme bizarre et profond elles saisissent les yeux et le cœur. Qui ne sait le charme des landes ?... Il n'y a peut-être que les paysages maritimes, la mer et ses grèves, qui aient un caractère aussi expressif et qui vous émeuvent davantage. Elles sont comme les lambeaux, laissés sur le sol, d'une poésie primitive et sauvage que la main et la herse de l'homme ont déchirée. Haillons sacrés qui disparaîtront au premier jour sous le souffle de l'industrialisme moderne ; car notre époque, grossièrement matérialiste et uti- litaire, a pour prétention de faire disparaître toute espèce de friche et de broussailles aussi bien du globe que de l'âme humaine. Asservie aux idées de rapport, la société, cette vieille ménagère qui n'a plus de jeune que ses besoins et qui radote de ses lumières, ne comprend pas plus les divines ignorances de l'esprit, cette poésie de l'âme qu'elle veut échanger contre de malheureuses connaissances toujours incomplètes, qu'elle n'admet la poésie des yeux, cachée et visible sous l'apparente inutilité des choses. Pour peu que cet effroyable mouvement de la pensée moderne continue, nous n'aurons plus, dans quel- ques années, un pauvre bout de lande où l'imagination puisse poser son pied pour rêver, comme le héron sur une de ses pattes. Alors, sous ce règne de l'épais génie des aises physi- ques qu'on prend pour de la Civilisation et du Progrès, il n'y aura ni ruines, ni mendiants, ni terres vagues, ni superstitions comme celles qui vont faire le sujet de cette histoire, si la sagesse de notre temps veut bien nous permettre de la raconter.

C'était cette double poésie de l'inculture du sol et de l'igno- rance de ceux qui la hantaient qu'on retrouvait encore, il y a quelques années, dans la sauvage et fameuse lande de Les- say. Ceux qui y sont passés alors pourraient l'attester. Placé entre la Haie-du-Puits et Coutances, ce désert normand, où l'on ne rencontrait ni arbres, ni maisons, ni haies, ni traces d'homme ou de bêtes que celles du passant ou du troupeau du matin dans la poussière, s'il faisait sec, ou dans l'argile détrempée du sentier, s'il avait plu, déployait une grandeur de solitude et de tristesse désolée qu'il n'était pas facile d'oublier. La lande, disait-on, avait sept lieues de tour. Ce qui est certain, c'est que, pour la traverser en droite ligne, il fallait à un homme à cheval et bien monté plus d'une couple d'heures. Dans l'opinion de tout le pays, c'était un passage redoutable. Quand de Saint-Sauveur-le-Vicomte, cette bourgade jolie comme un village d'Écosse et qui a vu Du Guesclin défendre son donjon contre les Anglais, ou du littoral de la presqu'île, on avait affaire à Coutances et que, pour arriver plus vite, on voulait prendre la traverse, car la route départementale et les voitures publiques n'étaient pas de ce côté, on s'associait plusieurs pour passer la terrible lande ; et c'était si bien en usage qu'on citait longtemps comme des téméraires, dans les paroisses, les hommes, en très petit nombre, il est vrai, qui avaient passé seuls à Lessay de nuit ou de jour.

On parlait vaguement d'assassinats qui s'y étaient commis à d'autres époques. Et vraiment, un tel lieu prêtait à de telles traditions. Il aurait été difficile de choisir une place plus commode pour détrousser un voyageur ou pour dépêcher un ennemi. L'étendue, devant et autour de soi, était si considérable et si claire qu'on pouvait découvrir de très loin, pour les éviter ou les fuir, les personnes qui auraient pu venir au secours des gens attaqués par les bandits de ces parages, et, dans la nuit, un si vaste silence aurait dévoré tous les cris qu'on aurait poussés dans son sein.

2) NORMANDS ET NORMANDES

a) *Maître Tainnebouy* :

C'était un homme de quarante-cinq ans environ, bâti en force, comme on dit énergiquement dans le pays, car de tels hommes sont des bâtisses, un de ces êtres virils, à la contenance hardie, au regard franc et ferme, qui font penser qu'après tout, le mâle de la femme a aussi son genre de beauté. Il avait à peu près cinq pieds quatre pouces de stature, mais jamais le refrain de la vieille chanson normande :

C'est dans la Manche
Qu'on trouve le bon bras

n'avait trouvé d'application plus heureuse et plus complète.
Il me fit l'effet, au premier coup d'œil, et la suite me prouva
que je ne m'étais pas trompé, d'un fermier aisé de la
presqu'île, qui s'en revenait de quelque marché d'alentour.
Excepté le chapeau à *couverture de cuve*, qu'il avait remplacé
par un chapeau à bords plus étroits et plus commode pour
trotter à cheval contre le vent, il avait le costume que portaient encore les paysans du Cotentin dans ma jeunesse : la
veste ronde de droguet bleu, taillée comme celle d'un *majo*
espagnol, mais moins élégante et plus ample, et la culotte
courte, de la couleur de la laine de la brebis, aussi serrée
qu'une culotte de daim, et fixée au genou avec trois boutons
en cuivre. Et il faut le dire, puisqu'il n'y pensait pas, cette
sorte de vêtement lui allait vraiment bien, et dessinait une mus-
culature dont l'homme le moins soucieux de ses avantages
aurait eu le droit d'être fier. Il avait passé, par-dessus ses bas
de laine bleue à côtes, bien tendus sur des mollets en cœur,
ces anciennes bottes sans pied qui descendaient du genou
jusqu'à la cheville et dans lesquelles on entrait avec ses souliers. Ces anciennes bottes, qui n'avaient qu'un éperon, et
qu'on laissait dans l'écurie avec son cheval quand on était
arrivé, étaient, aux jambes de notre Cotentinais, couvertes
d'une boue séchée qu'y constellait une boue fraîche, et elles
disaient suffisamment qu'elles avaient vu du chemin, et du
mauvais chemin, ce jour-là. La boue souillait aussi à une
grande hauteur la massue du *pied de frêne* qu'il tenait à la
main, et qu'une lanière de cuir, formant fouet, fixait à son
solide poignet, dans des enroulements multipliés.

« J' n'ai jamais — me dit-il avec l'accent de son pays et
une politesse simple et cordiale — refusé un bon compagnon
quand Dieu l'a envoyé sur ma route. » — Il souleva légèrement son chapeau et le remit sur sa forte tête brune, dont
les cheveux épais, droits, coupés carrément et marqués des
coups de ciseaux du *frater* qui les avait hachés d'une main
inhabile, tombaient jusque sur ses épaules, autour d'un cou
herculéen, lié à peine par une cravate qui ne faisait qu'un tour,
à la manière des matelots.

b) *Maîtresse Le Hardouey :*

La femme dont j'ai parlé s'unissait à mi-voix à la psalmo-
die des prêtres. Son paroissien, de maroquin rouge, à tranche
dorée, imprimé à Coutances avec approbation et privilège de
Mgr..., le premier évêque de ce siège après la Révolution, indiquait par son luxe (un peu barbare) qu'elle n'était pas tout
à fait une paysanne, ou que du moins c'était une *richarde*,
quoique son costume ressemblât beaucoup à celui de la plupart des femmes qui occupaient les autres bancs de la nef.
Elle portait un mantelet ou pelisse, d'un tissu bleu-barbeau,
à longs poils, dont la cape doublée de même couleur tombait
sur ses épaules, et elle avait sur la tête la coiffure tradition-
nelle des filles de la conquête, la coiffe blanche, très élevée
et dessinant comme le cimier d'un casque, dont un gros
chignon de cheveux châtains, hardiment retroussés, formait
la crinière. Cette femme avait pour mari un des *gros* proprié-
taires de Blanchelande et de Lessay, qui avait acquis des biens
nationaux, homme d'activité et d'industrie, un de ces hommes
qui poussent dans les ruines faites par les révolutions, comme
les giroflées (mais un peu moins purs) dans les crevasses d'un
mur croulé ; un de ces compères qui pêchent du moins admirablement dans les eaux troubles, s'ils ne les troublent pas
pour mieux y pêcher. Autrefois, quand elle était jeune fille,
on appelait cette femme Jeanne-Madelaine de Feuardent, un
nom noble et révéré dans la contrée ; mais, depuis son
mariage, c'est-à-dire depuis dix ans, elle n'était plus que
Jeanne Le Hardouey, ou, pour parler comme dans le pays,
la femme à maître Thomas Le Hardouey. Tous les dimanches que le bon Dieu faisait, on la voyait assister aux offices
de la journée, assise contre la porte de son banc ouvrant dans
l'allée de la nef, la place d'honneur, parce qu'elle permet
mieux de voir la procession quand elle passe.

[...]
Elle avait été belle comme le jour à dix-huit ans : moins
belle cependant que sa mère ; mais cette beauté, qui passe
plus vite dans les femmes de la campagne que dans les femmes du monde, parce qu'elles ne font rien pour la retenir,
elle ne l'avait plus.

Je veux parler de cette chair lumineuse de roses fondues
et devenues fruit sur des joues virginales, de cette perle de
fraîcheur des filles normandes près de laquelle la plus pure

nacre des huîtres de leurs rochers semble manquer de trans-
parence et d'humidité. À cette époque, les soins de la vie
active, les soucis de la vie domptée, avaient dû éteindre au
visage de Jeanne cette nuance des larmes de l'Aurore sous
une teinte plus humaine, plus digne de la terre dont nous sommes sortis et où bientôt nous devons rentrer : la teinte mélancolique de l'orange, pâle et meurtrie. Grands et réguliers, les
traits de *Maîtresse* Le Hardouey avaient conservé la noblesse
qu'elle avait perdue, elle, par son mariage. Seulement, ils
étaient un peu hâlés par le grand air, et parsemés de ces grains
d'orge savoureux et âpres, qui vont bien, du reste, au visage
d'une paysanne. La centenaire comtesse Jacqueline de Mont-
survent, qui l'avait connue, et dont le nom reviendra plus
d'une fois dans ces Chroniques de l'Ouest, m'a raconté que
c'était surtout aux yeux de Jeanne-Madelaine qu'on reconnaissait la Feuardent. Partout ailleurs, on pouvait confon-
dre la femme de Thomas Le Hardouey avec les paysannes
des environs, avec toutes ces magnifiques mères de conscrits
qui avaient donné ses plus beaux régiments à l'Empire ; mais
aux yeux, non ! il n'était plus permis de s'y tromper. Jeanne
avait les regards de faucon de sa race paternelle, ces larges
prunelles d'un opulent bleu d'indigo foncé comme les quinte-
feuilles veloutées de la pensée, et qui étaient aussi caractéris-
tiques des Feuardent que les émaux de leur blason. Il n'y a
que des femmes ou des artistes pour tenir compte de ces
détails. Naturellement, ils avaient échappé à maître Louis
Tainnebouy, comme bien d'autres choses d'ailleurs, quand
il m'avait raconté l'histoire que j'ai complétée depuis qu'il
m'en eut touché la première note, dans cette lande de Lessay
où nous nous étions rencontrés. Lui, mon rustique herbager,
jugeait un peu les femmes comme il jugeait les génisses de
ses troupeaux, comme les pasteurs romains durent juger les
Sabines qu'ils enlevèrent dans leurs bras nerveux : il ne voyait
guère en elle que les signes de la force et les aptitudes de la
santé. Avec sa taille moyenne, mais bien prise, sa hanche et
son sein proéminents, comme toutes ses compatriotes dont
la destination est de devenir mères, si Jeanne n'était plus alors
une femme belle, pour maître Tainnebouy, elle était encore
une belle femme. Aussi, quand il m'en parla, et quoiqu'elle
fût morte depuis des années, son enthousiasme de bouvier
bas-normand s'exalta et atteignit des vibrations superbes, je
dois en convenir. « Ah ! Monsieur, — me disait-il en frappant de son pied de frêne les cailloux du chemin —, c'était

une fière et verte commère ! Il fallait la voir revenant du marché de Créance, sur son cheval bai, un cheval entier, violent comme la poudre, toute seule, ma foi ! comme un homme ; son fouet de cuir noir orné de houppes de soie rouge à la main, avec son justaucorps de drap bleu et sa jupe de cheval ouverte sur le côté et fixée par une ligne de boutons d'argent ! Elle brûlait le pavé et faisait feu des quatre pieds, Monsieur ! Et il n'y avait pas dans tout le Cotentin une femme de si grande mine et qu'on pût citer en comparaison ! »

c) *La Clotte dans sa chaumière :*

Il était trois heures de relevée quand elle arriva chez la Clotte. La porte de la chaumière était grande ouverte, comme c'est la coutume dans les campagnes de Normandie quand le temps est doux. Selon son éternel usage, la Clotte se tenait assise sur une espèce de fauteuil grossier contre l'unique croisée qui éclairait du côté du courtil l'intérieur enfumé et brun de son misérable logis. Les vitres de cette croisée, en forme de losanges, étaient bordées de petit plomb et tellement jaunies par la fumée que le soleil le plus puissant des beaux jours de l'année, qui se couchait en face — car la chaumière de la Clotte était sise au couchant —, n'aurait pas pu les traverser.

Or, comme ce jour-là, qui était un jour d'hiver, il n'y avait pas de soleil, à peine si quelques gouttes de lumière passaient à travers ce verre jauni, qui semblait avoir l'opacité de la corne, pour tomber sur le front soucieux de Clotilde Mauduit. Elle était seule, comme presque toujours lorsque la petite de la mère Ingou se trouvait à l'école ou en commission à Blanchelande. Son rouet, qui d'ordinaire faisait entendre ce bruit monotone et sereinement rêveur qui passe le seuil dans la campagne silencieuse et avertit le voyageur au bord de la route que le travail et l'activité habitent au fond de ces masures que l'on dirait abandonnées, son rouet était muet et immobile devant elle. Elle l'avait un peu repoussé dans l'embrasure de la croisée, et elle tricotait des bas de laine bleue, d'un bleu foncé, presque noir, comme j'en ai vu porter à toutes les paysannes dans ma jeunesse. Quoique l'âge et les passions eussent étendu sur elle leurs mains ravageuses, on voyait bien qu'elle avait été une femme « dont la beauté — me dit Tainnebouy quand il m'en parla — avait brillé comme un feu de joie dans le pays ». Elle était grande et droite, d'un buste puissant comme toute sa personne, dont les larges lignes s'attestaient encore, mais dont les formes avaient disparu. Sa coiffe plate aux *papillons tuyautés*, qui tombaient presque sur ses épaules, laissait échapper autour de ses tempes deux fortes mèches de cheveux gris qui semblaient être la couronne de fer de sa fière et sombre vieillesse. Son visage, sillonné de rides, creusé comme un bronze florentin qu'aurait fouillé Michel-Ange, avait cette expression que les âmes fortes donnent à leur visage quand elles résistent pendant des années au mépris. Sans les propos de la contrée, on n'aurait jamais reconnu sous ce visage de médaille antique, aux yeux de vert-de-gris, la splendide maîtresse de Remy de Sang-d'Aiglon, une créature sculptée dans la chair purpurine des filles normandes. Les lèvres de cette femme avaient-elles été dévorées par les vampires du château de Haut-Mesnil ? On ne les voyait plus. La bouche n'était qu'une ligne recourbée, orgueilleuse. La Clotte portait un corset couleur de rouille en droguet, un cotillon plissé à larges bandes noires sur un fond gris, et un devantey bleu en siamoise. À côté de son fauteuil, on voyait son bâton d'épine durcie au four sur lequel elle appuyait ses deux mains, quand, avec des mouvements de serpent à moitié coupé qui tire son tronçon en saignant, elle se traînait jusqu'au feu de tourbe de sa cheminée afin d'y surveiller soit le pot qui chauffait dans l'âtre, soit quelques pommes de reinette ou quelques châtaignes qui cuisaient pour la petite Ingou.

3) MŒURS NORMANDES

Habituellement, maître Thomas Le Hardouey, quand il n'était pas aux foires et aux marchés des cantons voisins, ne rentrait guère au Clos que vers sept heures, pour souper tête à tête avec sa femme ou un ami en tiers, quelque fermier des environs, invité à venir jaser, à la veillée. La maison du Clos qu'ils habitaient était un ancien manoir un peu délabré vers les ailes, séparé de la ferme, placé au fond d'une seconde cour, et quoique ce manoir fût divisé en plusieurs appartements, qu'il y eût une salle à manger et un *salon de compagnie* où Jeanne avait rangé, avec un orgueil douloureux, toute la richesse mobilière qu'elle avait de son père, c'est-à-dire quelques vieux portraits de famille des Feuardent, cependant elle et son mari mangeaient sur une table à part, dans leur cuisine, ne croyant pas déroger à leur dignité de maîtres ni compromettre leur autorité en restant sous les yeux de leurs gens.

C'est une idée du temps présent, où le pouvoir domestique a été dégradé comme tous les autres pouvoirs, de croire qu'en se retirant de la vie commune on sauvegarde un respect qui n'existe plus. Il ne faut pas s'abuser : quand on s'abrite avec tant de soin contre le contact de ses inférieurs, on ne préserve guères que ses propres délicatesses, et qui dit délicatesse dit toujours un peu de faiblesse par quelque côté. Certainement, si les mœurs étaient fortes comme elles l'étaient autrefois, l'homme ne croirait pas que s'isoler de ses serviteurs fût un moyen de se faire respecter ou redouter davantage. Le respect est bien plus personnel qu'on ne pense. Nous sommes tous plus ou moins soldats ou chefs dans la vie ; eh bien ! avons-nous jamais vu que les soldats en campagne fussent moins soumis à leurs chefs parce qu'ils vivent plus étroitement avec eux ? Jeanne Le Hardouey et son mari avaient donc conservé l'antique coutume féodale de vivre au milieu de leurs serviteurs, coutume qui n'est plus gardée aujourd'hui (si elle l'est encore) que par quelques fermiers représentant les anciennes mœurs du pays. Jeanne-Madelaine de Feuardent, élevée à la campagne, la fille de Louisine-à-la-hache, n'avait aucune des fausses fiertés ou des pusillanimes répugnances qui caractérisent les femmes des villes. Pendant que la vieille Gotton préparait le souper, elle dressa elle-même le couvert. Elle dépliait une de ces belles nappes ouvrées, éblouissantes de blancheur et qui sentent le thym sur lequel on les a étendues, quand maître Le Hardouey entra, suivi du curé de Blanchelande, qu'il avait rencontré, dit-il, au bas de l'avenue qui menait au Clos.

« Jeanne, — fit-il —, v'là M. le curé que j'ai rencontré dans ma tournée d'après les vêpres, et que j'ai engagé, comme c'est dimanche, à venir souper avec nous. »

V - BIBLIOGRAPHIE

1. Œuvres de Maupassant :

L'édition de référence pour tous les récits brefs de Maupassant est celle de Louis Forestier : *Maupassant., Contes et Nouvelles*, 2 vol., Paris, Gallimard, Bibliothèque de la Pléiade, 1974-1979.
Contes et nouvelles, Romans, 2 vol., Flammarion, coll. « Bouquins », 1988.
Chroniques, 5 vol., UGC 10/18, 1980.

2. Biographies :

ANDRY M., *Bel-Ami, c'est moi*, Presses de la Cité, 1982.
CHESSEX J., *Maupassant et les autres*, Ramsay, 1981.
LANOUX A., *Maupassant, le Bel-Ami*, (1967), Livre de Poche, 1983.
SCHMIDT A.-M., *Maupassant par lui-même*, Le Seuil, 1962.
TROYAT H., *Guy de Maupassant*, Flammarion, 1989.

3. Études critiques :

BESNARD-COURSODON M., *Étude thématique et structurelle de l'œuvre de Maupassant : le piège*, Nizet, 1973.
BONNEFIS P., *Comme Maupassant*, PUL, 1981.
CASTELLA Ch., *Structure romanesque et vision sociale chez Maupassant*, L'Âge d'Homme, 1972.
COGNY P., *Maupassant peintre de son temps*, Larousse, 1976.
GREIMAS A.-J., *Maupassant, la sémiotique du texte*, Le Seuil, 1976.
PARIS J., *Le Point aveugle, Univers parallèles II*, Le Seuil, 1975.
SAVINIO A., *Maupassant et l'autre*, Gallimard, 1977.
VIAL A., *Guy de Maupassant et l'art du roman*, Nizet, 1954.

4. *Publications collectives* :

Europe, n° 47, avril-juin, 1969.
« Problématique de la nouvelle », *Revue de littérature comparée*, n° 4, 1976.
« Le Naturalisme », Colloque de Cerisy, UGE 10/18, 1978.
Magazine littéraire, janvier 1980.
« Flaubert et Maupassant écrivains normands », Centre d'Art, d'esthétique et de littérature (CAEL), PUF-PUR, 1980.
Le Paysage normand dans la littérature et dans l'art, PUF, 1981.
Maupassant, Miroir de la nouvelle, PUV, 1988.

VI - FILMOGRAPHIE

Le Rosier de Madame Husson :

1931 : Bernard-Deschamps, FR, avec Fernandel (le Rosier)
et Françoise Rosay.
1950 : Jean Boyer, FR, adaptation et dialogues de Marcel
Pagnol, avec Bourvil (le Rosier), Pauline Carton et Jacqueline Pagnol.

Les Bijoux :

1943 : Helmut Kaütner, ALL *(Romanze in Moll)*.
1959 : A. Berger, B, TV.
1961-1962 : Carlo Rim, FR, TV, avec François Périer, Gene-
viève Casile.

La Question du latin :

1963 : Carlo Rim, FR, TV *(Le Petit Professeur,* avec François Périer).

Toine :

1952 : Eduardo de Filipo, IT *(Marito e Moglie)*.
1963 : Carlo Rim, FR, TV.

MUSICOGRAPHIE

Le Rosier de Madame Husson, opérette, 1937, livret de Louis
Verneuil, musique d'Oberfeld.

TABLE DES MATIÈRES

DOSSIER HISTORIQUE ET LITTÉRAIRE

Cet ouvrage a été composé
par
TÉLÉ-COMPO - 61290 BIZOU

Imprimé en France
par Maury-Eurolivres S.A. – 45300 Manchecourt
Dépôt légal : avril 1993 – N° d'imprimeur : 93.04.M1513

PRESSES POCKET – 12, avenue d'Italie, 75627 Paris Cedex 13
Tél. 44.16.05.00

OUVRAGES
DE LA COLLECTION
« LIRE ET VOIR LES CLASSIQUES »

HONORÉ DE BALZAC
Les Chouans
Le Colonel Chabert
Eugénie Grandet
La Femme de trente ans
Histoire des treize
Illusions perdues
Le Lys dans la vallée
La Peau de chagrin
Le Père Goriot
Splendeurs et misères des
courtisanes
Une Ténébreuse Affaire

CHARLES BAUDELAIRE
Les Fleurs du mal

BEAUMARCHAIS
Le Barbier de Séville/Le Mariage de
Figaro/La Mère coupable

CHARLOTTE BRONTË
Jane Eyre

PIERRE CORNEILLE
Le Cid
Horace

ALPHONSE DAUDET
Contes du lundi
Les Lettres de mon moulin
Le Petit Chose

DENIS DIDEROT
Jacques le Fataliste

GUSTAVE FLAUBERT
L'Éducation sentimentale
Madame Bovary

THÉOPHILE GAUTIER
Le Capitaine Fracasse
Le Roman de la momie

MAURICE GENEVOIX
Le Roman de Renard

HOMÈRE
Odyssée

VICTOR HUGO
Les Contemplations
Les Misérables (trois tomes)
Notre-Dame de Paris
Quatrevingt-treize

CHODERLOS DE LACLOS
Les Liaisons dangereuses

MADAME DE LA FAYETTE
La Princesse de Clèves

JEAN DE LA FONTAINE
Fables

LAUTRÉAMONT
Les Chants de Maldoror/Poésies

EUGÈNE LE ROY
Jacquou Le Croquant

JACK LONDON
Croc-Blanc

MACHIAVEL
Le Prince

GUY DE MAUPASSANT
Bel-Ami
Boule de Suif et autres récits de
guerre
Contes de la bécasse et autres
contes de chasseurs
Fort comme la mort
Le Horla
La Maison Tellier et autres histoires
de femmes galantes
Pierre et Jean
Le Rosier de Madame Husson et
autres contes roses
Une Vie

PROSPER MÉRIMÉE
Carmen et autres histoires
d'Espagne
Colomba, Mateo Falcone : Nouvelles corses

MOLIÈRE
L'Avare
Le Bourgeois gentilhomme
Dom Juan
Le Malade imaginaire
Le Tartuffe

CHARLES DE MONTESQUIEU
Lettres persanes

ALFRED DE MUSSET
Lorenzaccio

GÉRARD DE NERVAL
Les Filles du feu

NODIER/GAUTIER/MÉRIMÉE
Récits fantastiques

EDGAR ALLAN POE
Histoires extraordinaires
Nouvelles histoires extraordinaires

ABBÉ PRÉVOST
Manon Lescaut

MARCEL PROUST
Un amour de Swann

FRANÇOIS RABELAIS
Gargantua

JEAN RACINE
Andromaque
Britannicus
Iphigénie
Phèdre

RAYMOND RADIGUET
Le Diable au corps

JULES RENARD
Poil de Carotte

ARTHUR RIMBAUD
Œuvres

EDMOND ROSTAND
Cyrano de Bergerac

JEAN-JACQUES ROUSSEAU
Rêveries d'un promeneur solitaire

BERNARDIN DE SAINT-PIERRE
Paul et Virginie

GEORGE SAND
La Mare au diable
La Petite Fadette

STENDHAL
Armance
La Chartreuse de Parme
Le Rouge et le noir

STEVENSON
L'Île au trésor

JULES VALLÈS
L'Enfant

JULES VERNE
Le Château des Carpathes
Michel Strogoff
Le Tour du monde en quatre-vingts
jours
Vingt mille lieues sous les mers
Voyage au centre de la terre

VOLTAIRE
Candide et autres contes
Zadig et autres récits orientaux

OSCAR WILDE
Le Portrait de Dorian Gray

ÉMILE ZOLA
L'Assommoir
La Bête humaine
Au Bonheur des dames
La Curée
La Fortune des Rougon
Germinal
La Joie de vivre
Nana
L'Œuvre
Pot-Bouille
Thérèse Raquin
Le Rêve
Le Ventre de Paris

Notes

Notes

Notes

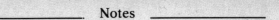

Notes